# Les Haut-Conteurs

Olivier Peru & Patrick Mc Spare

# Les Haut-conteurs

## 1. La Voix des rois

ÉDITIONS FRANCE LOISIRS

Édition du Club France Loisirs,
avec l'autorisation des Éditions Scrineo

Éditions France Loisirs,
123, boulevard de Grenelle, Paris.
www.franceloisirs.com

© 2010, Scrineo Jeunesse
ISBN : 978-2-298-06170-3

# 1
# Le Flamboyant

*Novembre 1190, Tewkesbury,*
*comté de Gloucestershire, royaume d'Angleterre*

Vingt et un litres de bière et trois de vin. Sept volailles, quatre faisans et trois porcelets assortis d'une quinzaine de bols de soupe. Un panier de fruits et deux plateaux de fromages. Un duel d'ivrognes gagné par deux dents cassées à rien. Il était midi passé et enfin le calme revenait dans l'auberge.

Comme à son habitude, à midi comme le soir, Roland aidait son père et ses sœurs à débarrasser les tables. Empilant assiettes de bois, bols et gobelets, le garçon pensait, encore et toujours, aux discussions qu'il avait indiscrètement écoutées en servant de table en table.

Depuis peu, la Broche Rutilante, l'auberge de son père, connaissait de florissantes affaires et de plus en plus de nouveaux clients en franchissaient la porte. Certains venaient même du comté voisin et de villages situés à une demi-journée de cheval. Toutes les chambres de l'étage étaient louées et la grange ne pouvait accueillir davantage de montures. La nourriture et la bière n'avaient pourtant pas meilleur goût que la semaine précédente et les lits n'étaient pas soudainement devenus plus confortables. Ce harassant regain d'activité s'expliquait en deux mots. Deux mots que tous les clients avaient à la bouche : Haut-Conteur.

En effet, l'un des membres de la prestigieuse caste des Haut-Conteurs explorait la région et il avait choisi leur auberge pour prendre gîte lors de son arrivée, quatre jours plus tôt. Depuis, beaucoup de gens du village (et des alentours) espéraient le voir. Et tous attendaient de lui une histoire.

Car c'est ainsi que les Haut-Conteurs payaient leurs notes : en récits. Ils connaissaient toutes les sagas chevaleresques, les légendes des rois du passé, les histoires d'amour ou d'horreur. Aucun troubadour ou rhapsode ne disposait de la moitié de leur talent. Quiconque avait déjà entendu un Haut-Conteur pouvait prétendre avoir rêvé les yeux grands ouverts. Les hommes et les femmes de cette caste possédaient un don rare qu'ils appelaient la Voix des rois. Ils utilisaient leur langue comme d'autres la magie et ensorcelaient leurs auditeurs en quelques mots. Ils murmuraient pour captiver, hurlaient pour terrifier, grondaient pour faire taire. Telles des mains douces et puissantes, leurs phrases pouvaient aussi bien caresser que gifler. Leur verbe était presque magique. Une magie que tolérait l'Église car, à leur façon, les fables des Haut-Conteurs dispensaient certains enseignements religieux et une forme de morale. Et puis des ouï-dire prétendaient que Clément III, le pape ayant appelé les chrétiens à prendre les armes pour la troisième croisade, aimait déraisonnablement leurs histoires (bien que certaines fussent plutôt païennes).

Ainsi, depuis la fin de la Rome antique, les Haut-Conteurs allaient et venaient de royaume en royaume. Lettrés, polyglottes, nés de pays parfois ennemis, quand ils revêtaient la cape pourpre, symbole de leur caste, ils devenaient comme des frères et se dévouaient à leurs maîtresses, les histoires.

Selon un dicton venu du Nord, les Haut-Conteurs ne se

nourrissaient que de mots. Comment douter d'une telle vérité quand, durant les longs mois d'hiver, seigneurs et paysans les voyaient sillonner le pays en quête d'anciens capables de se souvenir des contes de leur enfance ? Les Haut-Conteurs buvaient à toutes les cultures. Ils creusaient la terre du folklore, ramenaient de vieilles légendes à la lumière, et les façonnaient pour les transformer en inoubliables récits.

Les maîtres pourpres (un des surnoms des Haut-Conteurs) apparaissaient aussi où d'étranges choses se produisaient. Se nourrissant d'imprévu et de mystère, ils exploraient des lieux dont nul n'osait approcher, questionnaient les témoins de faits insolites et recherchaient la vérité derrière la superstition.

Ils ne vivaient que pour apprendre, découvrir et raconter. Ils ne vivaient que pour les histoires. Ils menaient la vie dont Roland rêvait... la vie qu'il n'aurait jamais.

En tant qu'unique garçon de la famille, il devrait s'occuper de l'auberge quand son père deviendrait trop vieux et il finirait par en hériter. Comme lui, il s'userait les mains, le cœur et la voix à garder leur commerce prospère et, comme lui, il ne verrait jamais rien d'autre que les frontières du comté, il ne connaîtrait le monde que par les voyageurs de passage.

Roland aimait profondément son père, un homme généreux, tendrement sa mère, une femme pieuse et douce, sincèrement sa sœur cadette et un peu moins sa sœur aînée. En revanche, il détestait son existence de toute son âme. Il n'avait que treize ans mais son quotidien obéissait déjà à plusieurs règles qui lui faisaient horreur : collecter les œufs du poulailler dès l'aube, aider ses sœurs à traire les trois vaches et la brebis de la famille, assister son père durant le service de midi et du soir puis débarrasser les tables, participer aux comptes de la pension une après-midi sur trois et accompagner sa mère au marché une fois par semaine (pour apprendre la valeur d'un sou).

Le reste du temps, grâce aux bénéfices de l'affaire familiale, Roland profitait des cours de maître Victor, un des rares professeurs titulaires d'une vraie licence d'enseignement délivrée par l'évêque. Le garçon étudiait la lecture et l'écriture en langue vulgaire, en latin et en grec (langue à laquelle il n'entendait rien). La géographie et l'histoire le passionnaient mais elles n'étaient que des matières secondaires pour maître Victor.

Le père de Roland voulait un fils lettré et désirait lui offrir une éducation à laquelle lui n'avait pas eu droit. Parfois, il demandait même aux cavaliers de passage d'apprendre à son garçon quelques-unes de leurs astuces pour monter à cheval comme un beau seigneur. Ainsi, et c'était chose rare pour un roturier, Roland savait mener un galop. Pourtant cela ne lui servait à rien. Son père le condamnait à un labeur semblable au sien. L'époque ne permettait malheureusement pas aux fils aînés de décider de leur propre destinée. Roland marcherait sur les traces de ses parents, il serait plus tard Roland l'aubergiste. Ainsi allait le monde.

Cependant depuis quatre jours, depuis la venue du Haut-Conteur, d'agréables pensées harcelaient l'adolescent. Ce matin, à demi éveillé dans son lit, il s'était pris à rêver de liberté, de voyage sur la mer, d'expédition en France, en Germanie puis en Italie, de duel en terre d'Écosse, de rencontre avec un monstre assoiffé de sang en Hongrie...

Holly, sa grande sœur, l'avait ramené à la réalité en

surgissant dans sa chambre pour lui rappeler ses tâches matinales.

La journée passa, et les visions d'aventure qu'il s'était fabriquées ne quittaient toujours pas son esprit. Bien calées entre ses obligations, elles le narguaient, lui suggérant qu'il existait une vie trépidante hors du comté du Gloucestershire, hors de l'auberge. Mais cette vie n'était pas pour lui. Un fils d'aubergiste se contentait d'écouter les conversations et de profiter des aventures des autres. Aujourd'hui encore, ses oreilles curieuses lui en avaient apporté la preuve. Durant le déjeuner, ces deux glaneuses d'informations, qui lui avaient déjà tant appris sur maints sujets, avaient espionné trois soldats en partance pour la Terre sainte.

Les hommes en armes prétendaient que le Haut-Conteur avait disparu dans la forêt de Dean après avoir été vu la veille par un berger, peu avant l'aube. Depuis, le maître pourpre ne s'était pas montré à l'auberge. Il n'était apparu dans aucune des tavernes situées à portée de cheval et pas un seul des voyageurs interrogés sur les routes ne l'avait croisé. Lui était-il arrivé malheur ? Cette hypothétique infortune avait sans doute un rapport étroit avec la prétendue légion de goules qui errait dans la région à la nuit tombée.

En ce moment, beaucoup de rumeurs couraient dans le comté et la plupart parlaient des goules, ces créatures malfaisantes fourrageant dans les cimetières en quête de chair. Roland ne croyait pas en leur existence, car, comme le disait souvent son père avec humour, tout le monde craignait les démons mais personne n'en voyait jamais un seul. D'après sa longue expérience d'aubergiste, les goules servaient surtout à nourrir les discussions. L'année suivante, la mode serait aux loups-garous ou aux sorcières. Dans tous les cas, fondée ou pas, la présence de ces mangeurs de cadavres était certainement la cause de la venue du Haut-Conteur. Et la probable raison de sa disparition.

Les soldats défendaient ce point de vue. Et malgré leurs épées, ils semblaient ne pas vouloir mettre les pieds en forêt sans une vaillante (et nombreuse) troupe à leurs côtés. Si le Haut-Conteur ne donnait pas de nouvelles, une battue allait être organisée dès le lendemain et elle rassemblerait des dizaines d'hommes menés par le sheriff Wickle. Roland, lui, irait au marché, il devait aider sa mère.

Trois jours plus tard, la nouvelle avait traversé le comté comme un orage d'été. Bruyante et indomptable, elle s'était répandue dans toutes les chaumières, annonçant qu'un Haut-Conteur avait disparu en forêt de Dean. La taverne en avait doublé son bénéfice quotidien, et Roland n'avait plus une minute à lui. À toute heure, les curieux du comté réclamaient le couvert.

Une battue, regroupant plus de cent personnes, avait été organisée dans une large portion des bois mais le maître pourpre restait introuvable. Ce qui amenait de nouvelles gens à le rechercher, malgré la peur de ces prétendues goules. Quelques-uns espéraient entrer dans les grâces de l'Ordre Pourpre tandis que d'autres s'imaginaient qu'en sauvant un Conteur, ils deviendraient les héros d'une de ses fables.

Roland aurait aimé se joindre au flot des bons Samaritains mais il croulait sous les corvées, et le service du soir (normalement tranquille) devenait tous les jours un peu plus long et pénible. Il n'avait plus le temps de retrouver les frères Tiburd, ses compagnons de rires et de bêtises, et Cathleen, pour qui il éprouvait des sentiments un peu plus qu'amicaux. Et cela commençait à sérieusement l'ennuyer, car il allait de déconvenue en déconvenue avec la jeune fille. Depuis le baiser que tous deux s'étaient échangé la semaine passée, leur histoire d'amour (d'amourette, disaient les Tiburd) tournait mal sans que Roland sache vraiment pourquoi. Cathleen ne lui parlait plus et, avec tout ce qu'il se passait à la Broche Rutilante, il ne pouvait pas espérer arranger les choses.

Plus que jamais, sa vie à l'auberge lui pesait. Éloïse, sa sœur cadette âgée de dix ans, faisait de son mieux pour l'aider mais ses petites mains et sa minuscule voix ne pouvaient servir et prendre commande à plus d'une table à la fois. Roland se contentait d'écouter les histoires des uns et des autres, faute de pouvoir vivre et raconter la sienne.

Il apprit ainsi que le mois précédent un homme avait été retrouvé exsangue dans le comté du Wiltshire. Le Haut-Conteur suivait la trace d'une créature des ténèbres se nourrissant du sang d'êtres vivants, un tueur au service du Diable en personne. Les goules, dont de plus en plus de monde parlait, n'étaient vraisemblablement que les esclaves de ce démon. Un autre homme, qui ne croyait guère en de tels racontars, prétendait qu'une bande de soudards* écossais ou irlandais avait enlevé le Haut-Conteur et qu'ils demanderaient bientôt une rançon. Un vieillard assurait, lui, que la forêt avait autrefois abrité des sorcières, aujourd'hui enterrées dans un endroit secret des bois. D'après lui, les esprits de ces vieilles folles sanguinaires avaient emporté le malheureux sous terre pour les distraire de l'ennui de leur tombe. Pour un autre homme sévèrement aviné, tout était de la faute des Français. Chacun y allait de sa version mais les faits restaient inchangés : un Haut-Conteur avait disparu en forêt depuis trois jours, et si personne ne retrouvait sa trace bientôt, le maître pourpre serait considéré comme mort.

---

* Soudard : mot ancien pour désigner un soldat.

Minuit venait, et tandis que Roland finissait de débarrasser les tables en ne pensant plus qu'à son lit, la porte de l'auberge s'ouvrit dans un grincement sonore. Le père du garçon, le grand Robert (comme l'appelaient les habitués de la Broche) jaillit de la cuisine pour prévenir l'intrus que la pension était pleine et le service terminé mais il se ravisa. Il offrit, malgré l'heure tardive, son sourire le plus convivial à ce client tardif. Intrigué, Roland se tourna vers la porte et sourit, lui aussi. L'étranger retira sa vieille capuche usée, dévoilant de longs et sombres cheveux, dégrafa son épaisse cape pourpre et salua les deux aubergistes.

— Bonsoir, messieurs. Désolée de vous ennuyer si tard, mais vous resterait-il un bol de soupe et une miche de pain pour une Haut-Conteuse affamée ? demanda la femme de sa voix de roi la plus douce.

Dans la cuisine de l'auberge, rassasiée et réchauffée, la Haut-Conteuse s'entretint avec le grand Robert, sous le regard attentif de Roland que toute fatigue avait quitté. Le garçon regrettait encore de n'avoir pas échangé plus de quelques bonjours avec le maître pourpre disparu. Il ne voulait pas commettre deux fois la même erreur et réfléchissait à des dizaines de choses intelligentes à dire. Pourtant, pas une seule de ses pensées n'arrivait à devenir une phrase digne d'être prononcée.

— Vous êtes là pour retrouver votre frère conteur ? demanda Robert.

— Oui, tout ce que vous pourrez me dire sur ce qu'il a fait dans les parages me sera utile.

— Nous n'avons malheureusement que peu échangé. Sa venue a fait venir tant de monde à l'auberge que notre travail ici en a été multiplié. Je crois qu'il comptait visiter la forêt et les cimetières des environs mais je ne sais rien de plus.

— C'est ennuyeux... Je pensais trouver un indice ici, hésita la femme.

Roland buvait les mots de la Haut-Conteuse. Il la regardait aussi discrètement que possible mais son intérêt ne passait pas inaperçu. Son père avait beau lui donner du genou sous la table pour lui signifier de bien se tenir, rien n'y faisait. La femme pourpre le fascinait. Âgée d'une trentaine d'années, elle était d'une beauté froide et sévère comme il n'en avait jamais admiré auparavant. Les yeux verts, le teint vif et les cheveux noirs de leur invitée se mariaient si parfaitement à la couleur de sa cape qu'elle donnait l'impression d'être venue au monde pour devenir Haut-Conteur.

— Maître Corwyn n'a-t-il rien laissé dans la chambre qu'il vous a louée ?

— Non, madame. Comme vous, il ne portait que sa besace et sa cape. Il est parti avec tous les jours jusqu'à ce qu'il disparaisse.

— Il ne vous a pas parlé de goules ou de fantaisies de ce genre ?

— Non.

— Savez-vous s'il a rencontré certaines gens du village ?

— Je crois qu'il a passé un peu de temps avec le sheriff Wickle, mais je n'en sais pas plus...

— Bien ! Merci, mes seigneurs. Je vais partir en quête de mon frère Conteur et vous laisser prendre repos.

— Ne voulez-vous pas rester ici ? Mon fils Roland vous prêtera sa chambre. Il dormira avec ses sœurs. La nuit va être froide et l'orage gronde.

— Non. J'ai à faire dès ce soir. Je vous remercie de votre générosité. Si jamais maître Corwyn n'est pas retrouvé, je

17

reviendrai payer ce qu'il vous doit et je raconterai une histoire.

— N'en faites rien, madame, dit le grand Robert en escortant la femme jusqu'à la porte de l'auberge. Notre pension a déjà largement profité du sort de votre ami et je préférerais le savoir en vie.

— Merci de ces paroles, murmura la maîtresse pourpre en levant sa capuche au-dessus de sa tête, mais les Haut-Conteurs paient toujours ce qu'ils doivent. Au revoir !

— Attendez ! intervint enfin Roland.

— Le grand garçon a donc une langue ! Je me demandais quand il se déciderait à parler, ironisa la femme avec gentillesse.

— Je voulais juste savoir... si vous... si vous croyez aux goules. Depuis des semaines, on raconte qu'il y en a dans la forêt. Peut-être que votre frère conteur a pu tomber sur elles. Enfin, si vous pensez que les goules existent...

— Elles existent sûrement, jeune homme. Les rumeurs se nourrissent toujours d'un soupçon de vérité. Mais les goules, elles, ne se nourrissent que des morts fraîchement mis en terre... C'est en tout cas ce que racontent nos histoires... Mon frère conteur n'a donc rien à craindre d'elles et puis il sait se défendre, affirma la femme d'une voix de roi avenante mais intraitable. À bientôt, messieurs !

Roland sourit à la Haut-Conteuse. Déçu et satisfait d'une réponse appelant tant de nouvelles questions, il la regarda disparaître dans les ténèbres.

Une heure plus tard, les ronflements de son père emplissaient l'étage de la maison, la tempête qui approchait martelait la terre de farouches coups de tonnerre et Roland ne parvenait pas à dormir. « Les rumeurs se nourrissent toujours d'un soupçon de vérité. » Les paroles de la Haut-

Conteuse résonnaient dans sa tête, et une petite voix lui hurlait de fuir l'ennui et l'inconfort de son lit. Il était temps d'embrasser l'aventure, pour la première et, peut-être, la seule fois de sa vie.

Le sommeil ne se décidait pas à l'emporter, alors autant en profiter et braver la nuit. Il connaissait les abords de la forêt aussi bien que la plupart des hommes (il y avait beaucoup joué avec sa petite sœur et les frères Tiburd). Avec un peu de chance, il retrouverait la piste de maître Corwyn et aiderait la Haut-Conteuse. Il pourrait ainsi devenir Roland le Pisteur, Roland le Chasseur, Roland le Sauveur, et c'en serait fini de Roland le fils de l'aubergiste. Au moins une fois dans sa jeune existence, il aurait fait autre chose que servir à boire et à manger.

Et puis cela impressionnerait Cathleen. Peut-être qu'ainsi elle trouverait le chemin de l'auberge afin de lui dire pour quelle raison elle ne lui adressait plus un mot. Sans doute que Susan, sa peste de meilleure amie, tenait quelque responsabilité dans cette brouille. Celle-là, même les sœurs de Roland s'en méfiaient. Elle avait un mot à dire sur tout et souvent ce mot n'était guère gentil.

Éloignant de ses pensées ses tracasseries sentimentales, Roland sortit de son lit sans un bruit, enfila ses vêtements, se posta devant le petit carreau de sa chambre et observa le noir horizon. Sous le maigre éclat d'un fin quartier de lune, la cime d'une poignée de sapins luisait au loin. Les autres arbres de la forêt de Dean, sombres et inhospitaliers, n'invitaient pas le garçon à venir se promener entre eux.

Roland désobéissait de temps en temps à ses parents, répondait parfois à maître Victor et n'hésitait pas à donner de la voix avec les clients malotrus, mais quitter la maison en pleine nuit serait une première.

Comme pour l'inciter à retrouver son oreiller, l'averse

qui grognait depuis des heures éclata enfin et l'implacable armée de la pluie s'abattit sur le monde. Le temps ne voulait pas voir Roland quitter sa chambre... Qu'à cela ne tienne !

En moins d'une minute, le garçon sortit Lanterne, le cheval de son père, de l'écurie et fila à grand galop vers la forêt. La pluie et le froid lui transperçaient les os, la peur lui étreignait le cœur mais il riait, insouciant et libre.

Deux heures plus tard, détrempé, effrayé, fourbu et probablement perdu, Roland avait la désagréable impression de n'être pas taillé pour l'aventure. Lui qui rêvait autrefois de devenir navigateur et cartographe se sentait ridicule... S'égarer si près de la maison était pour le moins risible. Allan et Martin Tiburd se moqueraient de lui quand ils sauraient ça.

Roland n'avait aucune excuse hormis le fait d'avoir les éléments, le destin et peut-être Dieu contre lui. Rien ne se passait comme prévu. Le cheval de son père rechignait sans cesse à obéir. Il se dirigeait où bon lui semblait et montrait des signes de fatigue. Et bien que la pluie ne tombât plus, la terre de la forêt était devenue une véritable pataugeoire de boue.

Pour couronner le tout, un brouillard épais et maléfique enveloppait maintenant la forêt. La visibilité déjà réduite diminuait à chaque instant. Dans sa précipitation et sa soif de liberté, Roland avait oublié l'essentiel : une torche. Il pourrait rebrousser chemin et revenir avec de la lumière mais, s'il rentrait à l'auberge, il trouverait difficilement le courage de ressortir.

En quête d'un repère, levant les yeux vers le ciel, Roland n'aperçut pas le quart de lune qui l'avait éclairé jusque-là.

La brume l'emprisonnait, condamnant le jeune téméraire à avancer sans voir où les pas de sa monture le menaient.

Un peu plus tôt, il avait reconnu la cabane du vieux Wilfrid, un serf qui chassait pour le seigneur Redleech, un grand homme du comté parti en croisade avec le roi. Roland n'était jamais allé au-delà. Son père le lui avait toujours interdit car des siècles d'hivers et de pluies avaient transformé cet immense périmètre de forêt en piège mortel. Derrière les arbres, les massifs de fougères et les buttes verdoyantes se cachaient fosses naturelles, grottes souterraines et précipices. Beaucoup appelaient cette friche d'arbres de plusieurs kilomètres de long le Trou à soudards, et, de mémoire d'homme, au moins un innocent par génération y perdait la vie.

Neuf ans auparavant, un jouvenceau éconduit par sa belle était venu soigner sa peine par ici en compagnie d'un tonneau de cervoise. Il avait été retrouvé trois jours plus tard, après que les chiens de Wilfrid eurent reniflé son cadavre au bas d'un escarpement rocheux camouflé par un tapis d'arbustes. Une soirée d'ivresse et une chute d'une dizaine de mètres avaient rendu le malheureux célèbre dans cette partie du comté. Depuis, les gens prétendaient que son fantôme revenait pleurer son amour et sa vie perdus, et plus personne à part de rares chasseurs ne s'aventurait sur son territoire.

D'après ce que ses habiles oreilles lui avaient appris à l'auberge, Roland savait que, lors de la battue, des soldats s'étaient rendus au-delà de la cabane mais n'avaient pas traîné dans ces dangereux parages. Les hommes craignaient le Trou à soudards, surtout quand ils ne buvaient pas que de l'eau. Le lendemain, d'autres bonnes âmes éprises de culpabilité étaient revenues par ici et avaient marché quelques heures alentour mais le Haut-Conteur Corwyn était resté caché.

Les hommes pouvaient bien disparaître sans laisser de traces, mais les Haut-Conteurs, non ! Même les bandits de grand chemin les moins recommandables ne s'en prenaient pas à eux, et puis ils avaient la réputation de se sortir de toutes les situations. La Voix des rois n'était pas leur seule arme. Certains avaient la réputation de savoir se battre comme des diables, et d'autres étaient connus comme de grands stratèges. Une vieille légende disait qu'au siècle précédent, l'un d'entre eux avait participé à la bataille de Stamford Bridge et précipité la victoire de Guillaume le Conquérant en terre anglaise.

Les Haut-Conteurs ne craignaient rien... rien, hormis les monstres de leurs propres histoires.

Le maître pourpre avait-il servi de repas aux goules du comté du Gloucestershire sur lesquelles il était venu enquêter ? L'histoire avait dévoré celui qui la racontait. Pourquoi pas... Roland s'imagina à quoi ces démons pouvaient bien ressembler et il se rappela ce qu'il savait sur eux, ou en tout cas ce qui se disait à leur sujet. Décharnées, maigres et sans force, avec des yeux morts capables de voir la nuit, ces créatures se cachaient dans les cimetières pour se nourrir de cadavres humains. Peut-être avaient-elles fait une entorse à leur régime nécrophage pour goûter à la viande de Conteur ?

Craignant que son indisciplinée monture ne l'entraîne au bas d'un trou sans fond, Roland descendit de Lanterne et scruta le ciel et les environs une nouvelle fois. Pas de lumière, pas de lune, seulement un brouillard opaque et des troncs d'arbres sans couleurs. Il était seul et aveugle au cœur d'un cauchemar vaporeux, calme et inquiétant. Si c'était cela l'aventure, seule l'auberge lui offrirait un avenir décent. Jamais la forêt ne lui avait paru aussi lugubre qu'en cet instant. Pourtant, maintenant qu'il ne progressait plus et que le silence régnait, Roland perçut un étrange murmure. Le répétitif bruit de succion des pas de son cheval luttant contre la boue et sa bruyante respiration lui avaient caché ce frémissement.

Lointaine et étouffée, une faible mélopée rebondissait d'arbre en arbre. Le garçon retint sa respiration, ignora les appels assourdissants de son cœur et se concentra sur cet écho fantomatique. Tirant Lanterne derrière lui, il se mit à marcher l'oreille tendue et le pied hésitant. Se dirigeant au son, le visage plissé par la concentration, il avança durant de longues minutes avant de réaliser que le chant qu'il entendait de plus en plus clairement pénétrait son esprit. Le chant vibrait entre ses pensées, l'appelait et le guidait. Certains mots familiers et d'autres imprononçables s'entremêlaient et créaient des sons enchanteurs. Roland pensa aux marins de légende qui prétendaient ne pouvoir résister aux chants des sirènes qu'en s'attachant aux mâts de leurs bateaux. Comme eux, il se sentait pris au piège, pourtant il continuait à marcher vers le danger.

Le fantôme du jouvenceau mort neuf ans plus tôt poussait-il la chansonnette pour charmer d'innocents promeneurs ? Voilà bien une question à laquelle l'adolescent ne voulait pas de réponse. La curiosité, le goût du risque, la stupidité et les frustrations quotidiennes se disputaient sa raison, mais une vision apparut dans son esprit et imposa le silence à toutes ses pensées contradictoires. Une vision lui donnant le courage de suivre le funeste chant. Il pensait à la Haut-Conteuse, à sa voix et à sa façon de dire « à bientôt » avant de se perdre dans l'obscurité, sans peur et sans doute. L'image de sa cape pourpre s'éloignant de l'auberge effaça toute peur. Il n'était pas seul dans cette nuit de boue et de brume.

Un long moment passa tandis qu'il avançait toujours plus vers ce qui devait être l'ouest. Il n'avait jamais pensé qu'un jour il s'aventurerait aussi profondément dans la forêt, sur le territoire des loups et des fantômes en tout genre. Pourtant, son cheval têtu et son manque d'expérience en matière d'expédition improvisée venaient de faire de lui un homme aussi téméraire que le vieux Wilfrid, probablement le seul triste luron du comté à oser une telle excursion.

Le chant gagnait en force. Toujours aussi doux, apaisant et attirant, il était maintenant clairement audible. Celui qui le poussait se trouvait là, à quelques dizaines de mètres, vicieux et bien caché ou perdu dans le brouillard, il attirait le garçon. Roland attacha le cheval de son père à un tronc puis il s'agenouilla, guettant un parler latin qu'il croyait reconnaître. Des mots glissèrent entre ses jambes, remontèrent jusqu'à ses oreilles, et alors il comprit d'où provenait l'envoûtante chanson, d'une caverne des environs. Et grâce à des galeries souterraines le son remontait à la surface sur des centaines de mètres.

— Il y a quelqu'un par là ? demanda Roland de sa voix la plus assurée.

L'enivrante litanie cessa aussitôt. Est-ce que les goules chantaient ? Et si c'était le cas, est-ce que l'adolescent les avait interrompues ?

— Par les livres maudits... Je suis là ! prévint un homme d'une voix moribonde. Trouvez-moi, je vous en prie. Je suis tombé au bas d'un précipice caché par un taillis de ronces.

— Ce n'est pas un piège ? Vous n'êtes pas un fantôme ou une goule ? hésita Roland.

— Un piège... Un piège ? Écoutez-moi bien, bougre d'idiot ! Écoutez mes paroles ! Trouvez-moi et sortez-moi de là avant que toutes mes forces ne me quittent ! gronda l'homme avec une voix de roi ne permettant aucune contestation. Et ne vous cassez pas le cou en me rejoignant.

— Maître Corwyn, c'est vous ! dit Roland en reconnaissant le timbre si particulier du Haut-Conteur. J'arrive, continuez à parler. Je vois les ronces. J'arrive !

— C'est bien moi... et vous, qui que vous soyez, soyez béni.

— Tenez bon, je suis là, prévint le garçon en dévalant une pente rocheuse d'une douzaine de mètres.

Plus bas, Roland fit quelques pas entre de profondes tranchées boueuses laissées par des rivières asséchées, mais la silhouette de l'homme pourpre ne lui apparut pas.

— Où êtes-vous ? Je ne vois rien !

— Vous... me marchez pourtant presque dessus, étranger.

— Maître Corwyn ! s'exclama Roland en se baissant pour découvrir une large brèche dans le sol sur sa droite. Je vous rejoins !

Tel un chat sauvage, le garçon se faufila dans la trouée avec agilité. En glissant sur des parois escarpées et sans même s'écorcher les mains, il retomba dans une mare d'eau glaciale. À moins d'un pas, il découvrit un corps amaigri, grelottant et recroquevillé. L'endroit sentait le sang, le vomi et la mort. Le maître pourpre croupissait dans ce trou depuis des jours. Il paraissait gravement blessé. Roland passa ses bras autour du Conteur pour l'aider à se redresser.

— Doucement, monseigneur, gémit le Haut-Conteur. Mon bras gauche est cassé, j'ai un couteau planté dans le dos et je crois que je me suis aussi brisé l'échine en tombant... Je ne sens plus mes jambes et je deviens aveugle. Depuis hier, mes poumons se remplissent de sang. Je ne tarderai pas

25

à connaître le Paradis... alors inutile de me faire souffrir davantage ici-bas...

— Je peux vous prendre sur mon dos, proposa Roland. Je vais essayer de vous tirer de là. J'ai un cheval. Nous trouverons un chirurgien en ville.

— Non, mon brave... Si Dieu le veut, nous sauverons ma vie plus tard... Pour l'instant vous devez m'écouter, ordonna le maître pourpre d'une voix sans force mais encore autoritaire.

— Vous écouter ? Mais vous êtes en train de mourir ! protesta Roland en prenant les mains froides et immobiles du Haut-Conteur dans les siennes.

— Ce que je vais vous confier... vaut bien plus que ma vie. Vous ne devrez répéter mes paroles qu'aux personnes dont je vais vous donner les noms. Est-ce que vous me comprenez ?

— Oui... mais...

— Jurez-moi, sur ceux que vous aimez, que vous exécuterez mes dernières volontés. Ma caste vous récompensera.

— Mais...

— Jurez-le-moi ! Je n'ai que vous en qui placer mes derniers mots...

— Je jure d'accomplir ce que vous me demandez, promit Roland. Je le jure... Mais laissez-moi vous ramener à Tewkesbury et ensuite je vous écouterai.

— Non... Vous allez m'écouter maintenant. Mes yeux ne distinguent plus que des taches sombres, mes mains sont froides comme la mort, mon corps ne m'obéit plus. Mon temps est fini... Il ne me reste que ma voix et la vôtre, la seule que j'aie entendue depuis des jours... vous avez presque une voix de roi... une voix d'homme courageux et franc... vous devez m'aider... votre voix sera la mienne, grogna l'homme en ouvrant sa chemise pour en tirer un vieux rouleau de cuir à l'intérieur duquel était enroulé un parchemin.

— Je vous aiderai, promit le garçon en réalisant que le Conteur ne le reconnaissait pas et qu'il le prenait pour un homme en raison de sa voix cassée par son labeur à l'auberge.

— Alors écoutez-moi bien, brave inconnu... Retenez bien tout ce que je vais vous avouer... Que Dieu vous garde et qu'il vous protège du pouvoir de cette page, murmura-t-il en plaçant le parchemin dans les mains de l'adolescent.

De longues minutes plus tard, au creux d'une froide fosse de ténèbres, celui que ses pairs nommaient « le Flamboyant », le Haut-Conteur Corwyn, s'éteignit en tenant la main de Roland. Il rendit son dernier souffle paisiblement et partit soulagé d'avoir révélé ce qui devait être dit.

Roland pleura et ne lâcha pas la main du maître pourpre avant d'avoir pleinement réfléchi à ce qu'il comptait faire. L'Aventure avec un grand A, la vraie, celle qui poussait un fils d'aubergiste à braver la nuit, n'avait rien à voir avec les histoires de chevaliers, de batailles et de dragons. Pourtant, maintenant qu'il y avait goûté, il ne serait plus jamais le même. Le Conteur et ses paroles insensées avaient abattu son monde, mais en lui confiant une mission il lui avait déverrouillé une porte, celle d'un monde nouveau. Roland avait maintenant le choix d'ouvrir cette porte ou de la refermer. Il devait agir en homme.

Treize ans, c'était un bel âge pour pleurer une dernière fois comme un enfant.

# 2
# La cape
# ne fait pas le moine

Après une marche de plus de trois heures, quand Roland sortit de la forêt il faisait jour. Pourtant, l'obscurité en lui ne se dissipait pas, elle rongeait son cœur, embuait ses yeux et étouffait ses pensées comme son courage. Il s'était convaincu que ce qu'il allait accomplir était bien, cependant le doute le tiraillait.

Depuis qu'il avait tiré le corps du Flamboyant de son trou, l'infime partie de lui, raisonnable et geignarde, qui craignait l'avenir le suppliait d'oublier son aventure de la nuit. Il était encore temps de mentir, d'abandonner le cadavre du maître pourpre et de rentrer discrètement à la Broche Rutilante. Il était encore temps de mener une vie normale et ennuyeuse. Encore temps d'oublier les rêves d'aventures qui avaient toujours hanté plusieurs recoins de sa tête.

Essayant d'ignorer cet encombrant sursaut de lâcheté, Roland porta son regard au-delà du sentier qui courait à travers champs, des bois vers le village. Le chemin passait devant l'auberge et traversait Tewkesbury jusqu'à l'église. Perchée sur sa colline vieillissante, la pension se laissait caresser par les maigres rayons du soleil qui perçaient les murailles grises du ciel (en terre anglaise un ciel bleu, comme un bon vin, était chose rare).

Malgré la distance, Roland aperçut son père ainsi que quelques clients plus matinaux que d'habitude s'agiter devant la pension. La journée de travail avait commencé. Le garçon s'en voulut d'être en retard, puis il se rappela que maintenant pareille considération n'avait plus d'importance.

Il plissa les yeux et crut voir la cape pourpre de la femme Haut-Conteur apparue cette nuit. Il comprit que les gens assemblés devant l'auberge se préparaient à se lancer à sa recherche. Ne l'ayant pas trouvé dans sa chambre à l'aube, son père avait sans doute rassemblé tous les clients du logis pour l'aider à retrouver son fils. Depuis plusieurs jours, la disparition d'un Conteur et les rumeurs sur les goules aidant, la panique prenait vite possession des esprits.

Tant d'agitation et de souci à cause de lui. Voilà une autre chose dont le garçon se serait normalement inquiété, mais ce matin la culpabilité n'avait pas droit à la parole.

Sans lâcher des yeux les lointaines silhouettes, Roland respira lentement avant de tirer sur les rênes de sa monture. Marchant aux côtés du cheval, les épaules couvertes d'une cape qui ne lui appartenait pas, il maintenait d'une main tremblante le corps du maître Corwyn en travers de la selle. Froid et blême, les yeux fermés, le visage desséché par le calvaire de ses derniers jours et sans sa cape pourpre, le Flamboyant ressemblait à une goule, ou en tout cas à l'idée que Roland se faisait d'une telle créature.

La maîtresse pourpre, Mathilde de Beaumont, dite la Patiente, fut la première à apercevoir le jeune homme, son cheval et leur fardeau commun. Elle réalisa alors que les histoires du Flamboyant ne réchaufferaient plus aucun hiver. Son ami, son frère, son père, l'homme qui lui avait tant enseigné, était mort. Son cœur cessa de battre, ses mains tremblèrent et des larmes se formèrent dans ses yeux,

30

mais elle ne les laissa pas couler, pas tout de suite. Il y avait trop d'hommes autour d'elle et le mystère de la mort d'un Haut-Conteur devait être éclairci. Le temps n'était pas aux pleurs mais aux questions.

— Votre fils est là, Robert, dit la Haut-Conteuse d'une voix de roi ravagée par la peine. Et le maître conteur Corwyn aussi. Votre garçon l'a trouvé.

Le silence qui accueillit l'arrivée de Roland était si lourd qu'il pesait sur les épaules des hommes réunis devant l'auberge. Ils regardaient solennellement le garçon mais n'osaient pas bouger. Tous, y compris le grand Robert, attendaient la réaction de la femme à la cape pourpre.

La Haut-Conteuse se posta devant Roland, sourit tristement, caressa sa joue, murmura un merci audible de lui seul et s'approcha du cadavre de maître Corwyn. Elle toucha son visage glacé et prit l'une de ses mains dans les siennes avant de passer ses doigts sur le manche du poignard toujours planté dans le dos du Flamboyant.

Robert prit les rênes du cheval d'une main, puis de l'autre attrapa son garçon par le cou et l'attira à lui. Il serra son enfant contre sa poitrine et le respira profondément. Un peu plus tôt, après avoir suffisamment crié après une aide qui ne venait pas, trouver un lit vide à la place de son fils lui avait fait craindre le pire. Ce matin, le métier de père lui semblait bien plus important que celui d'aubergiste.

Les autres hommes félicitèrent l'adolescent et déversèrent des platitudes gênées à la Haut-Conteuse, puis, sur son commandement, ils la laissèrent seule avec le jeune paladin. La Patiente voulait parler à Roland sans témoin.

— Du fond du cœur, en mon nom et pour mon ordre, je te remercie d'avoir ramené maître Corwyn. Il va falloir que tu me donnes tous les détails sur l'endroit où tu l'as retrouvé pour que je chasse ses assassins, mais avant tout, tu vas répondre à une question. Que fais-tu avec sa cape sur le dos ? Ne sais-tu pas que seuls les Haut-Conteurs ont le droit de porter le pourpre ?

Roland hésita à répondre, les mots se bousculèrent dans sa bouche et sa gorge s'assécha, mais lorsqu'il parla, sa voix vibra avec un calme et une force inattendus.

— Il était encore en vie quand je l'ai trouvé... et c'est lui qui m'a donné sa cape. Il a fait de moi un Haut-Conteur avant de mourir.

Pressés contre les portes de la grange de l'auberge, plusieurs clients de la Broche Rutilante essayaient d'entendre ce que se disaient Mathilde la Patiente et Roland le Sans-Peur (comme beaucoup commençaient déjà à le surnommer). Le père, la mère et les sœurs du jeune homme avaient pu partager quelques mots avec lui, mais la Haut-Conteuse, sur un ton autoritaire, avait bien vite demandé qu'on lui offre un peu d'intimité avec le héros du jour. Malgré ses efforts pour cacher sa tristesse et un soupçon de méfiance vis-à-vis de l'adolescent, elle paraissait irritée qu'un garçon de treize ans porte la cape pourpre. Une fois que la famille de Roland eut regagné les cuisines (des bouches affamées par tant d'agitation réclamaient un tribut), que le corps du maître Corwyn fut délicatement déposé sur un lit à l'étage, le jeune homme et la Conteuse purent s'entretenir au calme.

— Pas de mensonges, mon garçon ! Ce que tu as fait cette nuit était très brave et te vaudra la reconnaissance des miens, alors ne gâche pas cela parce que tu as envie de te couvrir de davantage de gloire.

— Je ne mens pas, madame ! Maître Corwyn était en vie quand je l'ai trouvé. Il fredonnait un chant étrange et envoûtant... C'est ainsi que j'ai remonté sa piste.

— Bien ! Sur ce point, je te crois ! Il chantonnait en grec et en latin les airs des sirènes qu'Ulysse a rencontrées dans l'*Odyssée*. Il voulait attirer vers lui quiconque l'entendrait... et c'est tombé sur toi alors que tout le monde le cherche depuis des jours.

— Il était dans un coin de la forêt où nul ne va jamais. Si je ne m'étais pas perdu moi-même, je ne l'aurais pas entendu.

— Bien. Et pourquoi aurait-il fait de toi l'un des nôtres ? Il faut des années d'apprentissage pour gagner le droit de porter la cape, et ensuite, faire honneur à sa couleur est un véritable sacerdoce* ! Corwyn avait-il perdu l'esprit ? Est-ce pour cela qu'il...

— Non ! tempêta Roland sans laisser la Haut-Conteuse finir sa phrase. Il savait qu'il ne survivrait pas à ses blessures. Je crois même qu'il n'est resté en vie que pour transmettre un message à celui qui le trouverait.

— Un message ?

— Un secret, en fait, hésita Roland. Un secret que seul un Haut-Conteur pouvait entendre.

— Et c'est pour ce secret qu'il t'a fait prêter allégeance à notre ordre ? demanda la maîtresse pourpre sur un ton autoritaire, poussant Roland à se justifier.

— Il a dit que ma voix serait la sienne. Il m'a demandé de prendre sa cape et il m'a fait jurer d'être toujours fidèle à l'Ordre Pourpre. Il a dit que j'apprendrais plus tard comment devenir un Conteur, l'important à ses yeux était que j'en sois un pour recueillir ses derniers mots. Je lui ai

---

* Sacerdoce : désigne les fonctions du prêtre dans diverses religions.

donné ma parole et je ne la trahirai pas ! Je serai à la hauteur !

— Ton élocution est trop rapide et ta voix manque de finesse, mais avec du travail elle pourrait devenir une voix de roi...

— Vous m'apprendrez ce que je dois savoir ?

— Il faudra d'abord que les anciens de notre caste te reconnaissent le droit de porter le pourpre et ensuite que je te considère moi-même comme un Conteur, dit durement Mathilde pour provoquer le garçon afin qu'il se révèle davantage.

— S'il le faut, je trouverai un autre Haut-Conteur pour m'instruire ! réagit l'adolescent sans tomber dans le piège de la maîtresse pourpre.

Roland comprit que tout se jouait en cet instant. Il devait s'imposer pour se faire reconnaître par la Patiente. Son insolence serait un gage de bonne foi.

— Pour l'instant, je vais me convaincre que tu es l'un des nôtres, grommela Mathilde en vissant ses yeux dans ceux de Roland. Maintenant, dis-moi le secret que le Flamboyant t'a confié.

— Je ne peux, madame.

— Je vais avoir du mal à t'accepter comme élève et encore moins comme un égal si tu commences ainsi, jeune homme !

— Maître Corwyn m'a donné des consignes précises et...

— Des consignes ?! ragea la Haut-Conteuse. Corwyn était comme un père pour moi et tu refuses de me répéter ses dernières paroles ?

— Maître Corwyn m'a dit de ne parler qu'en présence de maître William le Ténébreux.

— L'un des plus anciens Haut-Conteurs de l'ordre, rien que ça !

— Et ce n'est pas tout, il m'a dit que le Ténébreux devait venir ici pour m'entendre.

— Ça devient insensé, mon garçon ! Maître William ne quitte plus notre refuge de Londres depuis une décennie. Nous ne pouvons pas lui imposer ce voyage.

— Maître Corwyn a dit que vous réagiriez comme ça. Selon lui, vous ne méritez pas votre surnom et c'est aussi pour cela que vous le portez si bien.

— Il savait que j'étais dans les parages ?

— Je n'ai pas eu besoin de lui dire que vous le cherchiez. Il savait que sa disparition vous amènerait dans le comté. Il voulait que je vous remette ça, ajouta Roland en ouvrant sa chemise pour en tirer le rouleau de cuir usé contenant le parchemin du maître Corwyn. Et il m'a demandé de vous dire que la clé se trouvait sous la couronne.

Mathilde prit délicatement le rouleau, défit le nœud qui le gardait fermé, puis déroula le parchemin avec précaution. Lorsqu'elle en découvrit le contenu, sa main se crispa sur le papier et son corps sembla traversé par une lance enflammée. Il ne lui fallut que quelques secondes pour en lire toutes les lignes et en étudier les dessins dans les enluminures, mais elle attendit presque une minute avant de regarder Roland à nouveau. Les mots couchés sur le papier semblaient posséder un pouvoir terrifiant. À voir les yeux hagards de la Patiente, le jeune homme les pensa crachés de la plume du Diable en personne.

— Tu sais lire ? demanda Mathilde sur un ton suspicieux.

— Oui.

— Et tu as lu ce parchemin ?

— Non.

— Cette page provient d'un ouvrage sacré pour les Haut-Conteurs ! Maître Corwyn est sans doute mort à cause d'elle. Comprends-tu la valeur de son sacrifice ?

— Je... je...

— Non, tu ne peux saisir cela aujourd'hui. Mais, un jour prochain, tu en seras capable. Pour l'instant, tu ne dois parler de ce parchemin à personne ! C'est clair ?

— Oui.

— Bien, à partir de maintenant, tu es un maître pourpre et tu ne fais plus rien sans me consulter, ordonna Mathilde avec gravité.

Roland voulut sourire mais il se retint. Le destin lui offrait une chance inestimable de côtoyer de grandes gens et de mener une existence autre que celle d'un aubergiste. Mais cette vie n'allait pas sans secrets capables de tuer. L'un d'eux, caché sur un vieux parchemin, avait tué le maître Corwyn, et maintenant que Mathilde venait d'en hériter, une gravité nouvelle habitait son regard. Roland était même persuadé d'avoir entendu un infime tremblement faire vibrer la voix de la Haut-Conteuse.

Après l'avoir soigneusement relu, la maîtresse pourpre remit le parchemin dans son rouleau pour ensuite le glisser dans la sacoche qu'elle portait en bandoulière. L'esprit en ébullition, elle ne parvenait plus à penser. Elle avait besoin de temps, pour se recueillir sur le corps de Corwyn et réfléchir à ce qu'elle devait maintenant accomplir. Il lui fallait s'occuper de cet enfant portant la cape, retrouver le ou les assassins du Flamboyant et veiller sur la page du *Livre des Peurs*. Elle tentait d'échafauder un plan pour les prochains jours et de prévoir l'imprévisible, mais ses pensées s'enfuyaient contre son gré et laissaient leur place à des souvenirs d'une époque heureuse et révolue. Mathilde se revoyait fillette en train d'écouter les histoires du Flamboyant dans les rues de Londres, adolescente quand elle traversait avec lui les forêts de Saxe, et jeune femme, à Bagdad, quand elle apprenait à décoder les messages cachés dans les poèmes persans.

Corwyn avait été plus qu'un professeur. Elle pouvait parler de lui comme d'un père, d'un guide et d'un magicien. Sa façon si unique de conter ne disparaîtrait pas tant qu'elle et d'autres maîtres pourpres se rappelleraient les merveilleuses soirées que sa voix rendait magiques. Corwyn serait bientôt enterré, mais les mots garderaient le Flamboyant en vie. Elle y veillerait.

— Autre chose, reprit Mathilde en dévisageant Roland comme si elle le voyait pour la première fois. Un jour prochain, ta cape fera de toi un grand homme. Quand tu seras véritablement un Haut-Conteur, tu raconteras l'histoire de ta rencontre avec un autre grand homme, le maître Corwyn. Grave dans ta mémoire les moindres détails de ce que tu vis aujourd'hui afin que tes futures paroles lui rendent hommage. Il était un rêveur, un aventurier et un Conteur d'exception, écris tout ça dans ta tête. C'est ta première leçon.

Une fois le service de midi terminé (et celui-ci fut mémorable en litres de bière versés et renversés), la Broche Rutilante ne désemplit pas d'un seul client. Au contraire, de nouvelles gens arrivaient et s'installaient où elles le pouvaient. Les bénéfices de cette journée s'annonçaient fameux. Aussi honteux que cela paraisse, la disparition d'un homme public (qu'il soit seigneur, abbé ou Haut-Conteur) profitait toujours au commerce.

À des lieues à la ronde, tout un chacun savait désormais que trois Haut-Conteurs se trouvaient sous le même toit. Bien que l'un d'eux fût mort, le chiffre restait exceptionnel pour une petite pension située à l'entrée d'un village dans lequel jamais rien d'intéressant ne se produisait. Jamais rien jusqu'à l'aventure de Roland la Bravoure (il fallait bien que son nom essaie plusieurs surnoms avant de trouver le bon).

Retenu dans la grange par la Haut-Conteuse qui tenait à poser de nouvelles questions sur cette nuit, Roland n'avait pas participé à ses tâches habituelles, et cela le ravissait et l'ennuyait tout autant. Ses sœurs avaient dû aider leur père à sa place, et leur travail ne s'était certainement pas déroulé dans la bonne humeur. Holly détestait servir de nombreuses tablées, et Éloïse ne prenait jamais les commandes assez vite.

Quand Mathilde devina que le garçon se laissait distraire par ses obligations de fils d'aubergiste, elle lui fit savoir ce que sa nouvelle vie exigeait de lui : un peu plus de concentration au lieu d'habiles jongleries avec des plats et des chopines. Un seul sujet, bien plus important, devait pleinement occuper son esprit. Le meurtre de maître Corwyn !

Mathilde ne cessait d'interroger Roland. Elle formulait ses questions plusieurs fois et de manière différente ou répétait les paroles du jeune héros de façon erronée afin de le piéger. Elle devait extraire de son histoire les détails les plus exacts des circonstances entourant la mort du Flamboyant. Mais le jeune homme s'en tenait à sa version, claire et cohérente.

Pourtant, l'infaillible instinct de la Conteuse lui soufflait que l'adolescent cachait quelque chose, et que cela n'avait rien à voir avec le secret qu'il ne devait divulguer qu'à William le Ténébreux.

Pour l'heure, il lui fallait accepter Roland tel qu'il était venu à elle. Les articles de la loi des Haut-Conteurs ne laissaient planer aucun doute sur le sujet. « Seul un Haut-Conteur peut faire d'un autre homme un Haut-Conteur... Celui qui porte le pourpre doit être aimé et aidé comme un frère... » Même si Mathilde ne parvenait pas encore à considérer le garçon comme l'un de ses pairs, elle voyait en lui des qualités essentielles pour qu'il le devienne. Il paraissait honnête et prêt à supporter la charge qui venait de lui échoir. Il porterait plus tard la cape pourpre avec panache, mais la situation exigeait de lui qu'il soit dès maintenant à la hauteur de la fonction. Il devrait aider Mathilde à prendre en chasse ceux qui avaient volé la vie du Flamboyant. Il fallait remonter leur piste tant qu'elle était fraîche.

Dans l'après-midi, Roland et Mathilde réussirent à prendre quelques instants au grand Robert pour que son fils lui dise les mots qu'il avait toujours rêvé de prononcer : « Je quitte l'auberge. » Mais, alors qu'il savait son ancienne vie révolue, les remords remplirent la bouche de Roland, et ce qui aurait dû être une affirmation sans équivoque ressembla à une excuse peu convaincante : « Vu qu'à présent je suis un Haut-Conteur... je vais avoir du mal à vous aider ici. Je voudrais bien, mais... »

La Haut-Conteuse vint en aide au jeune homme pour faire comprendre à son père que le garçon était désormais un maître pourpre, malgré son âge et son inexpérience. Grâce à sa voix de roi et à ses mots justes, elle parvint à le convaincre que ce qui arrivait à Roland transformerait positivement sa vie et que maintenant son quotidien ne se remplirait que de livres, de voyages, de rencontres et d'histoires. Elle se montra désolée des conséquences que tout cela faisait peser sur l'auberge, mais dorénavant Roland se dévouerait à l'Ordre Pourpre. Tandis que la Haut-Conteuse usait de tout son talent pour enrober chaque mot et le rendre plus digeste, Roland dévisageait son père.

Il lisait plusieurs sentiments dans sa retenue. Du respect envers Mathilde et l'ordre des Conteurs, de la compassion pour la perte qu'elle venait de subir, et une évidente fierté de voir son fils porter le pourpre. Mais son silence traduisait aussi une profonde déception. Qui l'aiderait ce soir pour servir la foule de gens rassemblés sous leur toit ? Qui s'occuperait dorénavant de le seconder ? Et surtout, qui reprendrait l'auberge après lui ?

Le grand Robert, d'habitude si drôle et si bavard, resta muet. Roland ne l'avait jamais vu ainsi. Même quand il racontait ses vieilles et horribles histoires de mercenaire (pour ce qu'en savait le garçon, son père avait autrefois guerroyé aux frontières du comté en compagnie de vilaines gens), il s'efforçait de toujours mettre un peu d'humour dedans.

Les comptes de la Broche Rutilante n'avaient jamais été si bons. La pension pouvait engager au moins deux ou trois aides pour la soirée qui s'annonçait, mais Robert était déçu de ne pas avoir son garçon à ses côtés pour profiter d'un tel événement. Cependant, l'aubergiste était un homme de raison, et il ne laissa pas ses sentiments entacher la première journée de Haut-Conteur de Roland. Il remercia Mathilde, demanda à son fils s'il souhaitait vraiment vivre en pourpre, puis le félicita et l'encouragea à travailler aussi sérieusement qu'il l'avait toujours fait au service de la famille.

Robert gagna ensuite les cuisines sans se retourner, et c'est à cela que Roland devina que son père lui en voulait d'abandonner la Broche Rutilante. Robert était normalement généreux en clins d'œil, sourires et bons mots... Le voir si froid fit plus mal au garçon qu'une séance de cris et de remontrances. Il emportait son seul rêve en cuisine, celui de léguer son auberge à son fils.

La mère et les sœurs de Roland réagirent tout à fait différemment. Entre larmes et sourires, elles lui répétèrent durant plusieurs minutes combien il les rendait fières, combien il était beau, grand, fort, courageux, et combien sa réputation naissante allait les faire bien voir dans le comté. Cela rapporterait une nouvelle clientèle à l'auberge et ferait de ses deux sœurs de beaux partis. Ce matin, les trois femmes avaient craint pour la vie du jeune homme et s'étaient imaginé le pire. Savourer son retour et tout ce qu'il engendrait leur procurait une joie peu ordinaire. Holly, la pire des grandes sœurs que l'histoire d'Angleterre eût connu, habituellement moqueuse et hautaine, fit preuve d'une étonnante et débordante affection. Elle traita son frère comme un héros et l'embrassa plusieurs fois sur le front et les joues (ce qui n'était jamais arrivé, aussi loin que Roland s'en souvînt). Éloïse, sa petite sœur, se contenta, elle, de serrer les avant-bras de son frère aussi fort que possible sans le lâcher des yeux. Plus que jamais il était un géant à ses yeux. Quant à Lauren, sa mère, elle ne cessait de lui peigner ses cheveux noirs avec les mains pour lui donner l'allure d'un prince. Le garçon de treize ans était soudain devenu l'homme de la famille.

Mathilde laissa Roland profiter des trois femmes de sa vie et pensa qu'elle serait la quatrième en devenant son professeur, puis elle se mit quelques minutes à l'écart. D'une écriture simple et rapide, elle rédigea un courrier qu'elle confierait au grand Robert. L'aubergiste trouverait bien un coursier de confiance capable de se rendre rapidement à Londres pour remettre son message à William le Ténébreux. Mathilde informait le vieux maître pourpre de la mort de maître Corwyn et lui demandait de venir à

Tewkesbury au plus vite pour écouter le garçon en qui le Flamboyant avait placé ses ultimes paroles. Bien qu'elle hésitât à en dire plus dans une lettre qui pouvait être interceptée, elle parla aussi de la page du *Livre des Peurs*. Il s'agissait de la page 7, une des pages essentielles du mythique ouvrage. Elle espérait que cela pousserait le Ténébreux à prendre des précautions et à garder secret son voyage jusqu'ici.

Elle scella son courrier avec de la cire et le marqua du sceau des Haut-Conteurs, puis elle pria Dieu pour que son message atteigne vite les mains de maître William.

Dès le coucher du soleil, l'auberge était si pleine que les tabourets manquaient aux dernières fesses arrivées. Beaucoup d'hommes, de femmes et une myriade d'enfants attendaient debout d'être servis. À l'extérieur, les gens s'agglutinaient autour de la porte et des fenêtres, espérant voir un bout de l'histoire qu'ils raconteraient plus tard à tous ceux qui voudraient l'entendre. Quel plaisir de pouvoir dire : « J'y étais », quand on y était vraiment !

Même un chevalier franchit la porte de l'auberge, et cela aussi représentait un événement en soi. Il s'installa à une table libérée spécialement pour lui et son écuyer. Le dernier chevalier que l'auberge avait vu était passé par là bien des mois plus tôt, et celui qui venait de prendre place, Thomas de Waddington, était célèbre dans tout le comté. Quelques mauvaises langues partagèrent de discrètes moqueries à son sujet, car, en raison de vieilles blessures et d'un antagonisme avec le roi Richard Ier, Thomas de Waddington et sa sulfureuse réputation n'avaient pas pris la route de la Terre sainte pour participer à la troisième croisade. Cela lui valait ce soir bien des regards, mais tous les gens présents s'accordèrent pour penser que si un homme d'un tel rang venait ici, la soirée s'annonçait des plus prometteuses. Lui et son écuyer restèrent sobres et silencieux et, contrairement aux habitudes chevaleresques, ils n'attirèrent pas l'attention sur eux. Ils étaient venus en spectateurs.

À la fin du jour, la nouvelle de la mort du Flamboyant avait voyagé dans tout le comté et laissé dans son sillage les premières bribes de ce qui deviendrait une histoire du folklore local. De bouche en bouche et de village en village les versions de ce qui s'était passé différaient quelque peu, mais l'essentiel se résumait à ceci : un garçon sans peur venait de retrouver la dépouille du Conteur disparu, le corps du malheureux avait été dévoré par des démons, une Haut-Conteuse raconterait bientôt une histoire pour célébrer sa mort et un enfant du pays revêtirait la cape pourpre du défunt.

Rien d'étonnant à ce que l'activité de la Broche Rutilante ne connaisse aucune accalmie depuis des heures. Des bourses venues de loin se vidaient au comptoir du grand Robert et des gorges assoiffées réclamaient sans regarder à la dépense. Beaucoup comptaient profiter le ventre plein et l'ivresse au cœur d'une Histoire avec un H majuscule. Car c'était à présent officiel, Mathilde la Patiente avait promis de conter dans la soirée.

Depuis son annonce, la maîtresse pourpre s'était retirée dans la chambre où reposait le corps du Flamboyant. Le sheriff Wickle (un homme laid et austère mais juste dont Roland avait une peur bleue depuis l'enfance car il lui manquait un œil) et un médecin l'y avaient rejointe, et depuis les heures passaient lentement.

Dans l'auberge, les discussions allaient bon train. La plupart portaient sur les goules de la forêt de Dean ou sur

Roland l'Intrépide. Le jeune homme était appelé et retenu à chaque table, et, pour la première fois de sa vie, ce n'était pas pour prendre commande. Tous les clients voulaient entendre de sa bouche comment Corwyn avait chanté pour l'attirer et comment il avait fait de lui un Haut-Conteur. Mais sous le regard froid de son père et en raison des ordres que lui avait donnés Mathilde, Roland ne donna que peu de détails. Seul le chevalier Thomas de Waddington et son écuyer eurent droit à une version plus circonstanciée de son escapade nocturne.

Au premier regard, le noble sire ne paraissait pas très avenant. La cicatrice qui lui barrait le visage de la lèvre à l'oreille droite le rendait même effrayant, mais l'occasion de parler à un chevalier ne se déclinait pas. Après quelques paroles, Thomas Cent-Blessures, comme le surnommaient les villageois, se révéla sympathique et il invita même Roland à lui rendre visite à son château quand le cœur lui en dirait. Le garçon fut honoré et touché de tant d'attention, mais il comprit que la couleur de la cape qu'il portait incitait les gens, nobles ou roturiers, à se comporter de belle manière avec lui.

C'est alors que Roland décida de sortir de la Broche. Cette gloire, qu'il estimait en partie usurpée, commençait à sérieusement le gêner. Entre les poignées de main, les accolades viriles et les remarques joviales ou compatissantes des uns et des autres, il lui fallut plus de vingt minutes pour gagner l'arrière de la grange et se retrouver un peu seul.

Jusqu'à ce soir, il avait espéré retrouver les frères Tiburd, Allan et Martin, mais ses amis ne s'étaient pas montrés de la journée. Leur mère, une dame sévère qui avait perdu son mari et envoyé tous ses grands fils en croisade, interdisait tout ce qu'elle pouvait aux deux frères. Roland aurait eu besoin d'eux et de leurs blagues aujourd'hui. À eux seuls, il aurait raconté dans les moindres détails sa mésaventure de la nuit et peut-être même leur aurait-il révélé ce qu'il n'avait pas encore dit à Mathilde. Mais Allan et Martin n'étaient pas là.

Cathleen, en revanche, était venue à la Broche un peu plus tôt, en compagnie de sa fidèle Susan. À bonne distance, toutes deux avaient longuement observé Roland dans son nouvel habit. Elles n'en croyaient pas leurs yeux mais savaient s'abstenir de répondre à ses sourires embarrassés. Puis, après que Susan eut chuchoté quelques paroles secrètes aux oreilles de Cathleen, les deux filles avaient abordé le héros de la nuit.

L'échange qui suivit ne fut pas vraiment une discussion, plutôt un commerce de questions curieuses et de réponses gênées. « Où Roland avait-il trouvé le maître pourpre ? Avait-il vu des goules ? Que lui avait dit le Conteur avant de mourir ? Allait-il vraiment devenir Haut-Conteur à treize ans ? » Le garçon aurait bien aimé, lui aussi, demander à Cathleen pourquoi elle l'ignorait depuis leur baiser de la semaine passée, mais il n'en fit rien. Susan, la petite vipère, comme la surnommaient les frères Tiburd, accompagnait Cathleen et il était difficile de partager quelques mots sincères quand quatre yeux vous regardaient au lieu de deux. Et puis il avait sa fierté, et maintenant il devait se comporter en Haut-Conteur ! Même si les deux filles paraissaient ne pas le prendre plus au sérieux qu'auparavant.

Cathleen lui plaisait, certes, et depuis longtemps il profitait de la moindre occasion pour la voir en secret et s'éclipser avec elle sans chaperon. En sa compagnie, il avait fait nombre de promenades aux abords de la forêt, il l'avait écoutée, amusée, séduite, et enfin embrassée derrière l'église. Ils s'étaient ensuite tenu la main, et, blottis l'un contre l'autre, Roland avait parlé de lui à cœur ouvert et avoué combien il voulait quitter le village. Elle l'avait écouté et ce fut un moment magique, un moment léger et doux. Cathleen aussi avait ressenti cela, et encore aujourd'hui Roland savait qu'elle lui vouait quelques sentiments.

Pourtant, il n'appréciait pas ses gamineries. Il s'était senti très vieux de pènser cela mais il n'avait pas la tête à leur amourette, car en cet instant c'en était une. Après tout, les deux Tiburd avaient raison ! Il n'était pas un sot dont on se paie les lèvres par jeu, puis la tête pour rire. C'est ce qu'il aurait voulu dire à Cathleen mais il ne trouva pas le courage de parler, et, tout seul adossé à la grange, il entendait encore résonner dans sa tête les gloussements des deux jeunes filles quand il les avait quittées sur un sourire timide et un simple « à bientôt ».

Était-ce là sa nouvelle vie ? Depuis toujours et de tout son cœur il l'avait désirée, mais il n'avait pas prévu que cette existence s'offrirait à lui avec autant d'inconvénients. Il voulait se réjouir de la situation, pourtant il ne cessait de penser à la mort de Corwyn, au secret qu'il devait livrer au Ténébreux et au parchemin qui semblait tant inquiéter Mathilde la Patiente. Et puis il y avait son père et sa façon plutôt indifférente de le féliciter d'appartenir à l'un des ordres les plus respectés d'Europe. Rien ne semblait aller comme il l'avait envisagé. Son apprentissage du quotidien de Haut-Conteur commençait dans le doute.

— Les choses ne vont pas s'arranger, mon garçon, dit Mathilde en surgissant des ténèbres. Il est encore temps d'enlever cette cape et de me la rendre si tu ne te sens pas de taille. Je ne t'en voudrai pas, Roland.

— Cette cape est à moi...

— Bien, alors rassemble tes affaires, dis au revoir à tes

parents et à tes sœurs, et va m'attendre à la lisière de la forêt car nous partons pour quelques jours.

— Nous partons ? Je croyais que vous deviez conter ce soir, dit-il en regrettant de ne pouvoir entendre celle qui allait devenir son guide dans sa nouvelle existence.

— Je vais conter, mon garçon, mais toi, tu ne m'entendras pas.

— Mais... je...

— C'est ainsi. Tant que tu ne seras pas vraiment un Haut-Conteur, tu ne pourras entendre un autre maître pourpre user de sa voix.

— Mais si je dois apprendre, il faut bien...

— Tu es déjà en train d'apprendre, l'interrompit Mathilde. Un Conteur ne trouve pas sa voix en écoutant celle des autres. Réfléchis aux raisons qui font que tu ne dois pas m'entendre ce soir, et tu en tireras un premier enseignement.

*
**

Une heure plus tard, sous un chêne immense qui l'abritait à peine du vent s'engouffrant entre les collines, Roland attendait la maîtresse pourpre. Il avait fait un bref au revoir à sa famille et n'avait pas réussi à dire à son père combien il était désolé de lui laisser l'auberge et pourtant si heureux de pouvoir en partir.

Seul dans l'obscurité et le silence qui régnaient maintenant sur le monde, le garçon enrageait d'être la seule personne du comté à ne pas profiter du spectacle en train de se dérouler sous son propre toit. Il s'imaginait la Haut-Conteuse bâtir une histoire et la raconter de plusieurs manières différentes, mais aucune ne lui convint et il comprit pourquoi elle lui avait interdit d'assister à la soirée.

47

Mathilde était surnommée la Patiente en raison de sa manière de conter, et Roland ne devait pas l'entendre pour la simple et bonne raison qu'il ne devait surtout pas l'imiter. Il lui faudrait plus tard trouver sa propre voix et un style qui rendrait unique chacune de ses histoires, et cela ne pouvait venir que de lui.

Il réalisa alors qu'il n'avait jamais raconté d'histoire à quiconque, ni à Éloïse quand elle était petite ni aux frères Tiburd quand ils passaient l'été à se battre dans les champs à coups d'épées imaginaires. Il en avait écouté des milliers à toutes les tables qu'il avait servies depuis des années, mais jamais personne ne l'avait écouté, lui.

Sa cape lui parut alors bien lourde.

Après plusieurs cailloux lancés entre les arbres, Roland décida qu'il s'était montré assez patient et obéissant. Mathilde lui avait interdit de l'écouter, pas de la voir ! S'il s'y prenait bien, le garçon pourrait approcher de l'auberge sans que personne le surprenne, et avec un peu de chance (il faudrait aussi qu'il enlève la cape) il pourrait se coller à un carreau et regarder la femme pourpre conter.

— Ben dis donc ! rugit une voix dans le dos du garçon. C'est donc vrai que t'as plus peur du noir ! T'attends là, tout seul, comme un chevalier qui espère voir passer le Graal.

— Allan ! s'étonna Roland en se retournant vers la forêt. Martin, dit-il en voyant l'autre frère Tiburd quitter les bois.

— On voulait te coller la frousse en sortant de la forêt mais vu que tu passais le temps en jetant des pierres, on s'est dit que tu allais nous en mettre une dans chaque œil si on te surprenait, dit Martin.

Roland sourit. Enfin ses amis se montraient.

— Paraît que t'es un héros, maintenant ?

— Un maître pourpre, précisa fièrement Roland. Mais qu'est-ce que vous faites là, vous deux ?

— C'est ton père qui nous envoie.

— Mon père ?

— Ben, on s'est échappés de chez nous pour voir la Patiente conter, mais quand on t'a pas trouvé à l'auberge et qu'on a demandé à Robert ou t'étais, il nous a envoyés ici. Il nous a dit que t'attendais là tout seul et que ce serait bien si on venait te tenir compagnie.

— Et vous avez préféré rater le conte de la Patiente !

— Ben, faut croire...

— On a quand même beaucoup hésité ! ajouta Allan.

Roland sourit à nouveau et remercia intérieurement son père. Finalement, le désir de voir la Conteuse exercer tous ses talents devint moins fort.

Il avait lui aussi une histoire à raconter et un public de qualité pour l'écouter. Être Conteur commençait sans doute par là. Partager une part de son aventure avec ses amis.

# 3
# Upyr

Le jour se lèverait bientôt, et Roland n'avait pas réussi à fermer l'œil plus d'une heure. Dormir à la belle étoile, en début d'automne et dans une forêt pleine de loups, était pour lui une première. Et bien que les activités nocturnes semblassent être une part importante de la vie d'aventurier, il ne se sentait pas encore l'âme de ces chevaliers capables d'errer des nuits entières en quête d'un mal à affronter. Enroulé dans sa cape et une couverture, entre les épaisses racines d'un arbre, il grelottait en espérant se rendormir au moins quelques minutes mais n'y parvenait pas. Il ne cessait de penser et, pour la première fois de sa vie, il réalisait combien trop réfléchir pouvait se révéler pénible. Son esprit ne lui obéissait plus. Des souvenirs récents le tourmentaient. Il revoyait la façon dont Mathilde de Beaumont était apparue à l'auberge et comment le Flamboyant s'était éteint dans ses bras, avec un calme et une dignité de roi. Il se demandait si un jour il pourrait se comporter avec autant de hauteur que les deux maîtres pourpres et regrettait de ne pouvoir assister à l'enterrement du Flamboyant.

Le père Andrews, le curé de Tewkesbury, le rendrait à la terre dans quelques heures, et la cérémonie serait ouverte à tous, pourtant Roland et la Conteuse ne s'y présenteraient pas. Avant de quitter l'auberge, Mathilde avait demandé à l'homme de Dieu d'offrir ses plus belles prières à maître

51

Corwyn car elle ne prononcerait pas un seul mot en son honneur. Les Haut-Conteurs célébraient la vie et la gloire, pas la mort. Leurs histoires et les grands hommes qui les racontaient devaient rester éternels. Ainsi, aucun Haut-Conteur n'assistait jamais à l'enterrement d'un frère ou d'une sœur pourpre. Roland trouvait une telle tradition bien triste et se promit qu'il irait prier dès que possible sur la tombe du maître Corwyn.

Il tira sa couverture sur son visage, ferma les yeux, et cette fois ce fut le parchemin qui lui apparut. Qu'y avait-il d'écrit dessus ? Pourquoi n'avait-il pas pensé à y jeter un œil quand il l'avait sur lui ?

Il espérait que Mathilde le lui montrerait bientôt mais pour l'heure il voulait dormir. Il chassa toutes les images de sa tête, respira doucement, essaya de se détendre, et enfin il sentit une douce torpeur se glisser derrière ses paupières. Un début de sourire étira ses lèvres, mais le lointain hurlement d'un loup vint tout gâcher. Inquiet, Roland se redressa bruyamment en souhaitant inconsciemment réveiller Mathilde pour qu'elle rallume leur feu ou qu'elle lui enseigne quelque chose, mais la Conteuse ne bougea pas d'un pouce. Elle ne frémit même pas d'un cil.

Après avoir conté à la Broche Rutilante, Mathilde avait retrouvé l'adolescent à la lisière de la forêt. Elle avait difficilement chassé les frères Tiburd, qui la supplièrent de les emmener aussi, puis elle mena Roland vers le nord deux heures durant. Elle avait ensuite allumé un petit feu et fait chauffer de l'eau dans laquelle elle infusa quelques feuilles. Afin de reposer sa voix, elle avait à peine parlé de la soirée à l'auberge (qui avait fait rire autant que pleurer toute l'assistance) et posé quelques questions à Roland sur le sheriff Wickle, qu'elle trouvait mystérieux, et le chevalier de Waddington, qu'elle n'aimait pas en raison de sa noble naissance. Roland n'eut pas d'explication à ce sujet, mais il comprit que Mathilde de Beaumont détestait tout simplement les aristocrates. Depuis, elle dormait. Recroquevillée contre son arbre et recouverte seulement de sa cape, elle ne paraissait nullement gênée par l'absence de toit au-dessus de leurs têtes.

La voir si habituée à ce genre de nuitée poussa Roland à se demander si Mathilde n'avait pas fait exprès de lui imposer une telle épreuve pour l'inciter à abandonner la cape pourpre. Si c'était le cas, elle ne serait pas déçue ! Quand il le fallait, le garçon se montrait plus têtu qu'un âne et un jars réunis. Que la maîtresse pourpre lui rende la vie difficile, il lui montrerait tout ce qu'il pouvait endurer ! Depuis plus de trois ans, il avait servi toutes sortes de gens exigeants et subi leurs caractères, leurs manières et leurs brimades. Il lui était même arrivé d'aider son père à sortir des ivrognes querelleurs, et, comme il était plutôt grand pour son âge, certains n'hésitaient pas à le faire participer aux débats. Roland avait déjà reçu quelques bons coups de poing qu'il avait toujours rendus avec des intérêts (c'était un point d'honneur dans une bagarre). Et pas plus tard qu'hier, il avait mérité bien des surnoms grâce à son aventure en forêt de Dean. Il avait même parlé avec un chevalier, alors il n'allait pas se laisser impressionner par une nuit en plein air... même s'il ne sentait plus ses orteils.

— Roland... Debout... Il faut te réveiller, jeune homme. C'est la nuit qu'on se prélasse dans le sommeil, pas le jour.

— Je me... lève, murmura le garçon, qui ouvrit difficilement les yeux.

La fantomatique silhouette du soleil cachée derrière un

nuage se trouvait déjà bien au-dessus des arbres. Midi sonnerait bientôt. La maîtresse pourpre avait laissé Roland se reposer toute la matinée. Elle n'était finalement pas si mal intentionnée que cela. Le jeune homme se leva, s'étira et regarda les cendres du feu de la veille. Elles étaient blanches et froides. Rien n'avait chauffé ce matin. Le déjeuner risquait d'être décevant.

— Regarde dans ma sacoche, dans une serviette brune, tu trouveras des tranches de jambon séché. Prends-en un peu et mange une des pommes que ton père nous a données, dit Mathilde en regardant vers le nord. Ça te fera tenir jusqu'à ce soir.

Roland s'exécuta et, en plus du jambon, il trouva dans la besace de la femme pourpre le rouleau de cuir dans lequel reposait le parchemin du Flamboyant. Il voulut lui poser mille questions à ce propos mais ses idées n'étaient pas encore assez claires pour devenir des interrogations précises. Roland se contenta de choisir la plus épaisse tranche de jambon et cela lui fit penser aux goules et à leur régime à base de viande morte. Une question qu'il avait déjà posée apparut alors dans son esprit. Et cette fois il voulait une réponse sans équivoque.

— Est-ce que je peux vous poser une question ?

— Je t'encourage à m'en poser autant que tu le voudras, mais je ne te promets pas de réponse à chaque fois.

— Est-ce que les goules existent ?

— Je crois t'avoir déjà répondu à ce sujet.

— Vous m'avez répondu comme à un enfant que vous ne vouliez pas effrayer. Cette fois, dites-moi vraiment ce que vous savez ! S'il vous plaît, madame...

— Tout d'abord, appelle-moi Mathilde ! Si tu dois être un Haut-Conteur, ne me donne pas du « madame », ça pourrait être gênant en public. Et en ce qui concerne les goules, oui, elles existent bel et bien. Depuis la nuit des temps, des témoignages dignes de foi ont rapporté leur présence en Grèce, en Égypte, en Macédoine et dans beaucoup de provinces de la Rome antique. On pensait qu'elles se cachaient dans les vieux cimetières dressés autour de la Méditerranée et qu'elles ne se montraient que sur les champs de bataille abandonnés pour trouver des cadavres, mais depuis peu de plus en plus d'histoires racontent qu'elles errent au nord de l'Europe. Certains Haut-Conteurs pensent qu'elles se cachent dans les grandes cités des royaumes francs et anglais, à Paris, Orléans ou Londres, et qu'elles visitent les campagnes poussées par la faim.

— Mais pourquoi viendraient-elles au nord alors que les croisés et tous ceux qui les suivent portent la guerre à Jérusalem ? Si elles se nourrissent de chair morte, ce n'est pas ici qu'elles en trouveront le plus.

— Les seigneurs partis en croisade laissent leurs terres sans protection, il n'y a plus aucun chevalier pour braver la nuit et veiller sur les temples de Dieu ou les cimetières. Qui ira donner la chasse à des créatures qui se cachent comme des rats et ne se montrent quasi jamais ? Et puis, ici, les nuits sont plus longues que dans le Sud. Les croqueurs de morts se cachent ainsi moins longtemps. Crois-moi, en ce moment, ces monstres ont tout à gagner à s'installer dans nos froides contrées.

— De quoi ont-elles l'air ? Attaquent-elles des êtres vivants ?

— Te voilà bien curieux. Crains-tu qu'elles ne te mordent le cuir ?

— Si nous tombons sur elles, j'aimerais savoir à quoi m'attendre.

— Leur corps est décharné, sec et sans vie, elles n'ont pas beaucoup de force et craignent le feu. Elles mangent rarement de la chair fraîche et, à moins d'être nombreuses, elles ne sont pas dangereuses. Un maître Conteur italien que j'ai entendu quand j'étais enfant disait qu'en pays crétois il était tombé sur un nid de goules au milieu d'un repas. Les morts-vivants le poursuivirent, mais il ne lui fallut qu'une course très brève pour les semer. Selon lui, les croqueurs de morts ne sont pas très vifs le ventre plein. La véritable menace qui vient avec elles est plutôt leur maître.

— Leur maître ? hoqueta bêtement l'adolescent. Un homme se fait obéir de ces créatures ?

— Pas un homme. Un être venu de l'Enfer dont beaucoup soupçonnent l'existence mais que personne ne voit jamais.

— Le Diable ?

— N'emploie pas tout de suite les grands mots, mon garçon. Il y a une hiérarchie à respecter quand on parle des serviteurs de l'Enfer, et je te garantis que le Diable ne foulerait pas nos terres pour mener quelques goules en maraude. Le monstre dont je parle est un mystère. La langue slave a un mot pour parler de lui, « upyr ». C'est difficile à traduire mais cela peut signifier « mort qui marche ». Ils ne sont que quelques-uns à fouler la terre des hommes, mais ils ont la réputation d'être immortels. Un jour ou l'autre, il faudra que notre ordre se décide à leur donner un nom.

— Et ces upyrs, à quoi ressemblent-ils ?

— À toi et moi, malheureusement. C'est pour cela qu'ils n'ont même pas besoin de se cacher et qu'on ne connaît que peu de chose sur eux. On sait juste qu'ils fuient la lumière, que seul le sang peut réellement les nourrir, et on suppose que les plus puissants d'entre eux jouissent du pouvoir de se transformer en animaux.

— Upyr, dit Roland en prenant le temps de bien peser

chaque lettre pour prendre conscience du monstre caché derrière le mot. Et vous croyez que nous allons le trouver ?

— Je l'espère ! Ça ferait une bonne histoire à raconter. Une histoire capable de traverser les siècles, dans laquelle le Flamboyant tiendrait une belle place...

— Vous croyez que maître Corwyn a croisé la route de cet upyr ?

— Je ne crois rien sans preuve, jeune homme, et en ce qui concerne Corwyn, je suis certaine que ce sont des hommes qui l'ont tué. Il avait un couteau planté dans le corps, et, à ma connaissance, ni les goules ni les upyrs ne tuent avec des armes.

— Et ce couteau ? Qu'est-ce que vous en avez fait ? Pourrait-on confondre l'assassin grâce à lui ?

— L'arme du crime est d'une effrayante banalité. Un couteau au manche en bois des plus communs ! Le tiers des hommes de ce comté en possède un du même genre. Je le garde dans ma besace, mais il n'incriminera personne. Maintenant, trêve de questions, nous avons du chemin à faire ! Alors décide-toi à avaler quelque chose et partons !

La tête emplie de visions de monstres aux dents longues et aiguisées, Roland regarda Mathilde puis la tranche de jambon qu'il s'était choisie, et il ne se sentit pas assez affamé pour la manger. Parler de viande morte et de sang n'ouvrait guère l'appétit. Même de bon matin, à midi.

Environ une heure silencieuse de marche plus tard, quand la Haut-Conteuse s'agenouilla au bord d'une grande surface de boue séchée, Roland comprit qu'il avait beaucoup à apprendre de la Patiente, et pas seulement sur l'art de raconter des histoires. Ce matin, pendant qu'il dormait,

57

Mathilde avait retrouvé la fosse où était mort Corwyn grâce aux indications du garçon. Elle avait relevé une piste et était revenue en arrière réveiller son élève. Depuis, étudiant des feuilles écrasées, des buissons aux branches cassées dans un même angle et de rares empreintes partielles de bottes que la pluie n'avait pas complètement effacées, ils suivaient les dernières traces du Flamboyant.

D'après Mathilde, Corwyn se savait poursuivi par ses assassins et il avait dû tourner en rond pour rendre ses traces illisibles, mais comme il ne connaissait pas la forêt il s'était aussi perdu.

— Le Flamboyant possédait des centaines de qualités... Le sens de l'orientation n'en faisait malheureusement pas partie, déplora Mathilde en se penchant au-dessus de plusieurs empreintes de pas dessinées dans la boue.

— Vous étiez très proche de lui ? demanda Roland.

— Les questions d'ordre personnel ne sont pas au programme de cet après-midi, jeune homme. Concentrons-nous sur notre histoire.

— Très bien, dit le garçon, comprenant que le sujet était plus douloureux que ce que Mathilde ne montrait.

— Regarde la terre, reprit-elle d'une voix ferme. Les empreintes de Corwyn, ici ! Et là, les pas d'au moins un homme lourd portant des bottes de qualité et les empreintes de trois hommes très légers allant pieds nus. Ce pourrait être des enfants mais leurs pieds sont trop larges... Qu'est-ce que cela t'évoque ?

— Ces trois-là pourraient être des goules, supposa Roland avec assurance. Vous avez dit que leurs corps étaient décharnés, ils ne doivent pas marquer la boue autant qu'un homme normal.

— Tu apprends vite, c'est bien. Maintenant, par ici, que vois-tu ? questionna la maîtresse pourpre en pointant du doigt une partie de la mare où se dessinaient des surfaces lisses et des cratères profonds de plusieurs pouces aux formes diverses.

— Je ne sais pas trop... On dirait que quelqu'un est tombé.

— Pas exactement, répondit la Conteuse avec un air tout de même satisfait de la déduction de Roland. Ici, des hommes se sont battus. Ils ont roulé dans la boue et se sont échangé plusieurs coups. L'un d'eux est parti vers le sud, je pense qu'il s'agit de Corwyn, et les autres ont fait demi-tour, affirma la femme en montrant une bouillie d'empreintes illisibles.

— Ils étaient quatre après un seul homme et ils ont fait demi-tour ? s'étonna Roland.

— Les Haut-Conteurs savent se défendre. Plus tard, je t'en apprendrai beaucoup à ce sujet. Dans tous les cas, je pense que Corwyn a blessé son adversaire et obligé les autres à se replier. Il est ensuite parti vers le sud avec un couteau planté dans le corps et il est tombé dans le trou où il s'est cassé l'échine. Nous avons de la chance que les arbres soient encore feuillus par ici et qu'ils aient empêché la pluie d'effacer toutes ces traces.

— Continuons par là, ordonna la maîtresse pourpre en se relevant. Au nord, je suis sûre que nous trouverons de nouveaux indices.

Roland imita la femme pourpre et regarda en direction du nord. Il ne voyait que des arbres à perte de vue. Tous deux étaient perdus au milieu d'une forêt où nul ne s'aventurait jamais, ils savaient maintenant que des meurtriers rôdaient dans les parages, et Mathilde ne paraissait pas s'en inquiéter le moins du monde.

— Est-ce qu'on ne devrait pas rentrer et demander de l'aide aux gens du village et au sheriff Wickle ?

— Wickle ne m'inspire pas confiance, et en ce qui concerne notre escapade, elle n'a aucun autre but que de nous mettre en danger.

— Comment ?

— Réfléchis un peu, mon garçon. Ceux qui ont assassiné Corwyn doivent se demander ce que nous faisons, ils craignent ce qu'ils ne voient pas et ils commettront l'erreur de se montrer à nous pour savoir si nous sommes sur leurs traces. Tu comprends ?

— Je n'en suis pas certain, non...

— N'es-tu jamais allé à la chasse ?

— Non. C'est même la première fois que je passe autant de temps loin de l'auberge.

— Bien, ce n'est pas grave... Apprends donc comment on appâte les loups. On s'enfonce sur leur territoire, on leur fait sentir la viande, et lorsqu'ils se montrent, il ne reste plus qu'à les piéger. Même s'ils se parent d'airs innocents et bienveillants, les premiers hommes que nous verrons dans cette forêt seront liés à la mort de Corwyn. Crois-en mon expérience, bien souvent, dans toutes les histoires de meurtre, le ou les coupables se dévoilent à ceux qui les traquent.

Quand ils reprirent leur marche, Roland se dit que la peur ne serait jamais bien loin de lui dans sa nouvelle vie. Il devrait s'habituer à la sentir, embusquée entre toutes ses pensées et prête à lui remplir le cœur à la moindre occasion.

Pourtant il se sentait vivant comme jamais. Pour la première fois depuis des années, il avait dormi jusqu'à midi et n'avait participé à aucune des tâches de l'auberge. Pas d'œufs à ramasser, de vaches à traire, d'eau à tirer du puits, de sol à lessiver, de tables à nettoyer, à servir et à débarrasser... il était libre.

Il pouvait bien souffrir de quelques nuits en plein air et de mauvais repas pour mériter de vivre comme un seigneur, comme un Haut-Conteur. Et puis s'il avait la chance d'arrêter des meurtriers (et d'en tirer une gloire cette fois méritée), de chasser des croqueurs de morts ou un de ces fameux upyrs et de bientôt voir d'autres contrées, il ferait ce qu'aucun homme de sa famille n'avait jamais réalisé : il sortirait du comté du Gloucestershire.

Tout en suivant Mathilde, Roland l'observait. Les pensées de la maîtresse pourpre étaient beaucoup plus pragmatiques que les siennes. Son regard allait en tous sens, guettant les signes du passage du Flamboyant, et ses mains retournaient chaque feuille ou brindille suspecte qui croisait ses pieds.

— Tu as de nouvelles questions ? demanda Mathilde sans même se retourner vers le garçon.

— Non, non, non, bredouilla Roland en comprenant que la Conteuse avait des yeux dans le dos.

— Alors regarde par terre, c'est là que s'écrit notre histoire pour l'instant.

Sur le sombre chemin qui mène
à ceux qui croient à lui et
aux limites de l'enfer,
naîtra un enfant maudit en qui
tu trouveras la voix d'un prophète,
trahi par les siens mais aimé par
sa mort et les ténèbres.
Il se dressera devant le mal et
par lui, ses visions et ses mots,
beaucoup verront l'espoir mais quand
viendront les sombres jours et
qu'il brandira le livre sacré de
l'âge des derniers prodiges,
tous reconnaîtront le mal en lui.
Par lui naîtra la fin des temps.

Au-delà des arbres où, la nuit,
se réfugient les loups et où
chante le fantôme de l'amoureux,
parfois viennent ceux entre qui
se dressent les plus vieilles tombes.
Ils ne craignent que les images sacrées
sur lesquelles se montre la vérité et
de la mort, ils n'espèrent que
le jour tant attendu
où elle les emportera loin
du parleur au coeur de lion.

7

# 4

# Le *Livre des Peurs*

Dans une petite caverne perçant un tertre rocheux couronné de buissons rouge et or, Mathilde et Roland se réchauffaient autour d'un feu, adossés aux parois de leur abri de fortune.

Attendant que la désagréable bruine qui tombait se décide à visiter le comté voisin, la femme pourpre et le garçon prenaient un peu de repos et mangeaient silencieusement leur tranche de pain de la journée.

Ils avaient visiblement perdu la piste du Flamboyant. Ils étaient revenus plusieurs fois sur leurs pas pour chercher de nouveaux indices, mais plus ils progressaient dans les bois, moins la direction à suivre devenait évidente. Trop de temps était passé et la pluie avait tout emporté. Il leur faudrait un sacré coup de chance pour que la boue leur apprenne d'où venait le Flamboyant et ce qu'il fuyait.

Cependant, Roland croyait en la Conteuse, et il continuait à se poser mille questions sur Mathilde de Beaumont. Toute la journée il l'avait regardée discrètement. Il la trouvait toujours aussi belle, mais sa beauté ne lui causait aucun émoi. Elle n'usait plus de son envoûtante voix de roi comme elle l'avait fait à l'auberge le soir où il l'avait rencontrée. Sa froideur et son autorité dressaient une muraille entre eux. Ils portaient tous deux la cape des Conteurs, pourtant elle était le professeur et lui l'élève. Tandis que lui se rappelait comment lire une piste en se répétant mentalement ce que lui avait enseigné la femme pourpre, elle tirait déjà des plans pour les prochains jours.

Leurs esprits n'étaient pas aiguisés de la même manière. Et leurs corps non plus. Roland avait mal aux pieds, au dos et à la nuque à cause de leur nuit en plein air alors que Mathilde ne montrait aucun signe de fatigue.

Face à son élève, elle finissait doucement son pain pendant qu'il soufflait sur les flammes afin de leur donner davantage de hauteur. Et pour la première fois depuis qu'elle était apparue à l'auberge, le jeune homme vit une faille dans l'armure de la Conteuse. Mathilde paraissait absente de leur abri, et ce détachement soudain surprit l'adolescent. Jusqu'à présent elle avait contenu ses émotions et agi aussi froidement que possible, mais en cet instant elle rêvait les yeux grands ouverts. Sa mémoire l'entraînait vers Corwyn, vers des temps heureux, et les souvenirs effaçaient la distance qu'elle s'efforçait de garder vis-à-vis des événements. Bagdad, ses mystères, ses poètes illuminés... elle ne cessait de penser à tout ce que le Flamboyant lui avait appris sur ces matières.

Roland comprit qu'il n'était pas le seul dont la vie avait été bouleversée et il mesura tous les efforts qu'accomplissait Mathilde pour être digne de sa cape. L'histoire importait plus que l'existence de celui qui l'écrivait ou la racontait. Contrairement à la femme pourpre, le garçon ne croyait pas encore en un tel adage. Il pensa aux précieuses paroles que maître Corwyn lui avait ordonné de ne répéter qu'à William le Ténébreux. Ces quelques mots valaient-ils plus cher que la vie de leur messager ? Seul le Flamboyant pouvait répondre à cette question, mais maintenant il dormait avec la réponse sous quelques pieds de terre.

Et Roland était le gardien d'un secret qu'il ne comprenait pas totalement. Depuis la veille, il ne cessait de se répéter mentalement les aveux du maître pourpre mort dans ses bras, mais plus il le faisait, moins il leur trouvait de sens. Inconsciemment, il espérait que la Conteuse l'interrogerait et que ses questions l'aideraient à comprendre. Il s'était attendu à endurer de nombreuses tentatives destinées à le faire parler, mais elle évitait soigneusement le sujet.

— Je sais à quoi tu penses, murmura Mathilde sans regarder Roland.

— Ne me dites pas que les Haut-Conteurs peuvent aussi lire dans les pensées, plaisanta Roland.

— Rassure-toi, je ne te poserai aucune question sur le message que Corwyn t'a demandé de transmettre au Ténébreux.

— Que... Comment saviez-vous que...

— Pour certaines choses, tu es facile à déchiffrer, sourit la Haut-Conteuse. Ce serait trop facile de te pousser à parler. Par respect pour Corwyn je n'essaie même pas, Roland le Bavard.

L'adolescent dévisagea la femme. Malgré la courte errance de ses pensées, elle restait totalement concentrée sur leur situation. Sa gentille moquerie venait de le lui rappeler. Roland la regarda tirer de sa besace le rouleau de cuir et l'étrange parchemin de Corwyn, et il remarqua que quatre cicatrices parallèles barraient l'intérieur de sa main gauche. Quelle aventure cachaient ces blessures ? Quel monstre lui avait infligé ces marques ? Un loup-garou ? Un basilic ? Un griffon ?

— Le fantôme colérique d'un nain armé d'une fourchette, plaisanta la Haut-Conteuse.

Roland pouffa bêtement, mais en voyant que Mathilde restait sérieuse il se demanda si une fourchette pouvait laisser de telles balafres. La Haut-Conteuse perçut l'embarras du garçon mais se garda de l'en tirer. Silencieusement, elle lut les poèmes écrits sur la page 7 du *Livre des Peurs*, la page qui avait probablement tué le Flamboyant.

Sous le regard surpris de Roland, la maîtresse pourpre retourna la feuille, chercha à l'envers un nouveau sens aux mots, puis, n'en trouvant pas, elle regarda hors de leur refuge. La pluie se faisait plus timide et la nuit tomberait bientôt. Leurs pérégrinations étaient finies pour aujourd'hui, et le jeune homme en fut ravi. Peut-être Mathilde se déciderait-elle à lui parler du parchemin.

— Qu'est-ce qui est écrit là-dessus ? Demanda-t-il.

— Des poèmes...

— Des poèmes ?

— Des textes codés qui se lisent de plusieurs manières. Ils paraissent absurdes à la première lecture, mais quand on sait les déchiffrer, ils révèlent un deuxième sens.

— Et c'est pour cela que le Flamboyant a risqué sa vie ?

— C'est difficile à croire, mais ces poèmes annoncent parfois l'avenir... Ils viennent tous d'un livre vieux comme le monde. Cet ouvrage est probablement le plus grand trésor de l'humanité, dit Mathilde en tendant le parchemin à Roland.

— Cette page vient d'un livre ? s'étonna Roland en parcourant d'un regard les lignes obscures couchées sur le vieux papier.

— Le *Livre des Peurs*. On ne sait quand il a été écrit ni par qui. On suppose qu'il est antérieur à la naissance du Christ. Certains des nôtres pensent qu'il a été rédigé au temps où les dix plaies d'Égypte se sont abattues sur le peuple des pharaons. Le livre a aujourd'hui disparu, mais nous savons que dans ses pages se cachent des prédictions, toutes sortes de plans et des formules pour fabriquer des élixirs étranges. Certains d'entre nous pensent que si le *Livre des Peurs* est entièrement déchiffré, un grand secret sera alors révélé. D'autres croient que ses pages forment une carte, mais nul ne sait où elle conduit.

— Mais cette page est en langue vulgaire, hésita Roland. Elle ne peut avoir été écrite avant Jésus-Christ...

— La page que tu tiens est tirée de la seule copie du *Livre des Peurs* qu'il y ait jamais eu. Cette copie a été réalisée au VII$^e$ siècle par des moines qui ont disparu avec leur œuvre et l'original du livre. Plus tard, des pages de leur copie ont été retrouvées dans les Alpes et sur le rocher de Gibraltar. Depuis, notre ordre veut toutes les rassembler.

— Mais... pourquoi chercher ce livre ?

— Pour de multiples raisons... Voir l'avenir, gagner la vie éternelle ou posséder des pouvoirs défiant l'imagination... En ce qui me concerne, je suppose qu'en plus de tous ses mystères, le *Livre des Peurs* raconte la plus secrète et la plus vieille histoire du monde. Il est donc essentiel que cette histoire soit découverte par les nôtres pour un jour être racontée.

— Une quête, pensa le garçon à haute voix. L'ordre mène une quête, et ce livre serait l'équivalent d'une Bible. C'est pour cela que les Haut-Conteurs ne cessent de battre les routes d'Europe.

— Oui, Roland. Comme d'autres ont cherché le saint Graal, nous, nous poursuivons un livre... Mais le *Livre des Peurs* est dangereux. Certaines pages rendent fou, et les hommes qui les possèdent ne sont pas prêts à les perdre. C'est sans doute pour cela que Corwyn est mort, dit Mathilde en encourageant Roland à lire le parchemin d'un geste de la main.

L'adolescent baissa les yeux et lut les deux poèmes du parchemin en étudiant longuement chaque ligne. Il ne leur trouva aucun sens.

— La clef est sous la couronne, dit Mathilde. C'est bien

ce que t'a dit Corwyn avant de mourir ? Tu vois la couronne dessinée en bas de page ?

— Oui.

— Au-dessus se trouve le code permettant de déchiffrer la page.

— En dessous, vous voulez dire ?

— Non, au-dessus. La couronne est dessinée à l'envers, le code pour comprendre la page est donc au-dessus. Tout dans le *Livre des Peurs* est caché ou présenté de façon retorse pour que les novices ne percent pas ses énigmes.

— « Mots menteurs, I sur II diront la vérité », c'est ce qui est écrit... Qu'est-ce que ça veut dire ?

— Relis dans ta tête le poème du haut de la page, ordonna Mathilde en regardant de nouveau à l'extérieur pour voir les derniers rayons du soleil fondre entre les arbres. Et essaie de comprendre par toi-même. Tu sais lire et, d'après ce que j'ai vu depuis deux jours, tu es intelligent. Tu peux donc comprendre sans mon aide.

Roland prit les paroles de Mathilde comme un compliment et s'exécuta. Il étudia avec soin l'énigmatique poème, mais ce n'est qu'à la troisième lecture qu'il devina à quoi servait la clé sous la couronne.

*« Sur le sombre chemin qui mène*
*à ceux qui croient à lui et*
*aux limites de l'Enfer,*
*naîtra un enfant maudit en qui*
*tu trouveras la voix d'un prophète,*
*trahi par les siens mais aimé par*
*la mort et les ténèbres.*
*Il se dressera devant le Mal et*
*par lui, ses visions et ses mots,*
*beaucoup verront l'espoir mais quand*

*viendront les sombres jours et*
*qu'il brandira le livre sacré de*
*l'âge des derniers prodiges,*
*tous reconnaîtront le Mal en lui.*
*Par lui naîtra la fin des temps. »*

« I sur II diront la vérité. » Cela signifiait qu'il fallait lire une phrase sur deux pour voir un second sens apparaître. À son sourire satisfait, Mathilde comprit que Roland venait de découvrir l'un des véritables messages de la page. Elle le félicita d'un hochement de tête et, avant que le garçon n'ouvre la bouche pour lui poser des questions, elle lui enjoignit de lire l'autre poème.

*« Au-delà des arbres où, la nuit,*
*se réfugient les loups et où*
*chante le fantôme de l'amoureux,*
*parfois viennent ceux entre qui*
*se dressent les plus vieilles tombes.*
*Ils ne craignent que les images sacrées*
*sur lesquelles se montre la vérité et*
*de la mort, ils n'espèrent que*
*le jour tant attendu*
*où elle les emportera loin*
*du parleur au cœur de lion. »*

— Les prophéties du *Livre des Peurs* sont obscures. Même quand elles sont décodées, leur sens demeure incertain, dit la maîtresse pourpre en voyant l'expression perplexe de Roland.

— Qu'est-ce qu'il faut comprendre de ces messages cachés ?

— Pour l'instant, rien. Et puis les pages du livre qui

sont des multiples de sept sont les plus étranges car elles peuvent être reliées entre elles, comme si elles formaient un message dans le message. À Londres, l'Ordre Pourpre détient la page 21, et si nous avions la page 14, nous pourrions trouver de quoi parlent ces poèmes.

— Décrypter le *Livre des Peurs* est toujours si compliqué ?

— Toujours ! Mais d'ici peu je suis sûre que bien des choses vont s'expliquer. Cette forêt cache une énigme que Corwyn a tenté de dénouer, et cette page du *Livre des Peurs* devrait nous aider à y voir plus clair.

— Plus au nord, je crois qu'il y a un vieux cimetière abandonné. Je n'y suis jamais allé et ce n'est sans doute qu'une coïncidence, mais, avec ces rumeurs qui courent sur les goules et ce poème qui parle de vieilles tombes, je me demande si les prochains indices que vous cherchez ne se trouvent pas par là-bas.

— Les indices que nous cherchons ensemble, Roland. Tu es des nôtres dorénavant. Il va falloir que je t'enseigne très vite un savoir qui s'acquiert normalement en plusieurs années, mais tu portes déjà le pourpre, alors parlons-nous d'égal à égal.

Roland sourit à pleines dents. Mathilde avait beau s'être montrée dure et autoritaire, elle l'acceptait enfin.

— Et ne souris pas tout le temps, tu es un Haut-Conteur maintenant ! La coutume veut que le pourpre nous rende graves et imposants.

— C'est que je ne suis pas habitué à cette vie, se défendit Roland sans cesser de sourire.

— Eh bien, tu vas devoir apprendre à t'y faire, dit la Haut-Conteuse en se levant pour sortir de leur abri. Il ne pleut presque plus.

— Nous repartons ? demanda le jeune homme sans cacher sa déception.

— Oui, je préfère instruire en marchant. Allons-y.

Trois heures plus tard, submergée par les ténèbres, la forêt devint inquiétante et, comme la nuit précédente, des hurlements de loups envahirent les environs. Seulement, ce soir, ils résonnaient plus près et en plus grand nombre.

Roland avait déjà entendu des histoires de chasseurs ou de bergers s'étant défendus face à des loups, et bien souvent l'homme laissait un souvenir à la bête. Une main ou un jarret semblait être le prix à payer pour une telle rencontre, mais Mathilde s'en moquait. Elle marchait d'un pas rapide et l'apprenti Conteur la suivait, vers le nord, vers les loups.

Le garçon essaya maintes fois de la dissuader d'aller plus loin. Il prétexta connaître la forêt et assura qu'elle était très dangereuse pour des dizaines de raisons : les loups, l'obscurité qui masque les fosses naturelles du sol, les loups, les risques de chute, les loups, les branches dans les yeux, les loups, les champignons vénéneux, les loups...

Mais il n'obtint pas gain de cause. Et à la question : « Pourquoi se déplacer dans le noir alors qu'il est impossible de suivre une piste qu'on a de toute manière perdue ? », la réponse de Mathilde lui fit abandonner tout espoir de passer une nuit tranquille.

— S'il y a des goules qui rôdent dans cette forêt, nous aurons plus de chances de les rencontrer.

— Vous comptez les surprendre ?

— Avec un peu de chance... mais n'aie pas peur, ou en tout cas pas tout de suite. Si nous voyons des croqueurs de morts, je t'autorise un bref instant de panique, mais tant que ce n'est pas le cas, garde ton calme, ajouta-t-elle d'un ton badin. En revanche, si tu me vois me cacher ou courir, imite-moi dans la seconde.

Roland se demandait si la maîtresse pourpre possédait un sens de l'humour auquel il ne comprenait rien ou bien si elle était tellement habituée à cette vie que la peur n'avait plus aucune emprise sur elle.

— Et puis si tu veux tout savoir, il existe des monstres bien pires que ces pauvres mangeurs de cadavres, reprit Mathilde.

— Bien... pires ? Pires comment ?

— Plus sauvages, plus sanguinaires... J'ai entendu dire que dans le sud de la France rôde un loup-garou dont le nombre de victimes ne se compte plus. Et puis il y a aussi ces banshees qui hantent le bord des routes dans le nord du royaume pour hurler aux promeneurs qu'ils vont bientôt mourir.

— Les banshees existent ?

— Je ne sais pas... peut-être. Et puis ceux qui ont entendu ces femmes blanches n'en parlent habituellement pas puisqu'ils meurent peu après. Cela rend difficile le fait d'affirmer qu'elles n'existent pas.

— Mon père dit que seuls les ivrognes entendent les banshees et que bien souvent il s'agit de leur femme qui leur ordonne de rentrer chez eux. Il ne croit qu'en ce qu'il voit.

— Ton père a sûrement raison, mais je suis certaine qu'il changerait d'avis s'il se rendait sur les rives du Loch Ness en Écosse.

— Qu'y a-t-il là-bas ?

— Un authentique et immense dragon que beaucoup appellent le monstre du Loch Ness. Il ne se montre qu'à ceux qui ne croient pas en lui et les dévore.

— Le monstre du Loch Ness, répéta doucement Roland. Un dragon... C'est vrai ? Vous ne vous moquez pas de moi ?

— Il vaudrait mieux que tu me croies si tu ne veux pas qu'il t'apparaisse quand, un jour prochain, tu visiteras les environs du lac, dit Mathilde en s'immobilisant soudainement. Ne bouge plus ! chuchota-t-elle. Là, regarde ! On dirait la silhouette d'un homme à cheval. Et là-bas, deux hommes à pied.

— Je ne vois rien, murmura Roland, qui sentit son cœur battre jusque dans sa gorge.

— Entre les grands arbres sans feuilles, murmura la femme pourpre en attrapant le menton du garçon pour lui tourner le visage dans la bonne direction.

— Des goules ? demanda l'adolescent dans un gémissement plaintif.

— Non... Des goules seraient plus discrètes. Ceux-là sont des hommes.

— À quoi le voyez-vous ?

— Il me semble entendre le cliquetis d'une épée, et puis les goules ne montent pas à cheval. Suivons discrètement ces trois-là, ordonna la Conteuse en se glissant dans un épais massif de fougères. Ce n'est pas le hasard qui les a poussés aussi loin dans les bois.

Roland voulait imiter la Patiente, mais il en fut incapable. L'apparition des trois mystérieuses silhouettes le clouait sur place. Tétanisé par la peur de signaler sa présence aux inconnus (qui pouvaient très bien, sans exagération aucune, être les meurtriers de maître Corwyn), il osait à peine respirer. Toute force avait fui ses jambes. Quant au reste de son corps, jamais il ne lui avait paru si lourd.

— Roland ! Si tu ne te caches pas dans la seconde, je te jure que je te jetterai entre les mâchoires du monstre du

Loch Ness à la première occasion, gronda-t-elle d'une voix de roi imposant l'obéissance.

— Me voilà ! souffla le jeune homme en se glissant enfin entre les fougères. Je... Je profitais du moment...

— Roland le Brave, maugréa la Conteuse. Il va falloir te trouver un nouveau surnom...

— Je...

— Allez, suis-moi et pas un bruit, Roland la Fougère !

*
**

Maintenant que la peur se dissipait, Roland sentait un enthousiasme nouveau le gagner. Il s'habituait vite à ces activités nocturnes. Il découvrait même qu'il aimait ça.

Protégé par le manteau de la nuit et la forêt, il progressait accroupi derrière la Conteuse. Sans lâcher des yeux les silhouettes qui avançaient à moins d'une cinquantaine de mètres d'eux, il réalisa que le Flamboyant avait dû agir de la même manière avant de connaître le baiser d'un couteau.

Malgré l'obscurité, les trois inconnus étaient faciles à suivre en raison du bruit qu'ils faisaient. Le cavalier ne cessait de parler aux hommes marchant derrière lui.

Mathilde, silencieuse et concentrée sur les paroles des trois larrons, se déplaçait comme un félin en se retournant régulièrement vers Roland pour s'assurer de sa présence.

— Est-ce que tu reconnais une de ces voix ? demanda-t-elle.

— Non, je les entends à peine.

— À ton avis, que font trois vilains aussi loin dans la forêt et en pleine nuit ?

— Ils braconnent ou ils préparent un sale coup...

— Je crois plutôt qu'ils cherchent quelque chose. J'ai l'impression que celui de devant demande son chemin à un des deux autres, et depuis quelques minutes ils ont bifurqué deux fois vers l'ouest. Ils n'ont pas l'air de savoir où ils vont.

— Et c'est bon ou mauvais signe ?

— On ne va pas tarder à le savoir, il me semble qu'ils s'arrêtent. Ils viennent de trouver ce qu'ils cherchaient.

# 5
# Appât de loup

À la faveur des rayons de lune qui perçaient le couvert des arbres, Roland observa le cavalier descendre de sa monture tandis que Mathilde, réfugiée derrière un immense sapin, étudiait les environs. Une fois son cheval attaché, l'homme rejoignit les deux autres gaillards à l'entrée d'une clairière où se dressaient les restes d'une haute croix de pierre aux branches brisées. La démarche de l'inconnu paraissait familière à Roland, mais l'obscurité l'empêchait de voir son visage.

Une fois regroupés, deux des trois drilles* tirèrent l'épée du fourreau alors que le dernier homme (d'un gabarit plus petit et mince) faisait tourner une hachette dans sa main. Des éclats de lumière lunaire ricochèrent sur le métal des armes tandis que les trois rôdeurs marchaient jusqu'à la croix, puis un immense nuage passa au-dessus de la clairière. L'obscurité devint plus opaque, presque solide, elle formait un mur autour des hommes.

Des hurlements de loups retentirent au loin, des oiseaux volèrent frénétiquement entre les arbres, et quelques buissons furent remués par le passage de petits animaux. La présence des rôdeurs semblait déranger la paix de cette nuit. Un frisson parcourait les bois.

---

* Drille : mot ancien pour désigner un soldat.

Mathilde et Roland perçurent tous les deux l'étrange volonté qui venait de prendre possession des lieux. Ils se regardèrent sans comprendre, mais la Conteuse ne paraissait nullement impressionnée.

— Ce n'est qu'une petite brise, chuchota-t-elle. Tu ne vas quand même pas te mettre à craindre un coup de vent, Roland sans Trouille.

Le garçon ne releva pas la le moquerie pour deux bonnes raisons. La première : il ne trouvait rien de suffisamment intelligent à répliquer. La deuxième : un loup immense venait de se glisser derrière les trois hommes et aucun d'eux ne l'avait vu.

Sans un bruit et d'un timide bout de doigt, Roland montra la bête à la femme pourpre. Elle écarquilla les yeux et entrouvrit la bouche, mais aucun son ne sortit de sa gorge. La vision du monstre (il était tentant de l'appeler ainsi étant donné sa taille) clouait le silence sur ses lèvres.

L'animal au pelage noir se déplaçait lentement et sans montrer le moindre signe d'agressivité. Tel un fantôme intrigué par des pillards venus visiter sa demeure, l'animal semblait seulement curieux. Il approcha encore des hommes, s'immobilisa et se coucha prestement au sol au moment où l'un des trois rôdeurs se retourna. À la grande surprise de Roland, l'homme n'aperçut pas la bête. Immobile et caché par l'obscurité, le loup demeurait invisible.

Quand les hommes se furent éloignés de lui, l'animal se redressa et marcha paisiblement jusqu'à de hauts massifs de bruyère avant de s'enfoncer dans les ténèbres.

— Ce loup est...

— Bizarre. Énorme. Inquiétant...

— Magnifique, j'allais dire, poursuivit Roland. Je n'avais jamais vu un loup agir ainsi... en fait, je n'avais jamais vu de loup vivant.

— J'espère que celui-ci sera le dernier que nous apercevrons avant longtemps, parce que je t'avoue que les monstres et les démons en tout genre, je peux m'y faire, mais les animaux sauvages... c'est une autre histoire, murmura Mathilde en se faufilant vers la clairière.

Sans lâcher les hommes des yeux, elle appela Roland d'un signe de la main et retira sa besace.

— Qu'est-ce que vous faites ?

— Je te confie mes affaires.

— Ça, je le vois bien ! Je veux dire, qu'est-ce que vous vous apprêtez à faire ?

— Je vais essayer de savoir qui sont ces vilains. Je vais m'approcher d'eux. Dans ma sacoche, il y a la page du *Livre des Peurs*. Si quelque chose m'arrive, emporte-la à Londres.

— Non ! Restez là ! Ils vont vous voir. Ils sont sur leurs gardes. Ils ont sorti leurs armes.

— Moi aussi, je suis armée, dit la femme pourpre sur un ton indifférent. Sois tranquille, Roland, j'ai déjà fait ça des dizaines de... En fait, je n'ai fait ça qu'une fois mais ça s'est bien passé. Souviens-toi de ce que je t'ai déjà dit. Notre départ a dû inquiéter les responsables de la mort de Corwyn. Et comme je ne crois pas aux coïncidences, la venue de ces trois-là en forêt a certainement un rapport avec notre histoire. Ce serait dommage de ne pas profiter de leur venue pour apprendre quelque chose.

— Mais...

— Plus de mais ! Reste là, et si tu vois que je me montre à nos trois inconnus, compte jusqu'à cinquante puis rejoins-moi en disant : « Elles courent trop vite », ordonna la femme pourpre en disparaissant entre deux arbres.

— Quoi ? Compter jusqu'à cinquante ? Elles courent trop vite ? Ça veut dire quoi ? gronda Roland sans plus distinguer la silhouette de Mathilde.

79

L'adolescent pesta mais comprit que son professeur ne reviendrait pas en arrière, et il reporta son attention sur les hommes. Ils avaient fait quelques pas mais ne s'éloignaient guère de la croix. L'un d'eux, le chétif dont la voix portait plus loin que celle des autres (il criait plus qu'il ne parlait), s'agenouilla, fouilla l'intérieur d'une sacoche qu'il portait à la ceinture, s'agita quelques instants puis se releva en brandissant une torche en plus de sa hachette.

Des flammes timides s'enroulèrent autour de son flambeau et illuminèrent les visages des trois hommes. Roland les reconnut immédiatement : le sheriff Wickle, son aide Simon et le vieux Wilfrid, le serf qui vivait dans une cabane en pleine forêt et chassait pour le seigneur Redleech.

Le vieil homme promena sa lumière autour de lui pour révéler les lieux et se signa comme un pêcheur craignant la colère de Dieu. L'imposant Simon, que beaucoup au village considéraient comme l'homme le plus fort des environs (il mesurait presque un mètre quatre-vingt-dix et ses avant-bras étaient plus gros que les cuisses de Roland), et le sheriff firent aussi un signe de croix en découvrant ce que les ténèbres leur avaient caché.

Roland se redressa, désireux de voir ce qui provoquait un tel émoi chez ces trois gaillards, et il s'approcha discrètement. Posté derrière un épais nid de ronces, il contempla l'affreux spectacle de la clairière et comprit où il se trouvait : dans l'un des cimetières oubliés de la forêt.

Deux ou trois siècles plus tôt, des sorcières, des loups et des légendes effrayantes avaient contribué à en éloigner les gens. Depuis, la nature avait repris ses droits. Quelques rares pierres tombales tenaient encore debout mais, brisées et couvertes de mousse, elles ne gardaient plus le sommeil des morts. D'autres stèles et des croix de bois gisaient au sol, auprès de trous et de petits monticules de terre. Des dizaines de tombes avaient été profanées, et entre elles, sur un tapis d'os et de boue, gisaient des restes humains desséchés et des vêtements en lambeaux. Plusieurs crânes vides toisaient les trois hommes et des fragments blanchis de squelette dansaient çà et là. L'endroit avait servi de table aux goules terrées dans la forêt, et visiblement ces monstres n'avaient pas pour habitude de débarrasser le couvert.

Roland sentit la nausée lui étreindre la gorge, mais un détail le rassura. Les trois hommes semblaient aussi écœurés que lui, et cela signifiait sans doute qu'ils n'avaient rien à voir avec les goules ou la mort du Flamboyant. Le dégoût provoqué par la vision de toutes ces sépultures retournées et de ces ossements abandonnés restait bien accroché à son cœur, mais ses pensées devinrent moins sombres. Il avait le sentiment que même s'il venait de trouver le repaire des croqueurs de cadavres, il était bien entouré pour faire face au danger.

Le sheriff avait perdu son œil dans un combat à l'épée bien des années plus tôt, seul contre quatre vilains. Depuis, à chaque fois qu'il avait utilisé la violence, jamais son sang n'avait coulé. Simon comme Wilfrid savaient se défendre (l'un avait les poings en acier et l'autre chassait tout ce qui se cuisait à la broche). Quant à Mathilde, elle cachait de surprenantes ressources. En y réfléchissant, seul Roland serait contraint de prendre la fuite ou de compter sur les autres si le danger les surprenait.

Il lui faudrait dorénavant une arme... Il lui sembla soudain apercevoir la silhouette du grand loup noir. À une trentaine de pas sur sa droite, il guetta un buisson suspect dans lequel il crut discerner les yeux de la bête posés sur lui, mais rien ne bougeait. À la limite de son champ de vision, deux billes d'or et d'émeraude avaient brillé puis disparu. Le garçon se demanda si un loup solitaire prendrait le risque d'attaquer un homme, mais, avant qu'il ne trouve une réponse, de grands bruits retentirent sur sa gauche.

Et Mathilde jaillit des ténèbres en courant. Elle traversa la clairière en quelques pas, s'arrêta en face du sheriff et reprit son souffle.

— Quelle heureuse rencontre que la nôtre ! s'exclama-t-elle.

— Madame... Que faites-vous là ? s'étonna le sheriff.

— Je traque une histoire, et, Dieu merci, vous en êtes de bons personnages secondaires.

— Pardon...

— Des goules, par là ! rugit-elle en montrant l'endroit où se cachait Roland.

— Des goules, grogna le grand Simon en redressant instinctivement son épée.

— Mais, et vous ? Que faites-vous là, messires ?

D'un geste de la main, Wickle ordonna à Simon de lui amener son cheval avant de répondre à la Conteuse.

— Une de ces maudites goules s'est montrée en début de soirée. Elle rôdait dans les bois autour de la cabane de Wilfrid.

— Vraiment ? s'étonna la femme pourpre.

— J'ai d'suite été mander l'sheriff quand j'ai vu c'te bête-là et ses gros zœils blancs au milieu d'la face, brailla le vieil homme en levant sa hachette. J'aurais ben voulu lui fair' tâter d'ça, mais y m'fallait d'l'aide au cas qu'elle était pas tout'seule !

— Nous avons remonté la piste de ce monstre jusqu'ici, précisa le sheriff.

— En pleine nuit ?

— Fallait ben suiv' la piste tant qu'elle était fraîche, m'dame Conteuse, et pis je connais la forêt ! Même s'il a de l'avance, c'monstre, il laisse autant de traces qu'un cochon sauvage en rut ! C't'à croire qu'y veut s'faire prendre !

— Ne perdons plus de temps ! ragea le sheriff en prenant les rênes de son destrier à Simon. Wilfrid, restez là avec la Haut-Conteuse, Simon, avec moi ! Nous allons attraper un de ces démons !

— Allez-y tous les trois. Ne craignez pas pour moi, prévint la Conteuse avec une voix de roi à laquelle désobéir était difficile.

— La goule que j'ai vue, l'était plus maigre qu'moi, elle vous fiait pt'être pas b'coup d'mal mais l'avait l'air mauvaise et vicieuse. Faut pas rester toute seule, m'dame.

— Qui va là ?

— Elles courent trop vite ! s'exclama Roland en se montrant.

— Je ne suis pas seule, sourit Mathilde. Partez, vous ne serez pas trop de trois pour attraper une de ces créatures. Nous vous attendrons ici.

Wilfrid tendit sa torche à la femme pourpre et regarda le sheriff pour recevoir ses ordres. Wickle, de son œil unique, dévisagea la Patiente puis il regarda Roland.

— Combien sont-elles ?

— Euh... Je...

— Trois ou quatre, répondit Mathilde à la place de son élève.

Le sheriff hésita. Se doutait-il du tour que lui jouaient la Patiente et le garçon de l'auberge ?

— Restez là tous les deux ! Et hurlez au moindre signe de danger. Wilfrid, avec nous ! gronda Wickle en lançant sa monture en avant.

Suivis par l'immense silhouette de Simon et celle bien plus petite de Wilfrid (qui se recroquevillait en courant, comme s'il chassait un cerf), le sheriff s'enfonça dans les ténèbres encerclant le cimetière.

— Beau travail, Roland, chuchota la Conteuse en ramassant une branche pour en faire une deuxième torche. Ils ont failli ne pas partir. N'hésite jamais quand tu mens, tu perds en crédibilité.

— Mais... je ne comprends rien à ce qui vient de se passer... Que venons-nous de faire ?

— Tout d'abord, notre petite mascarade nous permet d'apprendre de la réaction de ces trois hommes. Ce qui est fort utile puisque ce sheriff Wickle me semble toujours suspect.

— Vous vous trompez sur lui, Wickle était sheriff avant que je vienne au monde. J'ai déjà entendu plein d'histoires sur lui à l'auberge, et aucune ne disait de mal.

— On peut faire raconter ce qu'on veut aux histoires. Les seuls qui en détiennent la vérité sont ceux qui les écrivent, et crois-moi quand je te dis que Wickle nous cache quelque chose.

— C'est pour ça que vous l'avez envoyé voir ailleurs ?

— Je n'ai rien fait du tout. Je lui ai juste dit qu'il y avait des goules par là-bas, ce que tu as confirmé, et c'est lui qui a choisi de leur courir après.

— Et qu'en déduisez-vous ?

— Que ces trois hommes sont courageux et qu'ils ne sont probablement pas directement liés au meurtre de Corwyn. S'ils n'avaient pas réagi et continué à accomplir sans panique ce qu'ils faisaient ici, on aurait pu conclure que la présence des goules leur était familière.

— Et en quoi tout cela les innocente ? demanda Roland, qui avait du mal à suivre les raisonnements de Mathilde.

— Nous cherchons un homme qui agit avec les goules ou qui les contrôle. Nous n'allons pas en suspecter trois qui visiblement semblent les craindre ou ont envie de les tuer.

— Ça se tient.

— Bien, ne perdons plus de temps ! clama la femme pourpre en donnant à Roland la nouvelle torche. Prends ce côté du cimetière et vois si tu trouves quelque chose. Moi, j'explore l'autre flanc.

— Je ne sais même pas ce qu'on cherche !

— Moi non plus, mais quand on l'aura trouvé, je te dirai ce que c'est, Roland l'Attrape-goules !

Le garçon aurait voulu trouver quelques bons mots d'ironie pour répondre à la Conteuse, mais une fois de plus il n'en eut pas le temps. Seul un minuscule et affreux cri éraillé sortit de sa gorge (un oisillon tombant de l'arbre n'aurait pas fait mieux). Le gros loup noir était encore là, tapi entre deux massifs de ronces. Depuis l'obscurité, ses yeux d'or suivaient les mouvements de Roland. La maîtresse pourpre, qui se tenait pourtant plus près de ses crocs, ne semblait pas du tout l'intéresser.

— Roland, dit froidement Mathilde, se postant face à l'animal pour le regarder dans les yeux (elle croyait savoir qu'il ne fallait jamais tourner le dos et montrer sa peur à une bête sauvage).

— Oui.

— Loup ou pas, plus jamais tu ne dois crier comme ça. Contrôle ta voix. Tu es un Haut-Conteur, maintenant.

— Pardon.

— Tu es tout excusé, dit Mathilde en ramassant un caillou. Certains sons doivent sortir au moins une fois de ta bouche afin que tu saches que tu ne veux pas les entendre.

La maîtresse pourpre leva le bras, prête à jeter son projectile sur la bête, mais l'animal recula et les encres de la nuit recouvrirent son noir pelage. Le mystérieux loup repartait, disparaissant comme il était apparu plus tôt, calmement et sans bruit.

— Bien, j'espère que ce satané animal a compris. Finalement, on va rester ensemble et on va se dépêcher de fouiller ce cimetière avant qu'nos trois gaillards r'viennent par là faire du traîne-bottes ! brailla Mathilde en imitant le vieux Wilfrid.

*
**

De tombe en tombe, grâce à leurs torches, les Conteurs ne trouvèrent que des restes humains recouverts de vieux vêtements et Mathilde sembla déçue. Elle cherchait autre chose que des corps dont la dernière tâche sur terre avait été de servir de repas à des nécrophages.

À l'extrémité ouest du cimetière, la maîtresse pourpre s'arrêta face à une haute stèle dévorée par des rosiers. Devant la pierre un trou d'un mètre de profondeur avait été creusé. Elle se glissa à l'intérieur et toucha la terre remuée par les mains des goules. Elle était froide et sèche. La Conteuse souleva la moitié de squelette qui se trouvait entre ses bottes, toucha encore la terre comme pour chercher la partie manquante du corps, puis elle sortit du trou. Elle ramassa un os abandonné au bord de la tombe, un morceau de jambe. Elle passa plusieurs fois ses mains dessus avant de le donner à Roland, qui en eut une nouvelle nausée. Elle lui fit toucher les marques de dents laissées sur l'os et lui expliqua que, parfois, quand les goules ne trouvaient pas de chair morte, elles survivaient en rongeant de vieux ossements.

— Elles ont fait plus que survivre quand on voit tout ça, dit Roland. Elles ont festoyé avec tout ce qui leur tombait sous la main.

— C'est bien ce qui me paraît bizarre, pensa Mathilde à haute voix. Les goules sont normalement très secrètes... Elles ne laissent aucune trace de leur passage et ne s'exposent pour ainsi dire jamais. Alors pourquoi, au moment même où nous disparaissons en forêt, une goule se montre plus au sud et mène le sheriff jusqu'ici ? Tout ça me paraît bien trop évident et facile.

— Que voulez-vous dire ? Que tout cela n'est qu'une mise en scène ?

— C'est l'impression que j'ai en voyant autant de tombes ouvertes ! Je voulais que tu le dises toi-même afin que tu ne m'accuses pas d'être trop méfiante.

— Je ne dis pas que vous êtes trop...

— Tu le penses si fort que je l'entends tout le temps. Mais ce n'est pas grave, tu seras bientôt comme moi. L'important pour l'instant, c'est cet endroit. Il pourrait très bien n'être qu'un appât qu'on nous agite sous le nez pour nous empêcher de chercher la vérité où il faut.

— Mais qui pourrait faire ça ?

— Pas qui ! Quoi ! tonna une voix d'homme depuis la grande croix de pierre.

Roland et Mathilde sursautèrent et se retournèrent, à la fois étonnés et soulagés de reconnaître un visage familier : celui du chevalier de Waddington.

— Décidément l'endroit attire du beau monde, murmura la Conteuse en s'efforçant de reprendre une certaine contenance.

À l'évidence, la femme pourpre détestait se laisser surprendre. Le garçon l'avait vue porter ses deux mains à la ceinture pour dégainer une arme qui n'y était pas. Cependant elle n'avait pas terminé son geste, et Roland ignorerait encore quelque temps ce que cachait cette ceinture. Car pour l'heure, une vision inouïe remplissait son regard, la vision d'un être avec des « zœils blancs au milieu d'la face ».

Derrière le magnifique destrier que montait Waddington, le corps mort d'une goule traînait sur le sol. Le chevalier l'avait attaché à sa selle et tirait son trophée derrière lui.

La diabolique créature qui avait terrorisé les gens des

environs n'avait plus rien de terrifiant. À y regarder de près, Roland la trouva même pitoyable. Thomas Cent-Blessures l'avait lardée de coups d'épée. Au moins une dizaine de profondes entailles perçaient le cuir du mange-cadavres.

Pour la troisième fois de la nuit, Roland sentit le goût de la bile dans sa gorge, mais il s'efforça de l'ignorer et étudia l'horrible dépouille. Le corps du monstre portait des guenilles crasseuses et était affreusement maigre et racorni, il souffrait de malformations infâmes qui devaient l'empêcher de se mouvoir normalement. Ses yeux blancs, grands ouverts et pourtant sans vie, semblaient n'avoir jamais exprimé d'autre sentiment que la tristesse. Sur son visage osseux couraient de profondes stries et de rares cheveux blancs. Au bout de ses doigts se dressaient de courtes mais solides griffes noires, et d'une bouche sans lèvres dépassaient quelques longues dents brisées. Ses ignobles dents et ses griffes, c'étaient là les seules armes de la goule. Le monstre n'était pas un prédateur mais un charognard. Le combat contre le chevalier avait dû être bien inégal.

— Eh bien ! Ma prise vous laisse sans voix ! clama joyeusement Waddington. Et des Haut-Conteurs sans voix, vous conviendrez que ce n'est pas courant !

— Certainement, messire, répondit poliment Mathilde. Et, est-ce que cette goule est bien morte ?

— Oh oui, ne craignez rien. Mon arme l'a transpercée plus que n'importe quel démon ne saurait l'endurer. Cette chose ne bougera jamais plus, garantit le chevalier en descendant de sa monture pour se poster face aux deux Conteurs. Et puis-je, à mon tour, vous demander ce que vous faites là ? Personne ne s'aventure aussi loin en forêt ces temps-ci, surtout en pleine nuit.

— Nous courions après des goules avant d'arriver dans ce sinistre endroit où nous sommes tombés sur le sheriff

Wickle, mentit la Conteuse avec un air parfaitement honnête.

— Sinistre endroit ? répéta Thomas Cent-Blessures sans comprendre le ton de Mathilde.

— C'est un ancien cimetière, précisa la maîtresse pourpre en promenant sa torche à ses pieds pour montrer à Waddington les ossements qui jonchaient le sol. Et des croqueurs de morts y avaient visiblement leurs habitudes.

— Mon Dieu... La sépulture de ces pauvres gens... Quel malheur que cela arrive sur nos terres !

— Grâce à vous, ce malheur ne saurait perdurer, dit la Conteuse. Votre prise de ce soir devrait pousser les autres goules de la forêt à se cacher quelque temps.

— Comment avez-vous attrapé celle-là ? demanda Roland avec curiosité et admiration.

— Ce monstre s'est introduit dans mon château à la tombée de la nuit, sans doute cherchait-il un abri ou de la nourriture dans le caveau de mes ancêtres. Toujours est-il que mon palefrenier et un serviteur l'ont aperçu. Ils l'ont fait fuir et je lui ai donné la chasse jusqu'ici. Ce bougre de démon m'a fait galoper pendant des heures avant que je ne parvienne à lui planter mon épée en travers du corps, avoua orgueilleusement le noble seigneur. Tous les curés des environs voudront sans doute le brûler, mais, contre quelques onces d'or, je suis sûr qu'ils me laisseront garder sa tête en guise de trophée.

Roland approcha de la goule avec précaution et passa craintivement sa torche de fortune au-dessus du monstre. Waddington s'agenouilla à ses côtés et brandit une dague miséricorde qu'il portait à la ceinture. Il enfonça la lame de son arme dans le ventre du croqueur de morts et la retira sans effort.

— Pas de sang, grogna-t-il. Le Diable a de bien étranges serviteurs.

*
**

Quelques instants plus tard, le sheriff Wickle réapparut en compagnie de Simon et Wilfrid. Comme Roland et Mathilde un peu plus tôt, tous trois ouvrirent grand la bouche en découvrant le gibier du chevalier de Waddington. Ils voyaient un authentique démon pour la première fois et, déçus de n'avoir pas tué leur propre goule, ils voulurent tout savoir sur la traque et la capture du monstre.

Sans modestie aucune, Thomas Cent-Blessures entreprit de raconter son aventure en cheminant jusqu'au village. Il comptait bien y quérir quelques honneurs et un peu de fierté.

Ainsi, d'un pas décidé, à travers bois et obscurité, trois hommes, deux Haut-Conteurs et une goule écoutèrent l'histoire du chevalier de Waddington.

Wilfrid ne cessait de pousser des cris d'admiration dans une langue bien à lui. Simon demandait toujours plus de détails sur les réflexes et la force de la goule. Wickle, quant à lui, ne posa que quelques questions. Curieusement, les deux maîtres pourpres furent les plus silencieux de l'équipée.

Roland resta muet car il n'avait rien à dire. La présence du chevalier de Waddington et du sheriff l'impressionnait. Même s'il portait une cape pourpre, il n'avait que treize ans, et d'habitude il n'offrait que du « bonjour, messire », « merci, messire », à des hommes comme eux. Mathilde, elle, réfléchissait à tous les précieux enseignements qu'elle pouvait retirer de leur balade en forêt, et pour le garçon, qui commençait à connaître ses réactions, il était clair qu'elle ne croyait pas la moitié du récit homérique de Waddington. Le chevalier en rajoutait un peu trop pour elle, et cela nuisait à la vraisemblance de son histoire.

90

# 6
# Tout vient à point
# à qui sait apprendre

Le village, qui avait retrouvé un calme relatif depuis deux jours, s'enflamma après l'arrivée triomphante du chevalier de Waddington, du sheriff et des Haut-Conteurs. Bien que le soleil ne fût pas encore levé, le cadavre de la goule suscita l'intérêt de tous ceux qui commençaient leur labeur quotidien très tôt. Ainsi, le premier habitant de Tewkesbury à découvrir « les Dents de la Mort » (le monstre eut évidemment droit à son surnom) fut le charpentier, et il ne tarda pas à éveiller les siens pour qu'ils voient le diabolique prodige. Sur le chemin menant à l'église, le raffut ne manqua pas d'attirer d'autres maisonnées, et en quelques minutes une bonne partie du village sut qu'une autre aventure s'était déroulée en forêt et qu'elle avait uni Thomas Cent-Blessures à Roland Sans-Peur. Le comté regorgeait décidément de héros.

Thomas de Waddington, qui ne se montrait guère souvent au village, profita de bonne grâce des amabilités des gens. Son antagonisme avec le roi et son visage balafré provoquaient en général l'antipathie, c'est donc avec un ravissement à peine dissimulé qu'il répondit aux sourires et aux félicitations. Il inventait de nouveaux détails truculents et en rajoutait à chaque fois qu'il racontait comment la goule et lui s'étaient battus, mais cela amusait son public.

Tous l'admiraient, en particulier Roland, qui rêvait maintenant de porter une épée à la ceinture. Tous, sauf Mathilde. Elle regardait le chevalier avec froideur. La noble naissance et les actes de Waddington ne l'impressionnaient pas.

Le père Andrews, comme à son habitude, réagit avec une dévotion exagérée. Il jura sur Dieu que ni « les Dents de la Mort » ni ceux qui l'avaient touché n'entreraient jamais dans son église. Puis il félicita le chevalier et bénit son épée avant de lui demander de démembrer la goule afin d'en brûler les différents morceaux hors du village. Sur son traditionnel ton passionné (hystérique, dirait plus tard Mathilde), il appela à la prière les gens réunis devant son église. Mais à part la vieille Madleen (une commère du village qui considérait le curé comme un saint), de rares femmes et quelques hommes effrayés par le monstre, peu de monde entra dans le temple. Les aventuriers avaient besoin de sommeil et beaucoup des villageois devaient travailler. Dimanche viendrait bien assez vite pour que tous joignent leur main au nom du Seigneur.

Mathilde suivit le chevalier de Waddington alors qu'il s'apprêtait à quitter Tewkesbury et, de sa voix de roi la plus séductrice, elle lui demanda s'il consentait à lui vendre le corps du monstre. Elle désirait le faire porter à Londres. Même si l'église tolérait modérément les collections de bizarreries des Haut-Conteurs, l'Ordre Pourpre bénéficiait de quelques passe-droits. Et posséder un cadavre en faisait partie. La capture de cette goule était une première en terre anglaise. Pourquoi faire disparaître un spécimen d'une telle rareté en le brûlant ? À Londres, beaucoup de Conteurs pourraient apprendre de cette chose et comprendre son mode de vie avant qu'elle ne se putréfie. Si elle se putréfiait...

Waddington hésita. Que choisir entre la désobéissance à

un homme de Dieu ou la chance d'entrer dans les bonnes grâces et peut-être les histoires des maîtres pourpres ? Le chevalier trancha rapidement. La gloire valait bien mieux que la piété à ses yeux. C'est ainsi que le corps du croqueur de morts se retrouva discrètement caché dans une petite resserre de bois adossée à la grange de la Broche Rutilante. Le grand Robert ne donna sa permission d'utiliser la remise qu'après avoir obtenu la promesse que la goule n'y resterait pas plus de quelques jours, et il demanda à son fils ce qu'il lui rapporterait après sa prochaine escapade. Deux matins plus tôt, il était revenu de la forêt avec la dépouille d'un Conteur, et cette fois c'était avec le cadavre d'une créature de l'Enfer... Qu'est-ce qu'il ramènerait dans deux jours ? Le Diable en personne ?

Roland avait retrouvé le relatif confort de sa chambre au lever du soleil et il s'était reposé durant cinq bonnes heures avant que Mathilde ne le réveille. Tous deux avaient dormi dans la même pièce, lui par terre et elle sur le lit.

Ils prirent un déjeuner rapide dans les cuisines (sous les regards admiratifs de Holly et d'Éloïse qui écossaient des haricots) puis ils relatèrent leurs péripéties des derniers jours au grand Robert, qui profitait de l'accalmie du début d'après-midi. Depuis l'enterrement du Flamboyant et le conte que Mathilde avait offert, le travail à la pension était devenu moins pharaonique. La moitié des chambres avaient été vidées, et le service du soir retrouvait un calme presque habituel. Seul celui de midi drainait encore beaucoup de curieux désireux de voir la Patiente et Roland le Brave. Ceux-là attendaient qu'une autre histoire soit contée sous le toit de la Broche Rutilante...

Roland, bien qu'il fût chez lui, se sentait mal à l'aise. Sa cape lui donnait un statut auquel il avait encore du mal à s'habituer, surtout ici à l'auberge, et son père comme lui évitaient soigneusement un certain sujet de discussion : l'avenir. Sans qu'ils le souhaitent vraiment, une gêne s'était installée entre eux. Le grand Robert s'efforçait de ne rien montrer de ses sentiments, mais il savait que son fils quitterait bientôt le village et une part de lui en voulait au garçon de laisser l'auberge sans héritier. La Broche appartiendrait plus tard au premier homme qui épouserait l'une de ses filles, et cela l'attristait. Cependant, il s'efforçait de garder cette peine pour son cœur. Gâcher la nouvelle vie de son garçon ne l'aurait pas gardé à l'auberge.

Mathilde, qui décryptait les attitudes des gens avec une étonnante facilité, avait perçu le malaise entre le père et le fils, et elle confia à Roland qu'elle avait connu une situation bien pire que la sienne avant d'épouser la cape.

Alors qu'elle n'avait que douze ans, son père avait failli l'étrangler de ses propres mains quand elle lui avait annoncé que l'Ordre Pourpre l'acceptait comme disciple. Galéran de Beaumont, un seigneur normand très riche, avait mal pris le fait que sa plus belle fille ne se mariât pas au parti qu'il convoitait pour elle. L'insolence et le désir de liberté de Mathilde avaient coûté de belles alliances aux membres de sa famille et fait d'elle une lépreuse à leurs yeux.

Elle avait fui le château familial, s'était réfugiée sous l'enseignement de la Voix des rois et n'avait jamais revu son père, ses frères ou ses sœurs. Elle souffrait de souvent penser à eux, mais elle menait la vie qu'elle s'était choisie.

Roland comprit pourquoi Mathilde n'aimait pas Waddington ou la noblesse de façon plus générale. Elle en était issue, et les douze premières années de sa vie lui avaient appris à se méfier de ceux qui considéraient leur sang et leur naissance comme une qualité sacrée.

Mathilde rassura le garçon. Robert valait bien mieux que son propre père, ses titres et son château. Il s'inquiétait pour son fils plus que pour son auberge et il ne cherchait pas à aller contre les décisions de Roland. Il était un bon père. Le temps effacerait ses contrariétés passagères.

*
**

Plus tard, en début d'après-midi, entre deux timides éclaircies, Mathilde décida que quelques heures de réflexion et de repos leur feraient du bien. Elle devait méditer et élaborer de nouveaux plans, et puis il était temps pour l'apprenti Conteur d'apprendre à maîtriser sa voix.

Les deux capes pourpres marchèrent jusqu'à une prairie derrière l'auberge et s'assirent sur des rochers épargnés par la bruyère qui dévorait les environs. Un vent timide caressait paresseusement leur perchoir, et le soleil leur envoyait des flèches de lumière quand les nuages lui en laissaient l'occasion. Seul un vieux sentier peu emprunté passait par là. Personne ne les dérangerait. Mathilde avait bien choisi le moment et l'endroit. Tout était parfait, comme dans une histoire.

La Haut-Conteuse usa de sa voix de roi, et la première véritable leçon de Roland commença.

*
**

Jusque tard dans la nuit, l'histoire de Waddington et de sa goule avait animé bien des discussions, et pour beaucoup cela signifiait que la forêt de Dean redevenait fréquentable. Elle n'en était pas moins dangereuse, elle était juste moins

95

menaçante. Le chevalier aux Cent-Blessures veillait au grain, et les croqueurs de cadavres, s'ils n'avaient pas encore fui, ne tarderaient pas à le faire. Cependant quelques habitants, dont la vieille Madleen, continuaient à prétendre que le Diable rôdait alentour.

Au village, seul le sheriff, d'après ceux qui le croisèrent, ne parla guère de la nuit précédente. Il garda une humeur taciturne toute la journée. Ses responsabilités avaient fait de lui un homme sévère (un grincheux, disaient ses grands fils avant de prendre la croix et de partir à la guerre).

Il avait prévu de retourner dès que possible au vieux cimetière profané, avec quelques hommes de bonne volonté et le curé, pour rendre à la terre les ossements des malheureux déterrés par les goules. Le labeur serait des plus ingrats et rebuterait n'importe qui, mais pas le sheriff Wickle ! Rien n'empêchait jamais Wickle d'accomplir son devoir ! C'est en tout cas ce qui se disait à son propos. Rien, c'était vrai.

Et maintenant qu'il se tenait au-dessus d'une tombe toute fraîche, le sheriff souriait de l'ironie de la situation. Lui qui voulait rendre des ossements d'inconnus à leur sépulture allait déterrer le dernier mort des environs.

Quelques froides gouttes de pluie tombèrent sur son visage malgré sa capuche, et le sheriff en fut ravi. Il serait tranquille pour effectuer sa besogne. L'orage qui s'annonçait garderait les habitants du village sous leurs toits.

Pour la énième fois depuis qu'il s'était faufilé dans le cimetière, il regarda partout autour de lui et, quand il fut certain d'être seul, il brandit la pelle qu'il cachait sous sa cape pour la planter dans le sol. D'un geste rapide et précis, il envoya la terre voler contre une stèle sur laquelle quelques lettres avaient été récemment gravées : « Ci-gît le Flamboyant, Haut-Conteur. »

En une vingtaine de minutes, le sheriff atteignit le corps raide et glacé de maître Corwyn. À l'aide d'un couteau, il coupa les lanières et le linge qui emprisonnaient le corps, puis il le souleva en l'attrapant sous les épaules. Il le sortit délicatement de la tombe, l'allongea et reprit son souffle. Un éclair traversa le ciel avant que son grondement ne se fasse entendre et l'orage éclata. Il venait à point nommé. Il effacerait les traces. Personne ne se rendrait compte que le dernier sommeil du Flamboyant avait été troublé.

Le sheriff reprit sa pelle, entreprit de reboucher la tombe vide et y parvint en une centaine de pelletées. Il hissa le cadavre du maître Corwyn sur ses épaules et marcha aussi vite que possible jusqu'à son cheval, caché dans le bosquet derrière le cimetière. Il lui fallut plusieurs minutes et une belle chute avant d'atteindre son destrier et de mettre son butin en travers de la selle, mais personne ne l'aperçut.

Le sheriff souffla de soulagement et fit en une seule respiration plus de bruit qu'il n'en avait fait depuis une heure. Voler des corps... Ce n'était pas si difficile. Rien d'étonnant à ce que les goules ne se fissent jamais prendre.

Plus tard, dans la remise de la Broche Rutilante, le cadavre de la goule tuée par le chevalier de Waddington fut traversé par un spasme violent. La créature décharnée bougea ses doigts squelettiques et raides avant de fermer le poing plusieurs fois. Une étincelle de vie remplit ses yeux blancs grands ouverts, et un horrible son sortit de sa gorge. Elle respirait. Elle vivait.

# 7
# La cave

Bien avant l'aurore, Roland s'éveilla en sursaut et rapporta de son sommeil les dernières visions d'un cauchemar en putréfaction : une goule aux mains tachées de terre et de sang le poursuivait en grognant, puis il tombait dans une fosse où il s'écrasait sur le corps du Flamboyant.

Sans réveiller Mathilde, le garçon quitta la chambre qu'il partageait avec elle. La Broche Rutilante comptait au moins quatre lits disponibles, pourtant son professeur avait encore insisté pour qu'ils dorment dans la même pièce, et Roland la soupçonnait de monter la garde tandis que lui dormait. Il ne savait pas si elle veillait sur lui ou si elle préférait qu'ils soient deux pour garder la page 7 du *Livre des Peurs*, mais en tout cas, depuis qu'il portait le pourpre, il n'avait plus une minute à lui et il était bien trop fatigué pour se poser de bonnes questions.

Profitant de la paix du matin, l'adolescent descendit aux cuisines, but un peu de lait et prit une pomme avant de sortir s'asseoir sur le perron de l'auberge. Les dernières étoiles de la nuit disparaissaient dans la promesse d'un ciel aux tons rougeoyants. L'orage n'était déjà plus qu'un souvenir. Aucun nuage ne se hissait au-dessus de l'horizon. La journée serait claire et belle.

Une fois son maigre déjeuner avalé, Roland repensa à sa

leçon de la veille. Il ferma les yeux et se concentra sur sa respiration et les sons que lui avait appris à produire Mathilde. La gorge était l'arme et le bouclier d'un Conteur, lui avait-elle dit. Combinée à une certaine façon de respirer, elle permettait de parler sans ouvrir la bouche, de pousser des sons étranges (certains hilarants, d'autres terrifiants), de changer de tessiture et d'avoir ainsi plusieurs voix en une seule. Guidé par la femme pourpre, Roland emmena ainsi sa voix grave et éraillée dans un registre plus doux et plus aigu, puis, par des exercices de prononciation, il parvint à murmurer tout en restant audible.

Hier et en une seule après-midi, il lui semblait avoir foulé la terre d'un pays nouveau, et pourtant son apprentissage ne faisait que commencer. Un continent de découvertes l'attendait.

Sa voix cheminait par divers canaux, ventre, poitrine et gorge. S'il parvenait à tous les utiliser au mieux, il serait capable de prouesses. Mais avant cela, comme le lui avait dit Mathilde, il lui faudrait des mois d'entraînement avant de seulement se montrer à la hauteur de sa cape. Et heureusement, à cette fin, la Patiente avait montré à Roland des exercices qu'il pouvait pratiquer à toute heure. Aussi, une fois que le garçon eut regardé autour de lui et qu'il fut certain de se trouver seul, il respira calmement et essaya de composer un son guttural et simple à reproduire. Ce son-là venait de la gorge et, une fois maîtrisé, il permettait de former des mots puis des phrases. Il donnait à la voix une teinte à la fois effrayante et amusante.

— Rohhh… anhhh… Rohhh… ooohhh… ROOOHHH… anhhh… ROOOLAND, parvint enfin à dire le garçon.

La prononciation n'était pas parfaite, et il criait plus qu'il ne parlait. Mais le jeune homme fut satisfait de si vite retrouver ses sensations de la veille. Il reprit l'exercice et, cette fois, il récita l'alphabet, à l'endroit puis à l'envers. Mais avant que sa gorge ne pousse un *M* convenable, deux petits gloussements lui firent prendre conscience qu'il ne se trouvait plus seul.

Gêné d'être ainsi surpris, Roland se leva et improvisa une attitude digne en se demandant qui pouvait bien rire de l'avoir vu crier son étrange alphabet la bouche grande ouverte. Il scruta les abords de la maison, mais il ne vit personne, puis, quand il s'apprêta à rentrer, les ricanements se transformèrent en éclats de rire. Il tourna la tête et aperçut Cathleen et Susan qui sortaient d'un massif de fougères. Un seau vide à main, elles se rendaient au cours d'eau qui filait derrière la Broche Rutilante, et, plutôt que de se montrer, elles avaient préféré se cacher afin d'espionner Roland, qui pour l'occasion leur avait offert un spectacle hilarant. Seulement, cette fois, il ne voulait pas s'en laisser compter. Il marcha vers les deux jeunes filles d'un pas solennel et décidé et les salua d'un sourire avant de visser son regard dans celui de Cathleen.

— Il semblerait que depuis la semaine dernière, depuis qu'on s'est embrassés, je sois devenu ton bouffon préféré, et bien que je ne sache pas pour quelle raison, je veux te dire que moi, je ne me suis jamais moqué de toi !

— Roland ! s'offusqua Susan la petite vipère tandis que Cathleen restait silencieuse. Ce n'est pas parce que tu es soudain devenu important qu'il faut te croire meilleur que nous !

— Ce n'est pas à toi que je m'adresse, Susan, et puis...

— Roland, excuse-nous, l'interrompit Cathleen. On n'aurait pas dû rire de toi à l'instant... Mais pour le reste, si tu te demandes pourquoi notre premier baiser risque bien d'être le seul, alors cela signifie que tu es aussi bête que tous

101

les garçons du village. Et le fait que tu portes une cape pourpre n'y changera rien.

— Mais qu'est-ce que j'ai fait ?

— Demande-toi plutôt ce que tu as dit, pesta Susan en prenant Cathleen par le bras pour l'emmener loin du jeune homme.

— Ce que j'ai dit ? Mais quoi ?

Les deux jeunes filles ne se retournèrent pas, elles ignorèrent sciemment le garçon et s'éloignèrent rapidement de l'auberge, le laissant seul avec le souvenir confus de tout ce qu'il avait bien pu dire. Peut-être avait-il eu des mots blessants... Il ne se le rappelait pas. En fait, il ne se rappelait pas grand-chose. La douceur et la chaleur du baiser, le goût sucré de Cathleen, le frisson sur sa peau et son cœur léger, tout cela restait inscrit en lui, mais pour le reste, rien. Il s'était passé tant de choses cette semaine qu'il ne pouvait se remémorer toutes ses paroles.


L'esprit partagé entre Cathleen et son devoir de Conteur, Roland marchait à présent entre les ruelles désertes du village. Il se rendait au cimetière. Il voulait offrir une prière au maître Corwyn, et maintenant qu'il se tenait au-dessus de sa tombe, la jeune fille désertait ses pensées. Seul l'air que le Haut-Conteur avait chanté pour l'attirer rôdait dans sa tête. Comme lui, Roland parviendrait-il un jour à envoûter ceux qui l'écouteraient ? La pierre tombale du Flamboyant ne lui répondit pas. Le garçon ferma les yeux, unit ses mains devant son visage et pria Dieu de prendre soin de l'homme qui avait changé sa vie.

Prostré et silencieux devant une tombe vide, le garçon se demanda si le Conteur le regardait depuis les cieux et il murmura quelques mots.

— Merci pour la cape...

À quelques pas de lui, dans le caveau scellé des Harper, l'une des plus vieilles familles du village, des yeux d'or luisaient d'envie. À travers une fissure dans la pierre, l'immense loup noir qui avait surpris les errances des Conteurs dans la forêt observait le garçon et la femme qui venait d'entrer dans le cimetière.

— Elle te va bien, murmura Mathilde.

— De... quoi ? hoqueta Roland surpris par la maîtresse pourpre.

— La cape. Elle te va bien.

— Il a été enterré sans elle.

— Est-ce que les rois sont rendus à la terre avec leur couronne sur le front ? Non, Roland. La cape n'est qu'un symbole. Si Corwyn avait pu choisir entre dormir avec elle pour l'éternité ou une bonne histoire, il aurait choisi l'histoire... celle que tu raconteras un jour avec sa cape sur les épaules.

— Merci...

— Pourquoi me remercier ? Tu ne me dois rien. C'est à lui que tu dois quelque chose, dit Mathilde en montrant la terre de la main. Et c'est pour lui qu'aujourd'hui nous allons prendre quelques risques, affirma la femme pourpre avec un air faussement désolé.

— De gros risques ?

— Nous allons nous rendre chez le sheriff, nous introduire chez lui et tâcher de découvrir ce qu'il cache. Ensuite je t'apprendrai comment te faire entendre d'une seule personne au milieu de plusieurs, et s'il nous reste du temps je te ferai étudier un peu l'histoire de notre caste, plaisanta Mathilde. À moins que nous ne fassions quelques exercices de diction...

— Nous introduire chez Wickle ? Mais...

— Wickle nous ment ! Je ne sais pas encore à quel sujet,

mais, crois-moi, je sais reconnaître un menteur, surtout quand il est aussi inexpérimenté que ton sheriff. Il est temps de confirmer mes soupçons.

— N'avez-vous pas peur qu'il...

— C'est lui qui a peur ! Je l'ai senti dès mon arrivée ici. Quand je l'ai rencontré le jour où tu as ramené le corps de Corwyn, il était froid et distant... comme préoccupé.

— Comme le serait tout sheriff à qui l'on montre le corps d'un Conteur tué sur ses terres.

— Non, il était préoccupé par ce que la mort de Corwyn impliquait. Le meurtre semblait le toucher directement.

— Je crois que le maître Corwyn et lui ont passé une soirée ensemble il y a une dizaine de jours... peut-être s'étaient-ils liés d'amitié.

— Si cela avait été le cas, le sheriff aurait fait preuve de colère. Il se serait montré un peu plus prompt à m'assister. Or il ne m'a proposé aucune aide. Et il ne me donne pas l'impression de courir après d'éventuels coupables.

— Mais cela fait juste trois jours que j'ai trouvé le corps du Flamboyant, et hier nous sommes tombés sur lui en forêt. Il n'a pas eu le temps de...

— Tu lui trouves trop d'excuses. Sache qu'en matière de crime sanglant il ne faut jurer de rien. J'ai déjà vu des hommes au-dessus de tout soupçon commettre de bien horribles méfaits.

— Mais il est sheriff !

— Raison de plus ! Qui irait le suspecter de ce meurtre ?

Une heure plus tard, le plan de Mathilde était prêt, et Roland n'en revenait toujours pas de ce qu'ils s'apprêtaient à accomplir.

En premier lieu, ils se fabriquèrent un alibi. Ils saluèrent quelques femmes fort occupées à commérer devant chez elles et quittèrent le village en s'enfonçant entre les champs qui occupaient plusieurs arpents de terre à l'exact opposé du domaine du sheriff. Ils seraient ainsi supposés marcher loin du lieu du crime. Mais, avec une discrétion absolue, ils bifurquèrent en direction de la maison Wickle et gagnèrent sa clôture sans se montrer.

Les Conteurs escaladèrent un muret de trois pas de hauteur, traversèrent les vergers qui entouraient l'immense jardin de la belle demeure du sheriff. La Conteuse resta en retrait et laissa Roland s'approcher au plus près, puis ils se cachèrent chacun derrière un arbre. L'adolescent s'installa confortablement et soupesa son « projectile », un caillou de la taille d'un abricot sur lequel était attaché un morceau de parchemin.

Tapis au pied de pommiers centenaires, les deux maîtres pourpres attendirent de longues minutes que quelqu'un se montre, et ils furent récompensés par l'apparition de Brendan, un serf originaire d'Irlande servant la famille Wickle depuis son enfance. Brendan, un homme maigre, à la peau grêlée, aux dents noires et d'un naturel bavard, transportait du linge d'une aile à l'autre de la maison en passant par la cour.

Roland attendit de ne voir que le dos du serf, puis il lança sa pierre et, malgré la distance (deux bonnes centaines de pas), son tir fut des plus précis. l'Irlandais poussa un juron pour lequel Dieu pouvait légitimement refuser d'ouvrir les portes du Paradis, mais il ne laissa pas tomber son linge propre. Roland et Mathilde se firent tout petits derrière leur arbre et ne bougèrent plus d'un pouce.

Touché aux jambes, Brendan ramassa le caillou assassin et jeta un regard furieux autour de lui, mais il ne vit personne. L'Irlandais ne savait pas lire mais il reconnut les lettres écrites sur le message attaché au caillou, WICKLE, comme le nom de son maître.

— B'tards ! Pouvez pas frapper à l'porte c'mme tout l'monde ! J'suis pas un m'ssager... Pfff ! Sales g'mins ! J'vous pendrais ça par les boyaux si c'tait moi le sh'riff, marmonna Brendan en rentrant dans la demeure pour hurler le nom de son maître.

Conformément au plan, Roland et Mathilde profitèrent de l'occasion pour fuir le verger et attendre à une distance plus respectable de la maison. Ils ôtèrent leurs capes, les enroulèrent autour de leur taille afin d'être moins voyants et trouvèrent un endroit d'où ils pouvaient surveiller la porte d'entrée du domaine Wickle et constater si leur petit mot faisait son effet.

« Derrière les étables des Barkin, sur la route de Cardigan. Venez seul, devons parler. » Le message simple et mystérieux devait pousser Wickle hors de chez lui pour une partie de la journée et prouver qu'il faisait des cachotteries. Selon la Patiente, si l'homme de loi allait au rendez-vous fictif, cela supposait que la manigance ne lui était pas étrangère.

Deux minutes plus tard, des grossièretés plein la bouche, l'Irlandais quittait le domaine en courant vers le village. Un peu plus tard, il revint en compagnie du colossal Simon à une allure bien moins pressée.

— Wickle est moins bête que je ne le pensais, prévint Mathilde. Il va s'absenter mais il fait venir son aide pour veiller sur sa maison au cas où quelque chose se produirait.

— Cela change nos plans ? demanda craintivement Roland.

— Non, non, non... Nous allons juste faire preuve de davantage de ruse et de discrétion ! Car, mon jeune ami, sache que la ruse, bien plus que le courage ou l'intelligence, est notre principale alliée en ce moment. Ceux qui ont tué Corwyn savent que nous les cherchons, et nous savons qu'ils le savent alors nous devons provoquer des réactions en anticipant ce qu'eux pourraient anticiper de nous. Tu me suis ?

— Physiquement, oui. Je me tiens derrière vous, mais pour ce qui est de la logique de ceux qui savent ce qu'on sait, je suis moins sûr, ironisa Roland.

— Bien ! Un peu d'humour et d'esprit ! Enfin, tu commences à parler en Conteur.

*
**

Dans les ombres de la vieille masure de la famille Ermot (tous occupés aux champs en ce début d'après-midi), à l'abri des regards, Mathilde et Roland regardèrent le sheriff quitter sa demeure au grand galop. Dès qu'il disparut de leur champ de vision, ils retournèrent furtivement dans les vergers et s'agenouillèrent derrière un petit muret qui séparait le champ d'arbres fruitiers de la maison.

Les yeux et les oreilles à l'affût, les deux Conteurs écoutaient maintenant Simon et Brendan. Devant la porte de la maison, assis sur un banc en bois, le colosse aux cheveux roux et l'Irlandais parlaient des humeurs du sheriff ces derniers temps. D'après ce qu'en entendirent les espions pourpres, Wickle se montrait bien plus irritable et sombre que d'habitude. Cela aussi confirmait les soupçons de la Conteuse.

— Ça doit êt' ces sal'tés de goules qui l'tracassent ! Il en dort p'us la nuit !

— Nan, c'est pas ça, répondit Simon. On entend ces histoires de goules depuis des semaines, mais le sheriff a changé que quand le Haut-Conteur qu'est mort est arrivé au village.

107

— C'pas faux ! L'a pas peur de ces goules de malheur. L'a peur de rien ! Mais l'est p't-êt' malade ! Il mange moins... Avant que ses deux garçons partent en Terre sainte, il te boulottait trois poulets et te sifflait une carafe de vinasse par jour ! Aujou'd'hui, c'est à peine s'il t'crache pô dans l'écuelle !

Mathilde sourit à Roland. La façon de parler du serf l'amusait.

— Il doit être cousin avec le vieux Wilfrid qu'on a vu avant-hier, murmura-t-elle en rampant le long du muret qui les protégeait du regard des hommes.

L'adolescent la suivit sans un mot, écoutant les battements de son cœur résonner dans toutes les parties de son corps. Il se demandait comment la femme pourpre parvenait à rester si détendue compte tenu de la situation.

— Bien, reprit Mathilde quand le garçon l'eut rejointe derrière la demeure. Nos deux philosophes ne bougeront certainement pas. Ils vont rester devant au soleil. Peut-être qu'ils feront une petite ronde, mais si on ne fait pas de bruit, on devrait être tranquilles. On va entrer par là, dit Mathilde en ouvrant silencieusement une fenêtre.

Roland la regarda se hisser dans la maison. Il ne s'était pas imaginé que la formation d'un Haut-Conteur comprenait ce genre d'activités, et la tranquillité de Mathilde continuait à l'étonner. Jamais il n'avait vu de femme se comporter ainsi.

— Tu rêvasses, mon garçon ! Soulève tes fesses quand il te plaira et amène-les à l'intérieur, chuchota-t-elle depuis une cuisine en désordre.

Une fois à l'intérieur, comme le lui avait demandé la maîtresse pourpre, le jeune homme se concentra sur la voix de Brendan et Simon. Tant qu'il les entendait parler sur le même ton cela signifierait que leur présence passait inaperçue. Dès que leur discussion connaîtrait un silence, ils devraient se tenir sur leurs gardes et s'apprêter à fuir.

— Pas c'que m'dit cette vieille mule ! Elle raconte que c'est les Sarrasins qu'ont inventé l'écriture !

Mathilde, le sourire aux lèvres (le langage de Brendan lui plaisait décidément beaucoup), quitta la cuisine et traversa un salon où trônait une imposante cheminée. Le garçon suivit la maîtresse pourpre avec la désagréable impression de faire plus de bruit qu'elle. Dans la pièce, chichement meublée et plutôt sale (le ménage ne faisait sans doute pas partie des attributions de Brendan), les deux Conteurs regardèrent dans tous les coins, mais rien de significatif n'attira leur attention. La cheminée était encombrée de cendres et encore tiède. Rien ne traînait sur la longue table de bois aux pieds finement travaillés, et l'autre grand meuble de la pièce, une sculpturale commode, ne contenait rien hormis quelques étoffes et de la vaisselle.

Une fois qu'ils atteignirent la longue galerie qui traversait toute la maison et en reliait les deux ailes, Mathilde entra dans la chambre du sheriff et en ressortit avant que Roland ne la suive. Rien ne s'y trouvait à part un lit. En progressant le long du couloir, elle visita ainsi plusieurs salles, mais aucune ne la retint plus d'une minute. Elle entra ensuite dans ce qui devait être le bureau de Wickle et envoya Roland au bout du corridor. Une épaisse porte s'y dressait devant quelques marches qui menaient probablement à une cave.

Le garçon exécuta les ordres, mais il n'aimait pas ce qu'il faisait. La sensation d'être un voleur ne lui plaisait guère et il comptait bien s'en plaindre à son professeur, quand, enfin, un détail captura son regard. Par terre, sur les pavés, gisaient de petits morceaux de boue séchée, une boue de terre noire. Roland se retourna et remarqua d'autres traces un peu plus haut dans le couloir, elles allaient vers la cave. Il se précipita vers la massive porte et essaya de l'ouvrir en priant pour qu'elle ne grince pas, mais aucun bruit ne jaillit des gonds. Elle était fermée à clé.

Le garçon rejoignit alors Mathilde dans le bureau et la trouva agenouillée au-dessus de deux coffres vides. Il lui montra qu'ici aussi de la boue maculait le sol, mais la femme pourpre avait déjà vu ces traces-là comme celles du couloir. Selon elle, elles avaient été laissées par des bottes. Dans un coin du bureau, derrière une autre malle (toutes ces caisses devaient servir à collecter l'impôt), se cachait une pelle pleine d'une terre noire et encore humide.

— Il a enterré ou déterré quelque chose cette nuit...
— Je dirais plutôt déterré, osa Roland.
— Te voilà bien sûr de toi !
— Les traces de terre mènent jusqu'à la cave, mais la porte en est fermée à clé. Vous aviez raison... Il cache quelque chose et c'est là-dedans.

Après avoir essayé de forcer silencieusement et sans succès la porte de la cave, Mathilde et Roland se résolurent à quitter la maison. Leur expédition ne leur avait pas apporté la preuve que Wickle était coupable d'un crime, mais elle leur avait offert une certitude, celle de sa duplicité. Car en plus de la terre dans le couloir, les deux Conteurs avaient remarqué de longues rayures sur les pavés, comme si le sheriff avait traîné un objet lourd jusque dans sa cave. Les sillons n'étaient que superficiels et disparaîtraient au premier coup de cire ou sous quelques jours de poussière, ils étaient donc frais. Des dizaines d'innocentes histoires auraient pu les justifier, Mathilde et Roland pensèrent tous deux qu'ils dataient de cette nuit.

Avec la lune pour unique témoin, le sheriff avait fait une discrète escapade, il avait pataugé dans la boue et rapporté quelque chose chez lui. Et ce quelque chose se trouvait dans sa cave.

Et bien que les indices ne suffisent jamais à résoudre les enquêtes, ils aideraient à piéger Wickle, car, d'après la Conteuse, les criminels réagissaient toujours plus vite que les innocents. Il suffirait de lui tendre un piège et il sauterait dedans à pieds joints.

Mathilde et Roland s'éloignèrent du domaine Wickle comme ils s'en étaient approchés, silencieusement et couverts par les éclats de Brendan.

— Ben lô, j'lui disais qu'y s'trompait mais l'était tellement saoul qu'y comprenait plus rien. Il me r'gardait comme une belle grosse mouche hypnotisée par d'la bouse !

Dès qu'ils eurent contourné les maisons les plus éloignées du village, la Patiente et son protégé remirent leurs capes et revinrent à Tewkesbury par où ils en étaient partis. Sans donner d'explication, Mathilde prit la route de l'église, elle désirait maintenant parler au père Andrews. Roland la suivit sans poser de questions. Savoir le sheriff malhonnête le préoccupait plus qu'il ne voulait bien l'admettre. Il avait toujours eu un peu peur de cet homme, mais il le respectait... au moins jusqu'à aujourd'hui, jusqu'au mystère de cette cave.

Pour Mathilde, ils avaient perdu une précieuse journée. Que le sheriff fût responsable ou non de la mort de Corwyn, elle venait de comprendre que ce n'était pas au village qu'ils éclairciraient les circonstances de son meurtre, mais en forêt. Et maintenant, seul le curé pourrait les mettre sur la bonne voie.

Après avoir croisé un groupe d'enfants qui jouaient au chevalier Waddington chassant les goules de la forêt, Roland et Mathilde parvinrent à l'église. Ils durent se défaire de quelques vieilles bavardes venues prier pour le roi, puis ils trouvèrent le curé en train de confesser Bruce le Goulot, un homme que Roland connaissait bien pour le voir régulièrement quitter l'auberge à quatre pattes.

Quand le père Andrews en eut fini avec Bruce, Mathilde l'entraîna au fond de son église.

— Mon Père, vous devez nous aider.

— J'y consens, ma fille, mais calmez-vous. Vous me semblez bien agitée. Peut-être souhaitez-vous parler de la perte qui vous a récemment affligée ?

— Nous parlerons plus tard, Père Andrews. Je veux simplement vous poser une question, et je pense que la réponse se trouve dans les mémoires de votre église.

— Quelle est votre question, mon enfant ?

Roland s'approcha du père Andrews et tendit l'oreille car lui aussi était curieux de connaître cette question.

— Avant que le village de Tewkesbury ne possède son église et son cimetière, où les gens enterraient-ils leurs morts ? J'ai cru comprendre que d'anciens lieux de sépulture étaient utilisés dans la forêt, mais ils ont été abandonnés. Je voudrais savoir où ils se trouvent exactement.

— Je pense que le sheriff pourrait vous répondre mieux que moi, sa famille a toujours vécu ici et par sa fonction...

— C'est à vous que je demande, mon Père !

Surpris par le ton sévère et autoritaire de la Haut-Conteuse, le curé la regarda avec l'air d'un homme qui ne se laissait pas dicter sa conduite. Puis il se souvint de l'histoire que la maîtresse pourpre avait racontée à l'auberge et il se rappela que Dieu avait probablement béni cette femme, sa voix et son talent.

— Suivez-moi, dit-il en emmenant les Conteurs au fond de son église avant de les conduire dans un étroit couloir qui montait à l'étage, dans ses modestes appartements. Voilà ce que j'appelle mon petit paradis ! ajouta-t-il en ouvrant une porte qui donnait sur une pièce minuscule. C'est là que je lis la Bible et que je tiens ma correspondance avec notre évêque.

Une unique fenêtre étroite offrait de la lumière aux lieux, et toutes les étagères encombrées de parchemins qui recouvraient les murs n'attendaient qu'un coup de vent pour s'écrouler. Des motifs de toiles d'araignée fantastiques ornaient les poutres du plafond. Une écuelle d'eau et une peau de renard étaient glissées sous la seule table de l'endroit.

— Ça, dit fièrement le curé, c'est de l'eau et une couche pour Nicée, le chat de l'église. Je le fais dormir ici afin qu'aucune souris ne vienne grignoter ces vieux textes. Vous trouverez peut-être cela cruel car Dieu aime tous les êtres de sa création, mais ces petites souris font des ravages.

— J'en suis certaine, dit la Conteuse d'une voix de roi qui encourageait le père Andrews à les aider plus rapidement.

— Bien, alors... Où sont les registres du père McDermot ? Là, voilà ! dit le curé en désignant une case encombrée de parchemins poussiéreux enroulés les uns dans les autres. Le père McDermot a été le premier curé de notre village. Il paraît qu'il a connu Édouard l'Ancien...

— Et qu'ils ont tous deux traversé le Wessex à pied et en trois jours car ils ne parvenaient pas à terminer une discussion sur le bien-fondé de la guerre ! L'Ordre Pourpre connaît l'histoire de McDermot.

— Oh, vraiment ! dit le curé en déposant plusieurs parchemins sur la table. J'imagine que ce serait trop vous demander de me la raconter un jour prochain, demanda-t-il en promenant ses doigts sur une vieille carte étalée devant lui.

— Si ces dessins indiquent l'emplacement des cimetières abandonnés, je vous la raconterai volontiers, mon Père, dit la Conteuse en se penchant sur le vieux parchemin.

— En fait, précisa le curé, cette carte a été dessinée par des bandits de grand chemin qui ont un temps habité la forêt de Dean. Ils détroussaient les voyageurs la journée et se cachaient dans les cimetières la nuit. Lorsqu'ils ont été pris, l'un d'eux a remis cette carte à McDermot en lui demandant la confession.

— Parfait ! s'exclama la Conteuse en levant la carte devant la fenêtre. Cinq cimetières... Je ne pensais pas qu'il y en avait autant. Là se trouve celui que nous avons découvert avec le sheriff et le chevalier Waddington. Il nous en reste quatre. Merci, mon Père. Me permettez-vous d'emporter cette carte ? Je vous la rapporterai dès que possible.

— Oh, gardez-la tant qu'il vous plaira. Ce parchemin n'avait pas pris la lumière depuis des années et...

— Merci, Père Andrews, l'interrompit Mathilde. Gardez notre petite discussion pour vous. N'en dites surtout rien au sheriff, et nous nous reverrons bientôt pour que je vous conte quelques épisodes de la vie de McDermot.


Une fois hors de l'église, Mathilde entraîna Roland entre les enfants qui jouaient maintenant au roi Richard chassant les impies de Jérusalem. Elle se dirigeait vers un bosquet de sapins à l'écart du village. Sans un mot, elle marchait devant le jeune homme et regardait autour d'elle comme si elle craignait d'être remarquée. Ce qui était le cas de toute façon. Le passage d'une cape pourpre soulevait toujours quelques murmures.

La Conteuse se tenait sur ses gardes. Sans savoir dans quoi le sheriff était impliqué, elle commençait à croire que l'assassin du Flamboyant et ses goules avaient plusieurs complices cachés ici même au village. La forêt cachée derrière l'arbre lui apparaissait. Jusque-là, elle voulait trouver l'assassin du Flamboyant en espérant que cela expliquerait la provenance de la page du *Livre des Peurs*, mais maintenant elle comprenait que les meurtriers n'étaient qu'une partie du mystère. Quelque chose se tramait en forêt de Dean, et Corwyn l'avait deviné.

Sous le couvert des arbres, à l'écart d'oreilles indiscrètes, Mathilde se décida enfin à parler au garçon.

— Nous allons partir, mais cette fois nous mentirons à tout le monde sur notre destination. Il nous faudra deux chevaux car nous prétendrons partir à Londres. Il suffira de prévenir tes parents et un ou deux bavards attablés dans leur auberge. La rumeur de notre départ se répandra très vite. Ceux que nous cherchons devraient relâcher leur vigilance en nous voyant quitter Tewkesbury.

— Et où irons-nous vraiment ?

— Dans les bois, répondit Mathilde comme si cela était évident. Il nous faut visiter ces quatre cimetières. C'est sur eux que Corwyn enquêtait, pas sur les goules qui les hantent. Et je pense que là, nous découvrirons du concret ! assura la femme pourpre en s'apprêtant à repartir en direction du village.

— Attendez ! Attendez ! s'emporta Roland. Cette fois, expliquez-moi tout ! Je ne retournerai pas en forêt comme un disciple benêt qu'on traîne par la capuche, je veux y aller en homme !

115

— Bien... très bien même. Beau discours. Tu l'as préparé, non ?

— Oui, un peu.

— Ça se sentait, mais c'était très bien.

— Vous allez m'expliquer, alors ?

— Tu l'as mérité, dit Mathilde en souriant. La terre que nous avons trouvée chez Wickle m'a aidée à réaliser que nos recherches ne partaient pas dans la bonne direction.

— La terre ?

— Exactement ! Comment était la terre sur la pelle du sheriff ?

— C'était de la boue...

— Et comment était la terre du cimetière retourné par les goules ?

— Je ne sais plus...

— Souviens-t'en. Les détails comptent. Rappelle-toi les trous, les ossements, les tas de terre par-ci par-là. Comment était la terre du cimetière ?

— Un peu boueuse aussi...

— Et dans les tombes profanées ?

— La terre était... plutôt sèche, dit Roland en comprenant où voulait en venir Mathilde.

— Absolument. Il a plu durant des jours sur ces tombes ouvertes, mais elles n'étaient pas remplies de boue.

— Comment est-ce possible ?

— Ce cimetière a été retourné le jour même où nous l'avons trouvé. Les goules n'y ont probablement jamais pris un seul repas. Nous pensions qu'elles s'y étaient installées durant des semaines ou des mois mais nous nous sommes trompés. Ceux qui ont fait ça voulaient que nous trouvions les lieux dans cet état. Ils voulaient nous détourner des autres cimetières en nous occupant avec celui-là.

— Et vous croyez que le sheriff aurait pu faire cela ?

116

— Non... Wickle n'est qu'un maillon de la chaîne. Je crois même qu'il se fait manipuler, comme nous... Rappelle-toi ce qu'a dit Wilfrid à propos de la goule qui rôdait autour de sa cabane. Il a dit qu'elle était facile à suivre et qu'elle laissait plus de traces qu'un cochon en rut... Cette goule s'est montrée exprès pour attirer Wickle jusqu'au cimetière. Et il est probable que le croqueur de morts tué par Waddington a aussi servi d'appât pour attirer le chevalier là-bas. Ces hommes ont servi de témoins dignes de foi.

— Ils pourraient être les complices des goules...

— Non, Waddington me paraît trop fanfaron pour être mêlé à ça. En ce qui concerne Wickle, je n'en jurerais pas. Les assassins de Corwyn ont profané le cimetière à une vitesse remarquable et avec une grande minutie. Qu'ils soient des croqueurs de morts ou des hommes, ceux que nous cherchons sont nombreux, discrets, organisés, et je suis certaine qu'ils obéissent à un plan né d'une remarquable intelligence. Et celui qui les mène sait parfaitement se cacher.

— L'upyr, hésita Roland.

— L'upyr, mon cher ! Pourquoi pas... Si c'est ce démon que nous devons surprendre pour reprendre l'avantage, il va nous falloir nous montrer plus malins que le Malin lui-même.

Roland sentit un frisson d'effroi lui courir le long de l'échine en entendant le mot « démon ». Il se demanda s'il ne lui faudrait pas trouver un peu de temps avant la fin de la journée pour prier et implorer la protection de Dieu. Les dernières paroles de Corwyn lui revinrent alors en tête. Le message qu'il ne devait révéler qu'en présence de William le Ténébreux lui brûlait soudain les lèvres.

— Je crois... Je crois que je devrais vous dire ce que le Flamboyant m'a ordonné de ne transmettre qu'au

Ténébreux. Cela pourrait nous aider si nous tombons vraiment sur un démon...

— Non, Roland. Tu as juré à un homme mourant que tu respecterais ses dernières volontés, et tu ne dois pas les trahir parce que tu crains pour nos vies. Les Haut-Conteurs ne bradent pas leur parole.

— Mais si le Ténébreux arrive trop tard...

— De toute façon, même si tu me répétais les mots de Corwyn, je ne les comprendrais pas de la bonne manière. Il a dû coder son message pour qu'il ne soit correctement interprété que par le Ténébreux.

Roland baissa la tête. Il savait que la femme pourpre avait raison. Le message du Flamboyant était évidemment codé. Lui-même, alors qu'il l'avait en tête depuis plusieurs jours, n'en saisissait toujours pas le sens exact, mais il croyait maintenant en comprendre une partie. « À celui qui marche à l'envers et ne boit qu'à la première plaie d'Égypte. Mais qu'il soit d'air ou de chair, il craint maintenant du sacré, l'eau comme la croix. »

Au cas où Roland devrait jouer sa vie sur cette partie du message, il lui fallait repasser à l'église avant leur départ. S'il devait affronter un démon, autant placer toutes les chances de leur côté. Quelle que soit l'apparence du Mal, l'eau comme la croix leur serviraient d'armes.

— Assez parlé ! Nous devons y aller avant la tombée de la nuit afin que l'on nous voie quitter le village. Il nous faut tenir notre ennemi informé de nos mouvements !

# 8
# S'il dort sur le dos

Comme prévu, Roland mentit à sa famille avec la désagréable sensation que tricher avec la vérité devenait de moins en moins ardu. Il prétendit accompagner Mathilde à Londres afin de se faire connaître de l'Ordre Pourpre et assura que tous deux ne reviendraient pas avant des semaines. Il ajouta qu'il pensait que la mort du Flamboyant resterait inexpliquée car les pistes qu'ils avaient suivies ne menaient nulle part. Ce mensonge-là fut le plus difficile pour Roland, car il avait conscience de se servir de ses parents. Son père, sa mère ou ses sœurs ne manqueraient pas de répéter ses paroles, et si l'ennemi tendait l'oreille, il finirait par entendre. L'ennemi, le mot sonnait d'une façon toute militaire, mais c'est ainsi que Mathilde appelait parfois celui ou ceux qu'ils recherchaient.

Le grand Robert insista pour que son fils parte avec le cheval de l'auberge, c'était un bon destrier, solide et calme, mais d'abord il emmena Roland à l'étage de la pension. Dans une chambre où personne ne dormait depuis plusieurs jours, le père du garçon réfléchit en regardant son enfant. Il avait besoin de calme pour parler. Sans doute s'apprêtait-il à tenir un long discours fait de paroles de père, de paroles longuement mûries, mais après une interminable minute muette il se contenta de serrer son fils contre lui. Et il ne prononça que quelques mots.

— Je suis fier de toi.

Mathilde, elle, s'entretint avec une poignée d'habitués de la Broche. Elle comptait sur eux pour répandre la nouvelle du départ des capes pourpres et elle espérait qu'ils agiraient plus vite que des escargots poursuivis par le soleil. Laissant Roland à sa famille, elle se rendit dans la remise et se questionna sur le sort de la dépouille de la goule. Le grand Robert venait de lui demander d'emporter le monstre, mais Mathilde avait refusé en prétextant qu'une telle créature ralentirait leur voyage et attirerait trop l'attention. Et puis, en vérité, elle ne voulait pas s'encombrer du cadavre desséché tandis qu'elle s'apprêtait à repartir au cœur de la forêt. Elle promit à Robert que des Conteurs viendraient bientôt prendre l'immonde dépouille en se gardant bien de lui donner une date.

Raide, froide, allongée dans la paille et recouverte d'un épais tissu, la goule offrait une vision abjecte de la mort. La Conteuse fut cependant soulagée que le rongeur d'os n'empeste pas autant qu'une charogne en proie aux asticots. Cela aurait gêné le commerce de l'auberge, et puis le père Andrews aurait très certainement crié au sacrilège ou à l'impiété s'il avait su que le monstre était toujours en un seul morceau. Mathilde pensa à maître Ruppert, dit l'Archiviste. Ruppert serait comblé de pouvoir étudier le corps de cette chose. Il était un des Conteurs les plus érudits en matière de créatures insolites et un spécialiste en diableries. C'est de lui que Mathilde avait appris une bonne part de ce qu'elle savait sur les goules et les upyrs.

Avant de quitter la resserre, la femme pourpre toucha le croqueur de morts, comme si quelque chose attirait ses doigts, comme si un instinct animal lui soufflait de remarquer un détail anormal. La peau de la goule lui paraissait plus souple que la dernière fois. Elle trouva cela étrange, se pencha au-dessus du visage du monstre et crut que la cataracte qui tapissait ses yeux blancs et immobiles était moins opaque. Elle mit cela sur l'absence de lumière dans la remise. Le monstre pouvait-il être toujours en vie ? Elle se trouva idiote de penser à une telle idée. Cette enveloppe d'os et de poussière ne risquait pas de revenir de son ultime sommeil.

Mathilde abandonna la goule et laissa la réserve derrière elle. Elle le regretterait bientôt.

*
**

Une heure plus tard, Roland prit la direction de l'église avec son outre pour demander un service au père Andrews. Il croisa le sheriff qui rentrait du rendez-vous sournois que Mathilde lui avait fixé. Le visage de Wickle portait un masque de colère retenue, et son unique œil envoyait des éclairs à ceux qui le saluaient. Eu égard à sa cape, Roland obtint un grognement signifiant « bonjour, jeune homme », mais guère plus, et il en fut apaisé. Bien que ces jours-ci il se fût découvert de sacrées qualités de menteur, face au sheriff et à son seul œil, il aurait bredouillé plus que parlé si des questions lui avaient été posées.

D'un pas rapide, le garçon continua sa marche jusqu'au sanctuaire de Dieu. Il ne cessait de se répéter le message du Flamboyant. Seul le Ténébreux le comprendrait avec exactitude, mais Roland pensait en avoir saisi une partie. Et son intuition le poussait à utiliser toutes les armes à sa disposition si jamais il partait à la chasse au démon. Qui mieux qu'un curé pouvait l'aider à s'y préparer ?

Occupé à l'arrachage de mauvaises herbes ayant l'audace de pousser sur son parvis, le père Andrews accueillit le jeune homme avec un début de sermon sur les bienfaits de

123

l'effort physique et de ses effets sur l'âme. Puis, satisfait de ses propres paroles, il laissa s'exprimer Roland.

— Père Andrews, puis-je vous demander un service ?

— Deux fois dans la même journée, mon garçon ! Le Seigneur est généreux et ne dort jamais, mais ses serviteurs ont droit au repos.

— Il ne vous en coûtera que quelques instants. Je souhaite juste que vous bénissiez mon outre.

— Quelle curieuse demande...

— C'est que nous partons à Londres et la route va être longue. Dame Mathilde me fera travailler ma voix sur le chemin et, croyez-moi, ces exercices donnent grand-soif. L'aide de Dieu ne sera pas de trop pour m'aider à trouver ma voix de roi.

— Cette soudaine piété m'étonne, mon fils, mais elle me ravit. Comment ne pas venir en aide à une brebis dont la laine est pourpre ? J'espère que quand tu sauras conter aussi bien que la Patiente, tu feras profiter les gens de grandes histoires pieuses.

— Je n'y manquerai pas, mentit Roland, qui préférait de loin les récits d'aventure aux Saintes Écritures. Me permettrez-vous aussi d'entrer dans l'église pour prier ? J'aimerais me recueillir devant une croix.

— Mais fais donc ! La maison du Seigneur t'est ouverte.

Peu avant le coucher du soleil, Mathilde, montée sur un cheval emprunté aux écuries du notable Edward, et Roland, sur le placide Lanterne, traversèrent le village à une allure si lente que plusieurs enfants les suivirent sans effort. Comme l'exigeait le plan de la Conteuse, ils se firent remarquer par des dizaines de badauds, que Mathilde salua avec un enthousiasme de rigueur. Et pour une fois, même les commères rassemblées sur la grand-place du village eurent droit à de bons mots. Roland vit aussi Cathleen et Susan. Il leur sourit aimablement, mais toutes deux restèrent de marbre et l'ignorèrent.

Voyager de nuit effrayait le commun des gens et seuls de preux chevaliers désireux de prouver leur courage, ainsi que les Conteurs quand la situation l'exigeait, osaient prendre la route en compagnie des ténèbres. Mais ce soir, le choix de ce périlleux chemin était un calcul d'ordre pratique, il éviterait que des enfants et des curieux n'accompagnent les capes pourpres et n'entravent leur plan.

Les deux Conteurs passèrent ensuite devant la maison du sheriff. Mathilde voulait le prévenir de leur fausse destination. Ils descendirent de cheval et entrèrent dans le domaine Wickle. Brendan les accueillit avant que le sheriff ne sorte de sa demeure avec un visage encore plus fermé qu'à l'habitude. La Conteuse l'informa de leur voyage à Londres, puis, après un bref échange de politesses, Wickle rentra chez lui et laissa l'Irlandais raccompagner les capes pourpres. Il semblait avoir plus important à faire...

Les Conteurs cheminèrent silencieusement jusqu'à la sortie du village, atteignirent la croisée des chemins menant hors du comté, et Roland regarda d'est en ouest, vers la mer d'un côté et la ville de Londres de l'autre. Quand verrait-il l'une ou l'autre ? Se tenir sur cette route où passaient tant de voyageurs le faisait rêver éveillé. Il aurait donné cher pour que Mathilde l'emmène vraiment dans la plus grande cité du royaume anglais... mais l'heure pour lui de quitter le Gloucestershire n'était pas encore venue.

Les Conteurs ne laissèrent trotter leurs montures en direction de Londres que jusqu'à l'arrivée de la nuit. Quand l'obscurité embrassa les environs et que Mathilde fut certaine que personne ne pouvait les voir, elle quitta le sentier et revint en arrière en coupant à travers des champs de blé. Roland la suivait silencieusement. Il se retourna une seule fois et se promit que bientôt il chevaucherait sur cette route jusqu'à atteindre l'autre bord du pays.

*<br>**

En moins de trois heures, malgré les ténèbres et l'allure qu'ils s'imposaient, Roland et Mathilde atteignirent le premier cimetière abandonné dessiné sur la carte du père Andrews. Leur projet immédiat était simple. En visitant les quatre lieux de sépulture mentionnés par le parchemin, ils trouveraient un indice qui les mènerait à l'ennemi, ou peut-être mieux ils tomberaient sur l'ennemi. Mathilde était persuadée que leur départ mensonger précipiterait les assassins de Corwyn dans la forêt. Ils pourraient terminer leur besogne maintenant que les capes pourpres étaient censées se trouver à des lieues des bois.

Ce premier cimetière semblait d'origine païenne. Il datait probablement du temps où les Saxons traversaient encore le pays. Ici, entre les vieux arbres de la forêt, se dressait une haute butte de terre sous laquelle reposait une personnalité, un guerrier ou un chef de tribu. Certains grands hommes avaient autrefois droit à ce genre de tombe, des tumulus. Au sommet de la minuscule colline trônait un cairn* effondré. Autour de ses pierres, de rares stèles survivaient debout au passage du temps, leurs inscriptions étaient illisibles. Seules deux croix de bois dévorées par des massifs

---

* Cairn (mot d'origine écossaise) : amas de pierres.

d'aubépines se hissaient au-dessus de la végétation sauvage qui possédait l'endroit.

Peu de nuages se partageaient les cieux, le froid ne mordait guère et la lune brillait d'un éclat franc. Si le temps restait ainsi, leurs recherches s'en trouveraient facilitées.

Du haut du tumulus, le garçon essayait d'avoir une vision d'ensemble de l'endroit pour détecter le moindre détail insolite, mais il ne remarquait rien de significatif. Si des goules avaient visité ce cimetière, elles avaient dissimulé les traces de leur passage à la perfection.

— Roland la Vigie ! cria Mathilde depuis le pied de la butte. Descends de là, nous partons au cimetière suivant. Il n'y a rien ici !

Deux heures plus tard, après avoir franchi le bras glacé d'une rivière serpentant à travers la forêt, les deux capes pourpres atteignirent l'endroit que leur carte appelait dans un vieil anglais difficilement lisible « Refuse de la Culotte ».

— Celui qui a dessiné cette carte avait le mérite de savoir écrire, mais il devait confondre certaines lettres entre elles, dit Mathilde en entrant dans une clairière où se dressaient plusieurs croix de bois, une poignée de stèles et un mausolée aux murs et au toit couverts de lichen.

Dès que les Conteurs mirent pied à terre, les éléments décidèrent que leurs recherches devaient se terminer sans tarder. D'épais nuages apparurent et chassèrent la lumière de la lune. Dans le silence et une obscurité de plus en plus insondable, Mathilde et Roland attendirent quelques instants pour s'assurer qu'ils étaient seuls, puis ils se résolurent à allumer des torches.

— Refuge de la Hulotte, dit Roland en montrant le toit du mausolée et la verdâtre protubérance rocheuse qui refusait d'en tomber. Là, recouvert de mousse, on dirait une chouette !

Sous l'épaisse couche de lichen, dont dépassaient une aile et la forme d'un bec poli par des années de pluie, l'oiseau de pierre qui dominait le cimetière et lui avait donné son nom regardait les deux étrangers.

— Ne trouves-tu pas étrange qu'un tel monument ait été érigé dans un cimetière perdu au cœur d'une forêt ? Pourquoi une famille choisirait de bâtir ça ici ? Pas seulement pour enterrer ses morts, assura Mathilde en se penchant sur la porte tombée du mausolée.

— On ne peut lire aucun nom là-dessus, dit Roland en s'approchant lui aussi de l'arche de pierre et de l'escalier qui descendait sous terre, dans les entrailles de la crypte. On dirait qu'il y a quelque chose écrit là, mais je n'arrive pas à lire...

— C'est du copte, une très vieille langue égyptienne. Ça dit : « Mort pour des mots, s'il dort sur le dos, il veille sur le rouleau. »

— Et qu'est-ce que ça signifie ?

— Que ce caveau ne protège pas que des défunts. Cette inscription est un code, comme dans le *Livre des Peurs*, et sur ma cape, je suis prête à jurer que nous arrivons trop tard, dit la femme pourpre en descendant sous terre. Corwyn ou ses assassins sont passés ici bien avant nous. Il y a trop peu de terre sur les marches, elles sont comme neuves. La pluie et la nature n'ont pas eu le temps de les user. Cette porte a été abattue il n'y a guère longtemps.

Toujours aussi étonné par la rapidité avec laquelle Mathilde observait ce qui l'entourait pour en tirer des conclusions précises, Roland suivit son professeur dans l'escalier. Hier il apprenait à s'introduire chez un sheriff, cette nuit il profanait la demeure de cadavres sans nom... Que lui réserveraient les prochains jours ?

Dans une salle circulaire creusée à même le roc, quatre alcôves peu profondes perçaient les parois du sanctuaire souterrain, et dans chacune d'elles reposait un tombeau. Quelques mulots couinèrent et fuirent dès que les pas des Conteurs résonnèrent ici-bas, puis un calme inquiétant prit possession de la chambre funèbre.

Les capes pourpres approchèrent leurs flammes des quatre cercueils de pierre. Sous les dalles qui les recouvraient en partie (elles étaient toutes poussées d'un côté), ils découvrirent le même spectacle : des corps desséchés d'hommes aux mains crispées autour d'un objet disparu.

Chacune dans leur tombe, les dépouilles vêtues de grandes robes sombres ne portaient aucun bijou. Elles ressemblaient à des moines et reposaient toutes sur le dos.

Des hommes, des goules ou le Conteur Corwyn étaient déjà passés par là et avaient ouvert les quatre sarcophages.

— Ces cadavres tenaient quelque chose... des rouleaux d'écriture ? Comme le dit la phrase à l'entrée du caveau, supposa Roland. Corwyn ou ceux qui l'ont tué ont dû les prendre, et l'un de ces rouleaux est une page du *Livre des Peurs*. Peut-être que c'est celle que nous avons en notre possession.

— Ça me paraît trop facile, Roland, dit Mathilde. Ceux qui ont caché les pages du *Livre des Peurs* savaient ce qu'ils faisaient, et seuls les esprits les plus ingénieux parviennent à déchiffrer tous leurs codes. Ce caveau est bien caché, mais l'indication là-haut est trop aisée à décrypter...

— Facile !? Encore faut-il savoir qu'une page du *Livre des Peurs* est enterrée dans ce cimetière, et puis il faut connaître le copte. Qui sait lire cette langue ?

— La plupart des Haut-Conteurs, des érudits, des hommes d'église, et beaucoup des vilains qui courent après les secrets du *Livre des Peurs*... Cela fait bien trop de monde pour une énigme si grossière.

Roland se demanda combien de personnes pouvaient appartenir à ce « bien trop de monde », et la méfiance habituelle de la femme pourpre lui gâcha presque le plaisir de leur découverte. Eux deux n'avaient trouvé ce cimetière et ce mausolée qu'en enquêtant sur la mort de Corwyn. Rien d'autre n'aurait pu les mener ici. Restait à savoir si Corwyn avait lui aussi mis les pieds dans ce caveau.

— Regarde plutôt le long des tombeaux au lieu de réfléchir. Il y a des motifs gravés là-dessus. Ça pourrait nous aider...

Roland passa sa torche autour des sarcophages et s'en voulut de ne pas avoir vu de lui-même les scènes qui ornaient chaque sépulture. L'artiste qui avait taillé la pierre pour y laisser ces ornements narratifs avait accompli un travail d'orfèvre. Un indice de plus qui en disait long sur la valeur de ce caveau perdu en pleine forêt.

Sur le premier cercueil, Roland observa les motifs sculptés dans des rectangles finement ciselés et en lut le contenu : des hommes découvraient un énorme livre au fond d'une crevasse, ils le remontaient à la lumière du jour, se le passaient de main en main et en déchiraient les pages pour en posséder tous au moins une. Sur le tombeau suivant, ces hommes voyageaient dans des pays lointains par petits groupes, certains se battaient entre eux, quelques-uns mouraient, et les survivants se séparaient. Plus loin, la pierre racontait comment ces hommes s'enfonçaient dans des forêts pour s'y cacher, comment ils montaient sur de sombres bateaux et naviguaient sur des mers déchaînées, ou comment d'autres creusaient la terre pour s'y enterrer avec leur page.

Ces frises racontaient l'histoire du *Livre des Peurs*. Roland sentit une exaltation étrange l'envahir. Cette fièvre soudaine, seuls les rares privilégiés qui portaient la cape l'éprouvaient. Le garçon prenait conscience de la quête des Haut-Conteurs. Grâce à ces tombes, il comprenait que les pages du livre possédaient une valeur inestimable pour ceux qui s'étaient donné tant de mal à les cacher. Un chemin d'énigmes, de codes et d'incertitudes menait jusqu'au mystère de l'ouvrage le plus vieux de l'humanité. Goûter, pour la première fois, à la science permettant de percer ses mystères fit oublier à Roland où il se trouvait. C'était aussi cela être Haut-Conteur : ignorer la peur au profit de cette soif nouvelle de découvertes.

De tombeau en tombeau, à la recherche d'une clé permettant d'en apprendre plus sur les secrets de cette crypte, Roland bouscula Mathilde sans même s'en rendre compte. La femme pourpre attendit des excuses qui ne vinrent pas puis elle sourit. Le silence et la concentration de son élève la ravissaient.

Durant un long moment, seules les respirations des Conteurs résonnèrent dans la chambre funèbre. Puis, grâce à l'acoustique des lieux, un murmure de Mathilde glissa jusqu'aux oreilles du garçon.

— Approche, Roland. J'ai trouvé quelque chose, dit la femme pourpre en éclairant la frise de la troisième tombe.

Aux yeux du jeune homme, la scène de Mathilde n'avait rien de plus remarquable que les historiettes racontées par les autres bas-reliefs. Celle-ci montrait un homme agenouillé, en prière devant un homme mort qui tenait une page du *Livre des Peurs*.

— Regarde le pauvre bougre par terre qui paraît mort. Qu'a-t-il de particulier ?

— Il est chauve, sans barbe... et il a l'air manchot...

— C'est exact. Le sculpteur a voulu que ce personnage-là soit identifiable. Tous les autres se ressemblent, ils portent la barbe, ont à peu près les mêmes cheveux et leurs deux mains. Difficile d'en reconnaître plus d'un ou deux de frise en frise, pourtant ce chauve est sur les quatre sépultures. Tu comprends ce que cela signifie ?

— Non, répondit Roland en haussant les épaules.

— L'histoire que racontent ces tombeaux est chronologique, et puisque notre manchot se trouve sur le bas-relief du quatrième cercueil, cela veut dire qu'il n'est pas mort sur ce troisième !

— Je comprends. Il dort... sur le dos... et veille sur le rouleau. L'indice est là, s'emporta Roland en collant son visage contre la pierre.

— Tu as raison, mais je serais étonnée que tu le voies. Cette scène nous renvoie vers une autre... regarde là, au-dessus de l'homme chauve. Une ligne de texte écrite en grec nous dit que le manchot regarde...

— Vers le soleil ! rugit Roland en marchant jusqu'au premier tombeau. J'ai pris quelques leçons de grec et je sais ce qu'« hélios » veut dire.

Agréablement surprise par son élève, Mathilde sourit à pleine dents. Roland venait de lui prendre son indice.

Maintenant penché sur la frise du premier sarcophage, Roland étudiait le soleil sculpté dans un des cartouches de pierre. Entouré d'hommes se cachant les yeux avec des parchemins, ce soleil irradiait de flèches de lumière. Une seule flèche était un peu plus longue que les autres, elle pointait vers le bas de la scène, dans l'angle droit. Mathilde, penchée au-dessus de Roland, lui tendit un couteau, celui qui avait tué Corwyn.

— Essaie de bouger le cartouche de pierre avec ça. Sers-t'en comme d'un levier en plaçant la lame en bas à droite.

Roland regarda l'arme avec dégoût, la saisit et s'exécuta. Le rectangle de pierre semblait mobile. L'apprenti Conteur appuya plus fort, et le cartouche bougea vraiment, il s'enfonça dans son emplacement. Le garçon le poussa alors d'un côté jusqu'à ce qu'il puisse l'attraper du bout des doigts et le retirer de la frise. La manœuvre avait été trop facile. Plus aucun ciment ne retenait le petit bloc de pierre. Quelqu'un l'avait-il déjà retiré avant eux ?

Derrière la frise, un renfoncement d'un pouce de profondeur sur cinq de long creusait le sarcophage. Cette niche habilement camouflée était vide. Roland en approcha sa torche et remarqua de fines traces sombres à l'intérieur de la cavité. Ces marques noires dessinaient un entrelacs ressemblant à une écriture.

— C'est de l'arabe ancien. Ça se lit de droite à gauche, précisa Mathilde.

— Qu'est-ce que ça dit ? demanda Roland.

— « Le Flamboyant »... C'est ce qui est écrit.

— Le Flamboyant ?

— C'est Corwyn qui a ouvert cette cachette, il a pris ce qui s'y trouvait et il a signé son forfait avec de la suie, affirma Mathilde en souriant. Il aimait faire cela pour se moquer de ceux qui passaient après lui.

— Et le vrai rouleau de celui qui dort sur le dos était là-dedans. C'est là que le maître Corwyn a trouvé la page du *Livre des Peurs* que nous avons maintenant en notre possession, présuma Roland.

— Probablement... Mais il n'est pas le seul à avoir visité cette crypte. Ce que les cadavres avaient dans les mains a aussi disparu, et je parierais qu'il s'agit de quatre copies fantaisistes de pages du *Livre des Peurs*.

— Des leurres destinés à tromper...

— Exactement. J'ai déjà vu ça à Rome. Ceux qui ont caché les pages du livre par le passé ont parfois réalisé des copies multiples d'une même page en altérant son contenu. Ainsi, ils pouvaient cacher une vraie page au milieu de fausses copies de copies.

— Des copies de copies ? Pourquoi se donner tant de mal ?

— C'est là tout le mystère du *Livre des Peurs*. Les Conteurs les plus sages de notre ordre supposent qu'il n'y a pas que ses secrets qui comptent, il y a aussi la manière de les trouver et d'en décrypter les codes. On dit souvent que le voyage compte tout autant que la destination. Rien n'est plus vrai en ce qui concerne la quête du livre.

— Si je comprends bien... les rouleaux que ces quatre dépouilles tenaient entre leurs mains devaient juste piéger ceux qui s'arrêteraient aux apparences.

— Et cela a marché. Je parierais que les goules ou celui qui les contrôle sont venus ici avant le Flamboyant et qu'ils se sont contentés de prendre les rouleaux des cadavres. « Mort pour des mots, s'il dort sur le dos il veille sur le rouleau. » Ils n'ont pas tenu compte du fait que la phrase est au singulier. Il n'est pas question de quatre hommes dormant sur le dos mais d'un seul. Et c'est celui que Corwyn et nous avons trouvé dans la frise.

Roland sentit une profonde fierté remplir son cœur. Éprouvant le plaisir vorace des hommes qui s'emparent de trésors perdus et en veulent toujours plus, il désirait maintenant trouver d'autres indices et poursuivre la route du Flamboyant... Il voulait d'autres mystères, d'autres pages. Aussi simplement qu'il respirait, il sut qu'il avait attendu ce moment toute sa vie. Rien n'était plus vrai que cet instant et ses promesses d'aventures.

Mathilde regarda Roland remettre le cartouche de pierre à sa place initiale. Les mains fébriles du garçon manipulaient le bloc avec douceur. Un changement venait de s'opérer en lui, et la femme pourpre s'en rendait pleinement compte. Elle aussi était passée par là. Elle avait vécu cet enivrant sentiment d'éveil. La quête du livre commençait toujours ainsi, par une douce fièvre qui tirait le cœur et l'esprit en avant.

— Et maintenant ? demanda avidement Roland. On continue jusqu'au prochain cimetière ?

— Roland le Découvreur ! s'exclama la Conteuse. Allons-y !

Au village, malgré l'heure tardive, le sheriff Wickle ne dormait toujours pas, et pour Brendan, son fidèle serviteur, c'était mauvais signe. Depuis l'arrivée du premier Conteur au village, les traits du sheriff s'étiraient et devenaient aussi mauvais que son humeur. Le serf de la maison Wickle, qui savait pourtant faire avec le caractère de son maître, se gardait bien de l'incommoder ces jours-ci. Il se cantonnait à ses tâches habituelles et restait dans sa chambre tant que le sheriff ne le mandait pas.

Mais les nouvelles mœurs nocturnes de son maître le contrariaient. Brendan venait de rêver qu'un fantôme aux yeux blancs errait dans la demeure et il s'était réveillé terrifié. Il avait pour vilaine habitude de boire un ou deux petits gobelets de bière quand un cauchemar le tirait du lit, car comme le lui avait appris son père : « Plus se lève le coude, mieux se couchent les fesses. Point de bon sommeil sans un verre d'ivresse ! »

Seulement ce soir, Wickle ne dormait toujours pas et le serf craignait de quitter sa chambre. Le sheriff rôdait dans la maison, allait de la cave aux cuisines, et il venait même de sortir dans le jardin. Brendan crut l'entendre se rendre jusqu'au clapier où il élevait ses lapins.

Que fabriquait-il ? Brendan n'en avait aucune idée et il ne voulait pas la réponse. Son maître aimait le silence et la modération, ce qui aurait dû inciter le serf à retourner se coucher. Mais la plainte muette d'un gosier sec obligea Brendan à prendre son courage à deux mains. L'homme sortit de sa chambre, marcha dans le couloir, vit la porte de la cave ouverte, passa devant sans s'arrêter et gagna les cuisines sans un bruit.

Il se félicita intérieurement de sa grande discrétion, ouvrit le vaisselier et trouva son gobelet de bois sans hésitation malgré l'obscurité. À tâtons il avança ensuite vers le meuble qui emprisonnait les tonnelets de bière, mais il sentit un liquide tiède et poisseux sous ses pieds nus. S'il avait renversé quelque chose, il devait le nettoyer avant que le sheriff ne s'en rende compte. Il posa son gobelet sur le linteau de la cheminée à sa gauche et recula rapidement jusqu'à la fenêtre. Il entrouvrit les volets pour que la lumière de la lune éclaire les lieux et il sut qu'il n'avait rien renversé.

Sous ses yeux, allongés sur une table, gisaient trois lapins éventrés et évidés. Un quatrième, mort lui aussi, avait glissé par terre et perdait ce qui lui restait de sang. À côté de l'animal se trouvait un seau rempli de petits organes couverts d'humeurs sanglantes. Que pouvait donc bien faire le sheriff ? Mangeait-il de la viande crue au milieu de la nuit ? Pratiquait-il de sombres rituels de magie noire ?

S'exerçait-il à lire l'avenir dans les entrailles des pauvres bêtes ?

Pour la deuxième fois de la nuit, le serf fut certain de ne pas vouloir en savoir plus. Il remit le gobelet où il l'avait trouvé, referma les volets, essuya ses pieds avec sa chemise de nuit et quitta les cuisines.

Depuis l'escalier descendant à la cave, caché par les ténèbres, le sheriff Wickle observa Brendan regagner sa chambre et il regretta d'avoir laissé la cuisine dans cet état. Il lui faudrait se montrer plus discret dans les jours à venir.

# 9
## Maisons en T

Le troisième cimetière indiqué sur la carte se trouvait à des heures du précédent, loin de toute vie et profondément enfoui dans la forêt de Dean.

Mathilde apprit à Roland que bien souvent les chrétiens érigeaient leurs lieux de culte et leurs cimetières là où des incroyants s'étaient livrés avant eux à leurs rites païens. Que des druides aient autrefois vécu dans ce coin reculé de forêt ou pratiqué leurs cérémonies donnait un caractère sacré aux lieux. Quelques familles respectueuses d'anciennes traditions avaient peut-être continué à prier ou à enterrer leurs morts là-bas avant que le souvenir de l'endroit ne se perde.

Le peuple anglais et ses traditions ne furent pas les seules matières que la femme pourpre enseigna à son élève durant le long chemin qui les entraînait toujours plus loin entre les arbres. Pressée par les questions de Roland, elle parla du *Livre des Peurs*, de ceux qui l'avaient copié puis caché et de ceux qui couraient après ses pages. Car les Haut-Conteurs n'étaient pas les seuls en quête de l'ouvrage sacré. Au VII$^e$ siècle, les deux moines qui avaient eu le livre en main ne l'avaient pas seulement traduit, ils avaient aussi formé des disciples pour cacher leurs travaux avant de disparaître.

— Nul ne sait pourquoi ces hommes ont fait ça, mais toujours est-il que depuis des siècles nous cherchons la réponse dans leurs anciens repaires, ou dans d'autres livres qu'ils auraient écrits pour brouiller les pistes. Et parfois, nous tombons sur des endroits comme le caveau du Refuge de la Hulotte. Quand nous avons de la chance, nous trouvons une page de plus du *Livre des Peurs*.

— Combien de pages fait-il en tout ?

— La dernière que possède l'ordre est la page 616.

— Il fait plus de 600 pages !

— L'un des nôtres, maître Clotaire le Terrifiant, pense qu'une fois assemblées, les pages forment une carte. D'après lui, le livre en aurait 666.

— Le nombre de la Bête.

— Si c'était vrai, la fin du livre devrait sentir le soufre, plaisanta Mathilde.

— Et qui d'autre, à part les Conteurs, cherche les pages sacrées ?

— Quelques illuminés isolés et inoffensifs que nous finissons souvent par rallier à notre cause... et ceux que nous appelons les Noirs Parleurs.

— Les Noirs Parleurs...

— Ils forment une confrérie très fermée et secrète. On présume même que de puissants seigneurs en font partie. Cet ordre n'a qu'un seul but, trouver toutes les pages du *Livre des Peurs*. Les hommes et les femmes qui le forment sont prêts à tuer pour cela.

— Pourquoi ne pas m'avoir dit ça plus tôt ? demanda Roland. C'est le genre d'informations utiles à connaître quand on sait que le Flamboyant a été assassiné.

— Pour le voyage, mon garçon ! Comme je te l'ai déjà dit, le voyage compte autant que la destination. Si je t'avais tout révélé le matin où tu m'as ramené Corwyn, tu m'aurais prise pour une illuminée ou une folle et tu m'aurais sans doute rendu la cape du Flamboyant... Peut-être aurais-je dû ?

— Non, je comprends, vous avez bien fait, se radoucit Roland en pensant qu'il ne s'était jamais senti aussi vivant que ces derniers jours.

— Je suis moi aussi passée par là... les secrets et les révélations, avoua Mathilde. Je ne fais que te transmettre ce que Corwyn m'a enseigné.

— Et si ces Noirs Parleurs errent dans la forêt, que dois-je savoir sur eux ?

— Leur guide est un ancien Haut-Conteur. Il s'appelle Lothar Mots-Dorés. Quand il portait encore le pourpre, il envoûtait n'importe qui grâce à sa voix et à ses histoires. Les plus grands rois l'ont invité à leur table, et c'est ainsi qu'il a tissé de sombres relations. Il y a plusieurs années, il a tué deux des nôtres après avoir volé plusieurs pages du *Livre des Peurs* gardées dans notre refuge de Londres. Aujourd'hui, nous pensons qu'il se cache quelque part en France.

— Mais comment et pourquoi un Haut-Conteur peut-il trahir l'ordre ?

— Si tu poses la question, c'est que tu vaux mieux que Lothar Mots-Dorés. Je ne connais pas les raisons qui l'ont mené à la perfidie et au meurtre. J'ai entendu dire qu'un différend l'aurait opposé à son vieux professeur et que c'est cela qui l'a rendu mauvais, mais je n'en sais pas plus.

— Son maître était un Conteur connu ?

— Est un Conteur connu ! Il est toujours vivant et tu le rencontreras bientôt. Il s'agit de William le Ténébreux.

En entendant le nom du vieux maître pourpre, Roland ouvrit la bouche sans le vouloir et il lui fallut plusieurs secondes avant de la refermer. Il se trouvait au centre d'un maelström* d'événements et de noms qui écrivaient un

---

* Maelström : littéralement, se réfère à un puissant tourbillon marin.

récit dont lui, un fils d'aubergiste, était le personnage principal. Était-ce là le genre d'histoire dans laquelle le héros meurt à la fin ?

Comme en réponse à ses interrogations silencieuses, des loups hurlèrent à une centaine de mètres derrière eux et des oiseaux s'envolèrent au-dessus de leurs têtes. Oui, c'était une histoire de sang qui se terminait par la mort du héros, lui disaient les animaux de la forêt.

Ressentant le frisson qui agitait les bois, Mathilde se retourna instinctivement. Elle crut apercevoir, tapie dans les fourrés, la silhouette d'un loup noir, mais rien ne bougeait. Son élève, lui, regardait devant sa monture. Une immense clairière et quelques vieilles bâtisses dressées çà et là les prévenaient qu'ils arrivaient à destination. Les premières couleurs rougeoyantes de l'aube se hissaient entre les arbres qui cernaient la prairie, mais l'obscurité régnait toujours sur les alentours.

La femme pourpre approcha de Roland un doigt sur les lèvres. Ils avaient trotté durant des heures et avaient discuté, mais elle avait toujours été attentive aux bruits de la forêt. Or là, elle ne percevait plus rien. Un souffle avait tout emporté. Aucun oiseau nocturne, aucun bruissement de feuilles. Même le vent paraissait muet.

Derrière les deux chevaux, un immense loup au pelage sombre et aux yeux dorés s'éloigna sans bruit des Conteurs. La femme l'avait vu, il en était persuadé. Il devrait agir avant que le soleil ne se lève.

*
**

Une fois leurs montures attachées, les capes pourpres se glissèrent derrière les restes d'un vieux muret que se partageaient plusieurs pieds d'églantiers. Depuis leur poste d'observation, ils voyaient une bonne partie du cimetière. Tous deux sentaient que quelque chose n'allait pas.

— Voici donc notre troisième cimetière de la nuit, chuchota Mathilde. C'est un minuscule village oublié... là-bas, derrière les maisons en ruine, on dirait une petite chapelle, dit la Conteuse en montrant un édifice au toit effondré. Et là, à droite de la croix, c'est un caveau. Il n'a jamais dû y avoir plus d'une trentaine d'habitants ici, mais c'est étonnant que les gens qui vivent autour de la forêt aient oublié cet endroit.

— Mon père m'a appris qu'autrefois une grande famine a ravagé le comté, et des villages entiers se sont vidés de leur population en seulement quelques semaines. Peut-être que c'est ce qui s'est passé ici.

— La famine... pourquoi pas, pensa la Conteuse à haute voix.

— Là-bas, hoqueta Roland d'une voix soudain terrifiée. Là-bas...

Mathilde regarda vers la direction qu'indiquait la main tremblante de son élève et elle sut que ce troisième cimetière était le bon. Ici, ils trouveraient les assassins de Corwyn.

À moins d'une centaine de mètres, une goule venait de se montrer. Sortant de la chapelle par une large fissure déchirant un flanc du bâtiment, sa silhouette chétive se découpait dans la pénombre et ses yeux blancs luisaient comme de pâles feux follets.

— Une goule...

— Et vivante ! Cela signifie qu'il y en a d'autres. Nous sommes cette fois sur une piste sérieuse, Roland Chasseur de Goules.

— Vous allez vouloir entrer dans cette chapelle ? demanda le garçon en se doutant de la réponse de son professeur.

— Nous allons faire plus qu'y entrer. Nous allons la fouiller, en soulever la moindre pierre et apprendre ce que ces monstres fabriquent ici. Voilà pour toi, dit la Conteuse en tendant le couteau qui avait tué Corwyn au garçon. Si jamais on doit se défendre, un peu d'acier est toujours indiqué. Quant à moi, je préfère utiliser ça, ajouta-t-elle en détachant l'épaisse ceinture qui entourait sa taille pour la retourner et la porter à l'envers.

Des compartiments secrets aménagés dans le cuir cachaient plusieurs pointes d'acier fines et courtes, terminées par deux anneaux.

— Qu'est-ce que c'est ?

— Des plumes. L'arme favorite de beaucoup de Conteurs. Elles permettent d'écrire ou de tuer. Avec de l'encre et du sang, c'est ainsi que l'on conçoit les meilleures histoires.

— Ces petites lames sont des armes ?

— La pointe de certaines est empoisonnée, quelques-unes sont destinées à être lancées et d'autres plus résistantes peuvent servir de poignard.

Roland regarda les quatre bons pouces d'acier de son couteau puis il observa une des plumes que la Conteuse prenait en main entre son majeur et son index. La lame de la femme pourpre n'avait d'arme que le nom. Il préférait de loin son poignard s'il devait se défendre.

— Je t'apprendrai un jour à te servir de ça, et, crois-moi, tu changeras d'avis, murmura la Patiente comme si elle devinait les pensées du jeune homme. Maintenant, allons-y et pas un bruit !

Roland eut soudain le sentiment qu'il partait en guerre,

mais il n'eut pas le temps de douter ou de se poser des questions. Son cœur battait à tout rompre et ses jambes perdaient toute force, mais il devait suivre Mathilde. Elle courait déjà une dizaine de pas devant lui et la peur ne la ralentissait pas.

Embusqué derrière les Conteurs, le loup noir sortit des ombres et suivit leur course silencieuse. À ses yeux, la femme était un serpent, le garçon un agneau capable d'agir en bélier. L'un de ces deux maîtres pourpres était-il le lion auquel il devait unir son destin ?

Il regarda vers l'est. Le soleil allait bientôt apparaître.

Mathilde et Roland passèrent près d'une chaumière dont il ne restait plus que des murs portés par des ronces, puis ils s'accroupirent entre des massifs d'herbes hautes. Un silence sépulcral possédait la clairière. Des croix de bois se dressaient devant chaque maison en ruine et une quinzaine de pierres tombales gardaient l'arrière de la chapelle. Les victimes de la famine reposaient partout autour des Conteurs. Roland comprit pourquoi le brigand à demi illettré qui avait dessiné la carte avait nommé ces lieux « maisons en T ». Ce hameau était un véritable village fantôme, hanté dans les moindres recoins.

Concentrée sur la vieille chapelle, Mathilde cherchait comment y entrer discrètement et en sortir rapidement en cas de problème. Au moins trois possibilités s'offraient à eux : la porte grande ouverte et deux larges brèches dans les murs. Cela était suffisant pour qu'ils prennent le risque d'y aller. La seule goule qui s'était montrée avait disparu entre les arbres. Où se cachaient les autres ? Dans le bâtiment ? Dans les bois ? Dans le caveau sur leur droite ?

Un début de réponse les attendait dans le temple. Mathilde se releva tout doucement, balaya les environs du regard avant de marcher rapidement jusqu'au passage emprunté par le croqueur de morts. Le jeune homme la rejoignit et se posta à ses côtés pendant qu'elle scrutait l'obscurité régnant dans la maison de Dieu. Rien ne bougeait, pas un bruit ne transperçait les ténèbres. À moins que les créatures de la nuit ne se cachent à la perfection les Conteurs se trouvaient seuls en ces terres désolées.

Quand Mathilde pénétra dans la chapelle, Roland respira profondément et regarda à son tour à l'intérieur. D'inquiétantes nappes de noirceur le narguaient et l'invitaient à entrer, mais d'ici peu l'aube les chasserait des lieux. C'était en tout cas ce dont le garçon réussit à se convaincre pour trouver le courage d'entrer.

Tout doucement, les capes pourpres traversèrent la nef de l'édifice. Mathilde glissait sur le sol, tandis que Roland, le poing crispé sur son couteau, avançait d'un pas lourd et raide. Il se souvenait de la nuit où le chevalier de Waddington leur était apparu avec son trophée. Il revoyait l'arme du chevalier transpercer le corps de la goule, morte et sans une goutte de sang dans le corps.

Parvenue au fond de la chapelle, là où jadis avait trôné une grande croix, Mathilde remarqua que les pavés résonnaient davantage autour d'un autel ébréché. Elle n'avait perçu cette subtile différence que grâce à Roland et au calme sinistre des lieux. Les pieds du jeune homme, en raison de son poids et de sa nervosité, faisaient bien plus de bruit ici que dans le reste des lieux.

La femme pourpre s'agenouilla et invita silencieusement

son élève à en faire autant. Elle effleura le sol avec ses mains, et ses doigts rencontrèrent un infime courant d'air au pied de l'autel. Il y avait un passage sous la table sacrée. Voilà donc d'où était vraisemblablement venue la goule.

— On doit pouvoir bouger ce bloc de pierre. Je suis certaine qu'en dessous on va trouver de quoi raconter une bonne histoire.

— Des goules ? murmura Roland en commençant à pousser le bloc de pierre avec la femme pourpre.

— S'il y avait des croqueurs de morts là-dessous, cet accès serait ouvert. Le monstre qu'on a aperçu devait être le dernier et il a refermé le passage après lui. Peut-être que la nuit ils fouillent ce cimetière et le jour se cachent ailleurs. Ou alors je me trompe complètement et celui que nous avons vu est parti faire une ronde pendant que les autres se reposent sous nos pieds. À moins qu'il ne se soit montré que pour nous attirer ici. Nous allons donc tomber dans un piège.

Roland ne sut quoi dire. Mathilde plaisantait avec son habituelle morgue, mais, cette fois, l'ironie dissimulait à peine sa peur. Comme Roland, elle avait deviné que le Flamboyant était venu ici et qu'il y avait rencontré la mort. Et maintenant que tous deux suivaient sa piste, ils ne devaient pas commettre les mêmes erreurs que lui.

L'angoisse étreignait l'apprenti Conteur, mais plus l'autel bougeait et révélait l'escalier qu'il cachait, plus une fièvre d'aventure se mêlait à sa peur. Sous terre se trouvait certainement un nouvel indice menant à une page du livre sacré. C'est cela que cherchaient les goules, et si elles continuaient à rôder dans les parages, cela ne signifiait qu'une chose : elles n'avaient encore rien trouvé.

Quand le bloc de pierre fut repoussé à trois pas de sa position initiale, Mathilde descendit les premières marches de l'escalier puis elle se pencha et disparut presque dans l'obscurité.

— Il y a apparemment un long couloir là-dessous. On ne voit pas grand-chose mais ça sent l'huile brûlée, comme si des torches avaient été allumées il n'y a pas longtemps. Mais ça a l'air désert. Je vais faire un tour, et toi, tu restes là. Tu montes la garde.

— Mais si vous tombez sur des goules !

— Je leur raconterai une histoire, dit Mathilde en disparaissant.

— Attendez ! rugit le garçon en entendant l'écho de son murmure résonner dans le couloir. Attendez ! Mathilde... la Patiente, tu parles. Je déteste quand vous faites ça, grogna Roland pour lui-même.

— Je t'entends, tu sais... Je suis encore là, chuchota la femme pourpre en remontant quelques marches vers Roland. Tu croyais quoi ? demanda-t-elle sur un ton amusé. Que j'allais me mettre à courir dans l'obscurité ?

— Il me semble que c'est ce que vous faites à chaque fois.

— Bien. Je prends note de tes nouvelles susceptibilités. Maintenant, messire Roland le Colérique, me permettez-vous d'aller visiter ces catacombes ?

— Faites. Je monte la garde, conclut le jeune homme en tournant le dos à l'escalier.

À quelques pas de la porte d'entrée de la chapelle, embusqué dans les ténèbres, le loup noir observait le garçon.

Les premiers rayons du soleil approchaient de la clairière, et les ruines du village fantôme comme l'atmosphère du temple devenaient moins sombres.

Roland trépignait d'impatience et ne cessait de monter

et descendre les marches sous l'autel. À la fois effrayé et excité par tout ce qui pouvait se trouver dans les ténèbres, il ne cessait de chuchoter le nom de Mathilde en espérant entendre sa voix en retour, mais rien ne vint perturber son attente.

Rien, jusqu'à ce qu'un formidable cri aigu ne jaillisse du couloir. Instinctivement, Roland brandit son arme. Quelqu'un avait hurlé là-dessous ! Ce devait être la femme pourpre. Mais comment pouvait-elle crier ainsi. Le haro* qui avait rempli le couloir était si puissant qu'il ne pouvait provenir d'une gorge humaine. Le garçon en était comme paralysé.

Un nouveau hurlement retentit et Roland comprit que la Conteuse se défendait. Ses éclats de voix étaient des flèches, et ceux qui les recevaient à courte distance en avaient certainement les oreilles en sang.

Au troisième cri, encore plus perçant que les précédents, l'apprenti Conteur n'hésita plus. Il dévala l'escalier et s'enfonça dans l'obscurité. Mathilde avait besoin d'aide.

Le loup noir entra alors dans la chapelle.

---

* Haro : désigne une protestation bruyante (terme utilisé autrefois en Normandie).

# 10
# Catacombes

La poitrine comprimée par l'angoisse, Roland traversa le couloir qui filait sous la chapelle. Après une cinquantaine de pas, deux directions s'offrirent à lui. Il prit celle de gauche, mais un nouvel éclat de voix lui indiqua qu'il partait dans le mauvais sens. Il fit demi-tour et courut vers la Conteuse. Elle criait maintenant sans discontinuer. De plus en plus puissants, ses hurlements aigus remplissaient les galeries.

S'enfonçant à travers les minces filets de lumière du jour qui pénétraient sous terre, Roland distinguait plus clairement le principal matériau des murs du souterrain : des os humains. Entouré d'amas de crânes, de tibias, de fémurs et d'os dont il ne connaissait pas les noms, l'apprenti Conteur se sentait épié par tous les morts ensevelis ici-bas. Il s'attendait à ce que des mains décharnées le saisissent à tout instant et il s'efforçait d'avancer sans effleurer les parois du couloir.

Plus loin, une autre bifurcation l'obligea à choisir une voie. Il continua sur sa droite, vers les cris, en priant les rayons du soleil de vite venir au-dessus de ces galeries. Des lances de lumière diaphane traversaient les lieux mais elles ne suffisaient pas à rendre ces catacombes moins inquiétantes. Roland descendit trois marches, fila au centre d'une petite pièce carrée qui offrait trois nouvelles voies, mais avant qu'il ne choisisse celle qui lui convenait, un hurlement le heurta de plein fouet.

— Roland ! rugit Mathilde en attrapant son élève par la manche. Fuyons !

— Qu'est-ce qui se passe ?

— Des goules ! Des dizaines de goules ! Elles sont derrière moi ! C'était un piège ! Il faut sortir d'ici.

Mathilde fit passer Roland devant elle et se retourna pour lancer un nouveau cri aigu. Son hurlement résonna entre les murs et partit dans toutes les directions. Elle semait ses poursuivants ainsi, avec de faux échos qui donnaient l'impression qu'elle se trouvait partout. Roland en fut impressionné mais il ne regarda pas en arrière. La peur lui dictait de courir, de n'accomplir que les gestes qui le sauveraient. Regarder derrière lui ne faisait pas partie de ses priorités, mais s'il l'avait fait il aurait vu les traits de Mathilde à la faveur d'un rai de lumière. Le visage de la Conteuse portait des griffures sanglantes et sa cape lui avait été arrachée.

Une minute plus tard, la femme pourpre et son élève rejoignirent l'obscurité du couloir menant dans la chapelle. Mais avant même d'atteindre l'escalier qui les libérerait des monstres, ils surent que leurs chances de sortir par là venaient de considérablement s'amenuiser. Quelqu'un repoussait l'autel à sa place initiale. Le raclement du roc glissant sur le sol couvrit les pas des Conteurs, puis le silence tomba sur les marches.

Sans un mot, Roland et Mathilde remontèrent l'escalier, se glissèrent sous le bloc de pierre et tentèrent de le déplacer, mais la table sacrée ne bougea pas.

— Un piège ! grogna Mathilde en essuyant le sang qui maculait son visage. Et j'ai sauté dedans à pieds joints.

— C'est... C'est quoi cette fumée ? demanda Roland

qui essayait toujours de soulever le roc en le poussant avec son dos.

— Cette fumée ! ? Ça... ça vient de là-haut, dit la Conteuse en passant ses doigts à travers les filets de brouillard qui glissaient sur l'escalier par les failles dans la pierre.

— Il y a le feu dans la chapelle ?

— Non, on le sentirait. Cette fumée... c'est de la brume, dit Mathilde en regardant les mystérieuses langues blanches s'enrouler autour de sa main et remonter vers son visage. C'est étrange, on dirait que c'est vivant.

— On ne sortira pas par là, désespéra Roland en cessant ses efforts.

Les paroles du garçon traversèrent la femme pourpre sans la toucher. Hypnotisée par la brume qui s'engouffrait sous terre, elle ne lâchait pas des yeux les volutes vaporeuses.

— Cette brume est vraiment... vivante.

— Il faut fuir, Mathilde ! s'emporta le garçon en sentant la brume entourer sa gorge comme une main meurtrière. Maintenant ! ragea-t-il en entraînant son professeur. Je ne sais pas ce que c'est que cette fumée, mais je n'ai pas envie d'en voir plus, grogna-t-il.

« Celui qui marche à l'envers... qu'il soit d'air ou de chair, il craint du sacré, l'eau comme la croix. » Les mots vibrèrent dans l'esprit de Roland, et il se demanda si la créature faite d'air ou de chair du maître Corwyn ne parlait pas de cette brume.

Les fuyards remontèrent le couloir, et cette fois ils prirent à gauche puisque Mathilde avait croisé les goules dans la partie droite du labyrinthe que dessinaient ces catacombes. Le luxe de la réflexion leur était maintenant interdit, la course primait sur le reste. Ils devaient d'abord mettre de la distance entre eux et les croqueurs de morts, ne pas laisser cette brume les toucher de nouveau (Roland avait un très mauvais pressentiment à ce sujet), et puis soit ils se perdaient sous terre, soit ils trouvaient un deuxième passage vers la surface. Tant pis pour la page du *Livre des Peurs* qu'ils avaient espéré trouver ici.

Moins d'une minute plus tard et après un escalier d'une dizaine de marches les emmenant toujours plus bas et plus loin, Roland et Mathilde traversèrent une pièce ronde aux murs tapissés de crânes humains et ils reprirent leur souffle. Grâce à de maigres larmes de lumière venues des fissures du plafond et dansant entre les Conteurs, le garçon découvrit les marques sur les traits de la femme pourpre.

— Votre visage ! Vous êtes blessée. Vous saignez...

— Des griffures. Ce n'est rien. Je m'en veux de leur avoir laissé ma cape. Allez, viens, ne traînons pas, grogna Mathilde en s'enfonçant dans les ténèbres d'un passage que le garçon n'avait même pas vu.

— Dites-moi ce qu'il s'est passé. Combien de goules y a-t-il derrière nous ?

— Après l'escalier, j'ai pris trois fois à droite, deux fois à gauche, et j'ai trouvé une grande salle avec des statues. Quand je m'en suis approchée, j'ai vu des yeux blancs sortir de l'obscurité et se jeter sur moi. Les goules étaient des dizaines, elles ont essayé de me mettre au sol mais elles n'ont pas beaucoup de force... et puis je crois qu'elles ne désiraient pas me tuer. Elles me voulaient vivante. Elles essayaient de m'immobiliser. Ce qui en soit n'est pas forcément rassurant. Cela signifie peut-être qu'elles veulent nous faire parler avant de nous occire... Le problème, c'est que je pense ne pas être très réceptive à la torture.

— On doit se remettre à avancer, alors !

— Non, non, non, il nous faut trouver une sortie. Et

pour ça, il va falloir qu'on se calme ou on ne quittera pas cette nécropole de sitôt. Tous ces couloirs sont sans doute liés les uns aux autres, et on peut supposer que les goules savent s'y déplacer sans problème. On ferait donc mieux d'être attentifs pour les entendre et on devrait mémoriser notre itinéraire si on ne veut pas tourner en rond. Et puis je veux ma cape ! Ça m'ennuierait de la laisser à ces cadavres déambulant...

Roland voulut bien consacrer une ou deux pensées aux réflexions de Mathilde, mais derrière eux, dans la pièce ronde, la brume venait de faire son apparition. Ses serpents de vapeur paraissaient plus épais, plus blancs, plus dangereux que sur les marches, et ils bougeaient d'une façon totalement anormale. Ils rampaient au sol, sur les murs, au plafond, et semblaient éviter les éclats de lumière.

— La brume de l'escalier... elle... elle nous suit, prévint Roland.

Mathilde se retourna, une plume d'acier dans chaque main, et observa les mouvements surnaturels de la fumée qui glissait vers eux. La brume enveloppait maintenant tout le couloir.

— Finalement, tu as raison. Avançons ! dit la femme pourpre en s'éloignant d'un pas rapide. Je ne sais pas ce que c'est, mais une chose est sûre, c'est maléfique !

— Maléfique, répéta Roland en laissant la brume s'enrouler autour de ses bottes.

— Qu'est-ce que tu fais ? hurla Mathilde.

— Il faut que j'essaie quelque chose, murmura le garçon en tirant son outre de sa besace.

— Roland ! Je t'ordonne de fuir.

Mais le jeune homme n'écouta pas. Il ouvrit son outre, boucha une partie du goulot avec le pouce puis il aspergea la brume de gouttes d'eau.

155

La fumée libéra les pieds de Roland et reflua immédiatement en poussant un sifflement aigu.

— Qu'est-ce que...

— De l'eau bénie par le père Andrews, expliqua Roland. Je lui avais demandé de bénir mon outre avant que nous partions.

— Et cela repousse cette maudite fumée... C'est brillant, mon garçon. Tu vas m'expliquer comment t'est venue cette intuition, murmura la Conteuse en attrapant son élève par le bras pour l'entraîner. Mais en attendant, profitons-en pour nous éloigner ! Et garde ton outre à la main.

La brume se rétracta encore et devint presque solide. Elle n'occupait plus que quelques mètres de couloirs, et en son centre, dans un cœur blanc et glacé, la forme imprécise d'un loup se dessina. La bête regardait les Conteurs s'enfuir.

Mathilde et Roland filèrent d'un pas rapide, atteignirent un embranchement, choisirent de prendre à gauche et s'enfoncèrent dans un couloir bas et étroit.

— Vas-tu m'expliquer le miracle de cette eau ?

— C'est ce que le Flamboyant m'a demandé de ne répéter qu'en présence du Ténébreux qui m'a donné l'idée de faire bénir mon outre par le père Andrews... Une partie de son message parle d'un être qui marche à l'envers et ne boit qu'à la première plaie d'Égypte. La première plaie étant celle qui change l'eau des fleuves en sang, j'ai pensé que l'être qui marche à l'envers ne buvait que du sang. Comme les upyrs ! Et s'il marche à l'envers, c'est parce qu'il se cache du jour. Ainsi, il vit la nuit, à l'envers. Comme les upyrs !

— Bien pensé, commenta fièrement la femme pourpre.

— Ce n'est pas tout, le message dit aussi que cet upyr,

qu'il soit d'air ou de chair, craint du sacré, l'eau comme la croix. J'ai donc demandé au père Andrews une petite prière au-dessus de ma gourde et je lui ai discrètement emprunté un crucifix.

— Tu lui as volé une croix !

— Emprunté ! Je le lui rendrai quand on sortira d'ici. Et puis, vu que mon eau bénite a éloigné cette brume, je pense que Dieu est avec nous.

— Et contre ce démon capable de se faire obéir d'un maudit brouillard venu de nulle part.

— J'ai beau avoir vu la goule de Waddington, j'ai toujours du mal à croire que les upyrs existent bel et bien et qu'ils possèdent tant de pouvoirs.

— Ces êtres sont les plus vieux serviteurs du Diable. Ils se cachent si bien sous leur apparence humaine que nul ne soupçonne jamais leur nature maléfique. Ne doute pas de leur existence. L'un d'entre eux sait que nous sommes là, et à mon avis il ne nous laissera pas quitter ces lieux sans essayer de répandre notre sang partout sur ces murs.

Plus d'une heure passa sans que Roland et Mathilde sentent le danger après eux. Ils avaient parcouru plusieurs kilomètres sous terre, mais toujours aucune perspective de sortie ne s'offrait à eux. Leurs yeux s'étaient habitués aux ténèbres et leurs oreilles au silence. Ce qu'ils percevaient maintenant n'augurait rien de bon. Des bruits de pas légers et nombreux venaient vers eux.

— Des goules, elles ne doivent être que quatre ou cinq, murmura Mathilde. On pourrait les attaquer et essayer d'en faire parler une... si ces monstres savent parler. On reprendrait l'avantage.

— Les attaquer ?

— Ils sont mi-morts mi-vivants, ils sont lents, bêtes, et n'ont guère de force. Seules leurs griffes et leurs dents représentent un véritable danger.

— C'est déjà beaucoup, surtout s'ils sont plus nombreux que nous.

— Surprenons-les ! Elles ne s'attendent pas à ce qu'on leur saute dessus. La surprise nous donnera l'avantage.

— Vous avez un plan ?

— Un plan... oui. Suis-moi et vise les yeux ! gronda la Conteuse en courant en direction des goules.

— Attendez ! s'exaspéra Roland en regardant Mathilde disparaître dans la noirceur du couloir. Attendez, répéta-t-il en lui emboîtant le pas, le couteau à la main.

Il comprenait l'attitude de la femme pourpre et sa sempiternelle façon d'aller de l'avant. En ignorant ses objections, elle empêchait le garçon de douter et lui imposait d'agir en homme, mais cette fois Roland en avait assez. Il ne savait pas combien étaient les goules et ils allaient se jeter sur elles avec pour seul plan de leur crever les yeux. C'était brillant et tellement irritant qu'il en aurait hurlé.

Malgré son jeune âge et la supposée vigueur qui va avec, le garçon ne parvenait pas à rattraper son professeur. Il s'étonnait qu'une femme coure si vite et si silencieusement, et alors qu'il percevait à peine sa silhouette gracile à quelques mètres devant lui, elle accélérait encore et continuait à accroître son avance.

Au détour d'une galerie menant jusqu'à une pièce circulaire percée par trois couloirs, la Patiente disparut. Une seconde plus tard, alors que Roland pensait la retrouver, il tomba sur huit yeux blancs qui scrutaient les ténèbres. Quatre paires d'orbes opalescents (la Conteuse avait raison sur le nombre des croqueurs de morts) fixèrent le jeune homme avant que leurs propriétaires ne s'ébrouent comme des animaux sauvages et ne viennent à sa rencontre.

D'instinct, Roland recula d'un pas en se demandant combien de temps durait l'effet de surprise et où était Mathilde. Puis il poussa un cri rauque et puissant, un cri de Conteur, et se jeta en avant. Son poignard fendit l'air et traversa le bras d'une goule qui se plaqua contre lui pour l'entraîner au sol. Le garçon repoussa le monstre de toutes ses forces, mais la créature pesait si peu qu'il la projeta à plusieurs mètres avec son arme toujours plantée en elle.

— Mathilde ! hurla-t-il en écrasant son poing sur le visage d'un autre monstre qui essayait de le mordre au cou. Mathilde !

Au deuxième coup de poing, un craquement sonore emplit la pièce. La mâchoire de la goule venait de se briser. Une main griffue attrapa alors les cheveux du jeune homme. Roland ne laissa pas le temps à son agresseur de resserrer sa prise. Il se retourna, envoya son coude dans le thorax d'un autre croqueur de morts en lui laissant une belle touffe de cheveux entre les doigts. Le squelette aux yeux blancs recula, et il ne put éviter la nouvelle attaque de l'apprenti Conteur. D'un coup de pied, Roland l'envoya s'écraser violemment contre un mur et le bruit des os brisés emplit la pièce.

Prêt à faire face aux autres goules, Roland chercha du regard celle qui gardait son arme dans le bras et il la vit quitter la salle d'un pas pressé et maladroit. Mathilde fit alors son apparition. Elle coupa la route du monstre et lui enfonça deux plumes d'acier dans les yeux avant de le pousser au sol. Le croqueur de morts mugit comme un animal blessé, mais la douleur ne paraissait pas le gêner. La perte de la vue le perturbait davantage. Il cherchait à gratter ses yeux crevés en grognant et oubliait de se relever.

— J'ai achevé celui-là, dit Mathilde en montrant du doigt la goule à la mâchoire brisée. Et celui que tu as collé au mur m'a l'air bien parti pour pourrir sur place. Il ne nous reste que notre ami aux yeux crevés puisque le quatrième s'est enfui par l'un de ces couloirs, mais je ne sais pas lequel.

— Vous saviez qu'ils étaient là ! Vous vous êtes précipitée ici sans me demander mon avis, vous vous êtes cachée et vous m'avez laissé me battre tout seul !

— Et tu as été magnifique, Roland ! Je me suis juste un peu servie de toi. Je ne suis qu'une faible femme. Disons que tu as fait le gros du travail, et je me suis occupée des finitions.

— Refais-moi ce coup-là et je te laisse courir vers le danger toute seule !

— Roland le Sanguinaire. Voilà que maintenant tu me tutoies...

— Je vous demande pardon, mais vous...

— Tu ! Au point où nous en sommes, tu peux continuer à me tutoyer.

— Tu... tu... je ne sais plus ce que je voulais dire, mentit Roland en ravalant ses paroles. Oublions ça, conclut-il pour ne pas avouer à Mathilde combien elle l'énervait.

— Tu sais, tu peux me le dire que tu ne supportes plus ma façon de t'imposer mes choix stratégiques. La franchise, entre nous, c'est essentiel.

— J'ai pas besoin de le dire, vous devinez mes pensées ! pesta le garçon en se penchant au-dessus de la goule qui essayait toujours de retirer les plumes d'acier de ses yeux.

— Elle paraît inoffensive, remarqua Mathilde. Elle est incapable de plier ses bras et d'aller toucher son visage.

— Est-ce que tu nous entends, monstre ?

— Voix... maître... pas dans la tête ? grommela la créature. Voix du maître ? non...

— La voix du maître ? répéta Roland.

— Il parle de son maître. Fais comme si c'était toi et demande-lui comment quitter ces galeries.

— Je... Je suis ton maître ! clama le jeune homme sur un ton assuré.

— Parler dans... oreilles... pas parler... dans tête ? hoqueta la créature desséchée en s'évertuant à toucher ses yeux crevés.

Roland regarda Mathilde. Elle lui ordonna de continuer à parler d'un geste de la main. Pour l'instant, ils ne comprenaient pas les paroles du monstre, mais ils auraient tout le temps d'y réfléchir quand ils quitteraient ces lieux de mort.

— Écoute-moi et ne m'interromps pas ! reprit l'adolescent. Dis-moi comment sortir de ces catacombes.

— Sortir ? La fumée passe partout... mais pas le jour... pourquoi maître parler ainsi ?

— Je veux sortir d'ici, tu comprends ! s'emporta faussement Roland. Où est-ce qu'il y a un passage vers la surface ?

— Passage... au grand village...

— Il parle de Tewkesbury, murmura la femme pourpre. Ça nous donne une direction.

— On peut sortir par le village ? demanda l'apprenti Conteur.

— Jamais sortir par village, jamais... observer... attendre... rester caché...

— Qu'est-ce que je lui demande d'autre ?

— Le démon qui le contrôle se cache sous une apparence humaine. S'il pouvait nous dire son nom, ça nous aiderait bien...

— Je suis Celui qui marche à l'envers, clama Roland.

161

Mais comment toi et les tiens m'appelez-vous quand j'ai le dos tourné ?

— Jamais... nous moquer... le maître... jamais...

— Et ceux du village, comment me nomment-ils ?

— Ils ne... savent pas... Seuls nous, serviteurs, connaître le maître...

— Tu ne me sers à rien, créature ! Je devrais te tuer, gronda Roland en espérant pousser la goule à se montrer plus bavarde.

— Oh oui, maître... moi mourir maintenant... pitié... moi mourir !

— Ça ne sert à rien, prévint Mathilde. La véritable mort est une délivrance pour elle.

— Je plains cette chose, dit Roland. Esclave de la volonté de l'upyr et...

— Le mot... le mot, le vilain nom ! mugit la créature.

— Le mot ! Upyr ! C'est ça ? Upyr ? reprit Roland.

— Le mot... non... non... Pardon, maître...

— Je suis un upyr ? C'est comme cela que l'on m'appelle ? C'est pour cela que tu demandes pardon ?

— Vous... Pas le maître ! grogna la goule en se débattant. Vous... mentir ! Vous dire le mauvais nom, vous pas le maître ! hurla-t-elle. Pas le maître ! MAÎTRE ! MAÎTRE ! MAÎTRE !

Mathilde réagit instinctivement. Elle se leva d'un bond et écrasa la gorge de la créature d'un violent coup de botte.

— Il fallait le faire taire, il nous aurait fait repérer.

— Alors cette fois, c'est sûr... Nous avons vraiment affaire à un upyr... Et je suis bien obligé d'y croire.

— Ne fais pas cette tête, Roland le Maître des goules. C'est l'histoire du siècle ! Et puis, au moins, maintenant on en sait un peu plus sur notre ennemi.

— Un démon...

— Un démon qui a ses points faibles. Rappelle-toi qu'il est Celui qui marche à l'envers. Il ne vit que la nuit, il craint la lumière. Ça va nous permettre de trouver son identité plus vite et de lui donner la chasse. On peut éliminer de notre liste de suspects tous ceux que nous avons vus sous le soleil.

— Alors, le sheriff ne peut pas être cet upyr, affirma Roland.

— Dans le pire des cas, il est son complice.

— Ça pourrait être Waddington ! s'exclama Roland. Je ne l'ai jamais vu de jour. Il était là le soir où tu as conté à l'auberge, et quand il nous a raccompagnés au village avec sa goule, il est parti avant le lever du soleil.

— Waddington, un upyr... Pourquoi pas ?

Après les six heures de marche les plus longues et les plus pénibles de son existence, Roland remercia Dieu d'avoir donné un sens de l'orientation si parfait à Mathilde de Beaumont. Dans une obscurité oppressante, sans repères et sous terre, la femme pourpre avait réussi à se dessiner mentalement un chemin à travers le dédale des catacombes. En se souvenant de leur point d'entrée dans le labyrinthe et de leurs moindres détours, Mathilde avait marché en gardant le cap vers l'est, vers le village.

Après avoir traversé une longue galerie sans croisements (celle qui menait au village selon la Patiente), ils avaient passé quatre longs couloirs presque parallèles. Mathilde avait craint que le labyrinthe ne les reprenne au piège, mais à part deux culs-de-sac les obligeant à faire demi-tour, ils retrouvèrent une voie sans intersections et progressèrent sur plusieurs kilomètres sans plus détecter une seule trace des goules. Parfois, par de minces fissures, d'infimes rayons de lumière traversaient leur route, mais ils ne leur permettaient pas de voir l'extérieur. Les Conteurs restaient aveugles.

L'heure était grave. Pourtant, toutes sortes de pensées futiles perturbaient Roland, et plusieurs d'entre elles tournaient autour de Cathleen, du baiser qu'elle lui avait donné et du malentendu qui depuis régnait entre eux. D'après Susan, le malaise avait été causé par Roland, par une chose qu'il aurait dite, mais il avait beau creuser dans ses souvenirs autant que possible, rien de tragique ne lui revenait. Au contraire...

La semaine passée, derrière l'église, après leur baiser et le goût suave qui était resté sur ses lèvres, il avait dit bien des choses sous le coup de l'émotion. Il avait confessé à Cathleen combien il la trouvait belle, il se rappelait encore ses joues rouges. Puis il lui avait avoué qu'il aimerait quitter le village mais que l'auberge et sa famille le retenaient à Tewkesbury. Il lui avait parlé de ses rêves d'ailleurs sans savoir que ses vœux trouveraient une réalité quelques jours plus tard, et après ces confidences ils s'étaient séparés sur un sourire. Depuis, quelque chose n'allait pas et Cathleen lui adressait à peine la parole.

Roland se reprochait de ne pas trouver la cause exacte de leur trouble et il s'en voulait aussi de réfléchir à un problème si anodin alors que la Patiente ouvrait la route avec une science et une concentration sans faille. Et comme si la désolation spirituelle qui régnait sur ses pensées ne suffisait pas, Roland sentait la faim le tenailler. Il faisait en ce moment un piètre Conteur.

Quand les gargouillements du ventre du jeune homme devinrent si bruyants qu'ils risquaient de se faire repérer, la femme pourpre décida d'une halte. Au pied de quelques marches qui s'enfonçaient sous terre et menaient toujours vers l'est, les Conteurs vidèrent la gourde de la Patiente (ils préféraient économiser l'eau bénite de Roland) et mangèrent un fruit avec du pain.

— On ne doit plus être très loin de Tewkesbury. Encore une heure ou deux et, si une sortie existe, on finira bien par tomber dessus.

— Je ne sais pas comment tu fais pour savoir où aller.

— Il y a deux ans, en Italie, je suis restée coincée quatre jours dans les galeries souterraines d'une grotte. Je savais que personne ne viendrait me chercher... Il m'a fallu être méthodique pour m'en sortir, et depuis, crois-moi, je ne me perds plus.

— En Italie ? Tu étudiais quel sujet ?

— Je poursuivais un Noir Parleur... Il avait en sa possession une copie de la page 33 du *Livre des Peurs*.

— Et tu la lui as reprise ?

— Pas tout à fait. J'ai mis le feu à son repaire et la page a brûlé avec... J'ai juste eu le temps de la lire une fois et de l'apprendre par cœur.

— Une seule lecture t'a suffi ?

— Il n'y avait que quelques lignes dessus. Mais je te les répéterai plus tard, pour l'instant il faut nous remettre en marche.

Il était difficile d'estimer le passage du temps sans lumière du jour, mais après ce qui sembla être une nouvelle heure passée dans les ténèbres, les Conteurs trouvèrent une fin à leur chemin. À une centaine de mètres devant eux luisaient les marches d'un escalier inondé de lumière. Nul doute que plus haut se trouvait un accès vers l'extérieur. Seuls de petits détails les empêchaient de courir vers la lumière : six goules

165

et le loup noir aux yeux dorés que les Conteurs avaient aperçus la nuit où Waddington les avait surpris dans le cimetière profané.

Les croqueurs de morts avaient à la main de longs os brisés. Ils se tenaient devant la bête immense, et cette fois ils étaient préparés à se battre. Ils avancèrent doucement vers les deux intrus. L'un d'eux portait même la cape de Mathilde sur les épaules. L'étoffe pourpre lui était bien trop grande et lui donnait l'allure d'un prince ridicule, mais la Patiente enragea de voir son noble vêtement ainsi souillé.

— Le loup, murmura Mathilde en retirant plusieurs plumes d'acier de sa ceinture. C'est lui le plus dangereux.

Roland ne répondit pas. Sans s'en rendre compte, il se plaça devant elle pour la protéger, brandit son couteau de la main droite, et de sa main gauche chercha une grosse pierre par terre. Par chance, le couloir ne permettait pas que plus de trois goules marchent côte à côte. Les six mangeurs de cadavres n'attaqueraient pas en même temps.

Quand leurs ennemis ne furent plus qu'à quelques pas d'eux, la femme pourpre lança une première plume. Le monstre le plus proche de son élève reçut le projectile dans la gorge sans même essayer de l'éviter et il leva son gourdin d'os. Avec une sauvagerie qu'il ne se connaissait pas, le garçon ne le laissa pas terminer son geste. Il écrasa sa pierre sur son visage à deux reprises. Mathilde vint à ses côtés, hurla en direction des autres squelettes. Ses cris les firent grimacer et ralentir. Elle usait de sa voix de roi comme d'une arme.

Roland lança sa pierre sur une des goules qui attaquait à gauche. Dans un bruit affreux, le caillou s'enfonça dans le torse du cadavre ambulant (leurs os desséchés étaient très friables), pourtant le monstre resta debout. D'un coup de pied, Roland le projeta contre un mur. Cette fois, le bruit des os brisés jaillit du crâne du mort-vivant. Deux nouvelles plumes d'acier traversèrent le couloir et éteignirent l'éclat de deux yeux blancs.

Roland ramassa la masse d'un de ses agresseurs et repartit à l'attaque. Il planta son couteau dans la chair froide et exsangue d'une nouvelle créature avant de briser son gourdin de fortune contre son visage émacié.

Soudain, Mathilde cria de douleur et plusieurs gouttes d'un liquide chaud et épais giclèrent sur les joues du garçon. Une des goules mordait la femme pourpre à la main et tentait de lui arracher au moins deux doigts en secouant violemment la tête. L'apprenti Conteur sauta sur le monstre, lui enfonça sa lame entre les épaules et l'écarta de la femme pourpre. Ce qui lui valut une nouvelle traînée de sang chaud en travers du visage.

Le jeune homme sentit alors une intense douleur traverser son épaule gauche. Le croqueur de morts aux yeux crevés lui avait planté un os dans le dos et il s'échinait à l'enfoncer le plus profondément possible. Roland voulut le repousser de son bras droit, mais il ne parvint pas à se relever, et la souffrance l'obligea à s'agenouiller. Son salut vint par Mathilde. Une plume d'acier entre les doigts, elle poussa la goule aveugle au sol et lui brisa la nuque d'un coup de pied.

Dans une plainte rauque, le garçon retira le bout d'os de son épaule et s'affala sur les coudes. Les yeux dorés du loup apparurent alors à quelques pas de lui. L'animal jaillit des ombres et se jeta en avant. Ses mâchoires claquèrent au-dessus du visage de Roland, qui se coucha sur le dos pour éviter l'attaque. Mû par la peur de laisser une joue à l'animal, le garçon attrapa le loup par la gorge afin de garder les crocs à distance, mais la douleur à l'épaule l'empêchait de le repousser.

Mathilde, occupée à se battre avec les deux dernières

goules, envoya deux plumes d'acier sur la bête. Les projectiles s'enfoncèrent dans le flanc de l'animal, mais il ne tressaillit même pas. Il ne grognait pas, ne hurlait pas, il attendait juste que les bras de l'adolescent faiblissent pour lui dévorer le visage.

— Utilise ta gourde, Roland ! hurla la Conteuse. Cet animal n'est pas un loup !

Le garçon relâcha sa prise en repoussant la bête et recula en glissant sur le dos. Il donna plusieurs coups de pied dans le flanc déjà blessé du fauve, mais le monstre restait insensible. Le loup recula, tourna patiemment autour des jambes de l'apprenti, puis, au moment où Roland tenta de se relever, il sauta au-dessus de ses bottes et le plaqua de nouveau par terre. Couché sur la poitrine du jeune homme, il referma ses mâchoires si près de son nez que l'adolescent sentit une bave nauséabonde lui couler dans les narines. Avant que les crocs ne lui arrachent un œil, Roland envoya son poing gauche sur le museau de son agresseur, et de la main droite attrapa son outre et la brandit devant lui. Le loup recula immédiatement. Mathilde avait raison. Cet animal n'en était pas un, il craignait l'eau bénite. D'un nouveau coup de talon, le garçon obligea la bête à prendre ses distances. Il ouvrit rapidement sa gourde, se redressa et, comme il l'avait fait contre la brume, il aspergea le loup de son eau bénite.

L'effet fut spectaculaire et immédiat. Le loup gronda de douleur, se recroquevilla au sol, trembla, puis il sembla grossir, son pelage s'éclaircit et une fumée blanche jaillit de ses yeux et sa bouche. L'animal se transformait. Ses pattes et sa gueule se rétractaient, ses yeux d'or disparaissaient, mais son corps grandissait, devenait translucide et flottait au-dessus du sol. Le loup se changeait en une nappe de brume.

Fascinés par le spectacle fantastique d'une telle sorcellerie, Roland et Mathilde restèrent bouche bée durant plusieurs secondes avant que la Conteuse n'appelle le garçon vers elle. Le brouillard épais et menaçant s'était glissé entre eux, rampant par terre et grimpant sur les murs du couloir. Dans ses vapeurs maléfiques, Roland crut distinguer une silhouette humaine, une silhouette de fumée, mais avant qu'il n'essaie de la traverser, la brume doubla de volume et se jeta simultanément sur la Conteuse et lui.

Plaqués au sol par l'incroyable force de cette fumée douée de conscience, les Conteurs tentèrent d'éloigner le Mal en battant des mains, mais l'improbable brouillard s'enroulait autour de leurs doigts et glissait dans leurs manches. Son contact était glacial.

Roland, qui avait lâché son outre, la chercha des yeux. Son contenu sacré se déversait sur quelques pavés. Elle était presque vide. Il rampa jusqu'à elle et, au moment où ses doigts touchèrent l'enveloppe de cuir, la brume devint plus virulente. Ses griffes immatérielles tentèrent de lui arracher la gourde, mais Roland parvint à porter l'eau bénite à ses lèvres. Il en prit la dernière gorgée dans la bouche puis il se retourna et cracha sur les vapeurs maléfiques.

La brume libéra immédiatement l'apprenti Conteur. Traversée par un sifflement désagréable, elle ramena tous ses tentacules vaporeux et ondula sur le sol comme un animal blessé. Roland se releva et usa alors de son outre comme d'une épée. Il trancha dans la fumée et ses dernières gouttes d'eau bénite achevèrent de mettre le Mal en fuite. Tels des cris de douleurs, d'insupportables stridulations jaillirent du monstre de fumée, puis le calme revint dans le couloir.

La brume se faufila entre des pavés et dans des fissures sur les murs, puis elle disparut en quelques instants. Seuls restaient les corps des six goules. La moitié d'entre elles semblaient encore vivantes mais impuissantes. Agitées de spasmes, elles reposaient au sol, les yeux grands ouverts. La Patiente, avec des manières très précieuses, reprit sa cape au monstre qui la lui avait empruntée, puis elle sourit.

Sa gourde vide à la main, Roland réalisa qu'il venait de mener le combat le plus périlleux de sa vie et qu'il l'avait gagné. Mais contre quoi s'était-il battu ? Un loup ? Une fumée intelligente ?

— C'était l'upyr, dit Mathilde en attrapant la main de Roland pour l'entraîner au bout du couloir, vers la lumière. Il possède de puissants pouvoirs s'il peut se changer en loup et en brume...

— J'ai vaincu... un démon, balbutia Roland en prenant conscience de son exploit.

— Repoussé un démon ! Mais c'est déjà suffisant pour te faire gagner un sacré surnom ! Allez viens, ne traînons pas !


Au bout du couloir, dans une pluie de clarté, le calvaire des deux Conteurs prenait fin. Ils gravirent une douzaine de marches et gagnèrent une salle aux proportions réduites que traversaient de nombreuses flèches de lumière. Ils plissèrent les yeux car cette journée aux allures de nuit les avait déshabitués à la lumière, et ils comprirent où ils se trouvaient : dans un caveau du cimetière de Tewkesbury.

Un passage secret reliait les catacombes du village abandonné à Tewkesbury. Qui avait pu creuser une si longue galerie souterraine ? Ceux qui avaient autrefois caché les pages du *Livre des Peurs* à travers toute l'Europe ?

Par les brèches creusant les parois du caveau, Mathilde regarda à l'extérieur. Elle aperçut des tombes, dont celle du Flamboyant, un pan de l'église et quelques maisons qui se dessinaient par-delà un muret. La voix du père Andrews et celle d'une vieille femme résonnaient non loin. Le curé était probablement encore occupé avec la plus pieuse des bavardes qui passaient leur temps sur le parvis de l'église, la vieille Madleen. Dans le ciel, la lumière virait à l'ocre et à l'orange. La nuit viendrait bien trop tôt et l'upyr l'accompagnerait. Sous la lune, il les pourchasserait à sa guise.

— Aide-moi à ouvrir ça, Roland l'Eau Bénite ! rugit Mathilde en poussant sur les deux battants de la porte du caveau. Ces maudits vantaux ne bougent pas d'un pouce.

— Pousse-toi ! ordonna Roland en prenant son élan.

L'apprenti Conteur se tint le dos bien droit, aspira une grande goulée d'air et se jeta en avant. En deux pas, son épaule droite percuta la porte et la dégonda dans un fracas assourdissant. Au troisième pas, il s'affala par terre comme un bienheureux. Enfin, il sortait de cet enfer de ténèbres. Enfin, il pouvait boire à la lumière du jour.

Alerté par le vacarme, le curé vint vers le caveau des Harper, le plus ancien de son respectable cimetière, et ce qu'il vit faillit le faire hurler de peur, puis de colère, puis à nouveau de peur.

Lorsqu'il réalisa que le raffut avait été provoqué par un homme et que cet homme riait aux éclats, allongé sur le dos devant le mausolée (il ne reconnut pas immédiatement Roland), il ouvrit la bouche pour brandir le nom de Dieu. Mais Mathilde sortit du caveau, la main en sang, le visage blême et strié de marques rouges, et le père Andrews s'évanouit.

La vieille Madleen, avec qui il tenait palabre, s'était elle aussi approchée, mais elle avait pris soin de se réfugier derrière une tombe. Elle leva les yeux au-dessus de sa maigre protection de pierre, et vit les deux sombres silhouettes se jeter sur le père Andrews. Elle s'évanouit à son tour.

171

# 11
# La bataille de Hastings

Une fois le père Andrews éveillé et la vieille Madleen reconduite chez elle malgré ses protestations (la curieuse aurait aimé profiter des détails croustillants de l'aventure souterraine des Conteurs), Mathilde et l'adolescent se firent soigner dans l'église.

Ils rassemblèrent quelques hommes discrets, dont le père de Roland, et leur apprirent qu'un souterrain infesté de goules menait jusqu'au cœur de la forêt, mais ils se gardèrent de mentionner l'upyr, le loup noir ou la brume. De la même façon, ils ne dirent rien de leurs soupçons concernant Waddington. Malgré toutes leurs précautions, un vent de panique soufflerait bientôt sur la ville, et cela servirait les plans de l'ennemi.

La Patiente demanda à quatre hommes de ramener à la surface les corps des goules terrassées dans le souterrain et de surveiller l'entrée du caveau. À contrecœur, armés de gourdins et d'eau bénite (Roland insista pour que l'un d'entre eux porte une outre remplie au bénitier de l'église), les quatre braves descendirent sous terre, marchèrent sur une centaine de mètres, mais ils ne trouvèrent aucun corps et remontèrent à la lumière du crépuscule. Le père de Roland, quant à lui, resta près de son fils et aida le curé à bander l'épaule de son garçon.

— Les goules existent, papa.

— Je vois ça, mon fils. Et tu les as affrontées avec courage, mais je ne veux plus que tu prennes des risques insensés en courant après ces monstres. Ils ont tué le Flamboyant... Je ne veux pas que tu sois leur prochaine victime.

— Les goules ne sont pas...

— Roland ! rugit la Conteuse pour interrompre le garçon avant qu'il n'en dise trop. N'en dis pas plus, tu risquerais d'inquiéter ton père et notre bon curé Andrews.

— C'est que je me fais bien du mouron, voyez-vous ! rétorqua Robert. Sa mère et ses sœurs aussi. Ma famille respecte l'Ordre Pourpre, mais mon fils était aubergiste il y a encore quelques jours. Il n'est pas un guerrier ! Il n'a pas votre talent pour se tirer de toutes les situations, et alors que vous me semblez avoir besoin d'aide, vous ne prévenez même pas le sheriff !

— M'adressez-vous des reproches, Robert ?

— Je vous fais part de mon inquiétude.

— Bien ! le tança Mathilde d'une autoritaire voix de roi. Roland, Robert, suivez-moi hors de l'église. Père Andrews, merci pour vos soins, je pense que nous nous reverrons avant la fin de la nuit.

— Je n'aime pas vous entendre dire ça, ma fille.

— Moi non plus ! dit Roland en remontant sa chemise sur le bandage qui enserrait son épaule blessée.

Robert resta silencieux. Il se contenta de quitter l'église, pressé d'entendre la Conteuse. Une fois dehors, il jeta un œil vers le cimetière et les hommes qui surveillaient le mausolée des Harper, puis il observa l'horizon. Dans moins d'une heure il ferait nuit noire, et cela l'inquiétait. Il avait remarqué les incessants regards que son fils lançait au soleil et il voyait bien, dans son comportement comme dans celui de Mathilde de Beaumont, que cette nuit rien de bon n'arriverait ici-bas.

174

La femme pourpre retrouva Robert sur le parvis et elle murmura en faisant de grands gestes, comme pour tromper un éventuel espion qui les surveillerait.

— Désolée de vous parler d'une façon si grotesque, Robert, mais je vais être tout à fait honnête avec vous. Vous êtes le seul homme en qui j'aie une totale confiance dans ce village, et je m'efforce de garder nos agissements aussi secrets que possible, dit Mathilde en pointant son doigt vers Roland.

— Je... je comprends.

— Bien. Pour tout vous dire, notre problème aujourd'hui est multiple. Je crois le sheriff impliqué dans le meurtre du Flamboyant et je pense qu'il cache quelque chose de pas très catholique dans sa cave. Nous devons donc nous méfier de lui. Ensuite, et aussi incroyable que cela paraisse, il y a fort à parier que Waddington est un serviteur du Diable, un authentique démon. Et pour finir, dès la tombée de la nuit, ce démon nous tombera dessus... ce qui, je vous l'avoue, me décevrait puisqu'il s'est montré très intelligent pour brouiller les pistes jusque là.

— Waddington... un démon ?

— C'est à envisager.

— Et vous avez laissé la goule qu'il a tuée chez nous ?

— Mon Dieu ! s'exclamèrent Roland et Mathilde.

Le garçon arriva le premier devant l'auberge. Comment n'avaient-ils pas pensé à cette goule plus tôt ? Elle avait eu l'air morte, mais mis à part les entailles gravées sur son corps par l'épée de Waddington, elle était intacte. Maintenant que Roland avait combattu d'autres croqueurs de

175

morts, il savait que même grièvement blessés ils gardaient une certaine mobilité.

À bout de souffle, l'apprenti Conteur parvint à la resserre. Il entendit sa mère et Holly appeler Éloïse à l'intérieur de l'auberge, mais la voix fluette de sa petite sœur ne leur répondit pas. Il débarra la porte, et ce qu'il ne vit, ou plutôt ce qu'il ne vit pas, le fit tomber à genoux.

Mathilde et Robert rejoignirent le garçon. La femme pourpre jeta un œil au-dessus de Roland, toujours prostré devant la remise de bois, et elle regarda Robert avec un air désolé.

— Elle n'est plus là.

Le grand Robert n'approcha pas davantage de l'appentis. Il repartit vers l'auberge en hurlant les noms de sa femme et de ses filles.

— On s'est encore fait piéger ! gronda Roland. L'upyr a toujours un coup d'avance sur nous.

— Waddington savait que je voudrais conserver cette goule... Alors pourquoi nous l'avoir donnée ?

— Pour qu'elle nous espionne.

— Je ne crois pas que ce soit aussi simple que ça. Les allées souterraines que nous avons traversées avant de sortir par le caveau mènent sûrement à d'autres endroits de Tewkesbury depuis lesquels n'importe quelle goule aurait pu nous surveiller. Le village doit être une vraie fourmilière. Cette goule avait un autre objectif...

— Éloïse a disparu ! tempêta Robert depuis une fenêtre de l'étage. Nous ne la trouvons pas.

Mathilde regarda à l'intérieur de la resserre en jurant. La petite sœur de Roland avait été enlevée par le monstre. C'était cela sa mission.

*
**

176

Dans les cuisines de la Broche, Robert ne parvenait pas à se calmer, et Mathilde usait de tout son talent et de sa voix de roi pour l'empêcher de hurler. Il avait ressorti d'une cache une tunique matelassée, un poignard et une hachette. Il n'en parlait guère, mais jadis le père du garçon avait été mêlé à une horde de mercenaires du comté. Il regrettait bien des choses de son passé et avait toujours dit à son fils que l'acier ne réglait jamais les problèmes des petites gens. Pourtant, aujourd'hui, il paraissait penser le contraire. Jamais Roland n'aurait cru un jour voir son père une arme à la main. Jamais il n'aurait cru lire autant de désespoir dans ses yeux.

La mère et la grande sœur du garçon restaient, elles, prostrées dans un coin de la pièce. Serrées l'une contre l'autre, elles pleuraient ou priaient comme si Éloïse était définitivement perdue, ce qui participait à énerver Robert.

Roland, quant à lui, sentait une colère sourde remplir son cœur, et bien qu'une part de lui commençât à détester Mathilde et le Flamboyant pour ce qu'ils avaient provoqué, il savait qu'il était l'unique responsable de l'enlèvement de sa petite sœur. Il avait rêvé d'aventure et d'évasion, il était servi. Tout était de sa faute. S'il n'avait pas choisi de porter la cape de maître Corwyn, Éloïse serait ici.

Seule la Conteuse gardait son calme. Elle réagissait avec son flegme habituel, mais pour Roland, qui commençait à la connaître, sa sérénité d'apparence ne parvenait pas à cacher ses inquiétudes.

L'upyr n'avait fait enlever Éloïse par son serviteur desséché que pour posséder un moyen de pression sur les Conteurs. Mais pourquoi prendre un tel risque ? Mathilde avait beau réfléchir aux trois fondamentaux de toute histoire, le qui, le comment et le pourquoi, elle ne parvenait pas à vraiment lier les faits entre eux. Trop d'incertitudes flottaient entre les événements et les personnes qui les provoquaient ou les subissaient.

Dans le pire des cas, le chevalier de Waddington était un des êtres les plus malfaisants de la création, et, au mieux, lui comme le sheriff et probablement un ou deux autres villageois s'étaient acoquinés avec des forces diaboliques. À qui obéissaient-ils ? À un démon cherchant à rassembler les pages du *Livre des Peurs* ? Aux Noirs Parleurs ? Que faisaient-ils dans les souterrains ? Cherchaient-ils d'autres pages du livre ? Savaient-ils que Roland et la Conteuse en possédaient une ? Était-ce cela que voulait l'upyr ?

La Conteuse, comme le Flamboyant avant elle, avait été abusée par les apparences bienveillantes de Waddington et de Wickle. Et maintenant qu'une nouvelle vie risquait de s'éteindre, le temps n'était plus aux devinettes.

Mathilde et Roland devaient agir. Ils devaient sauver Éloïse et démasquer l'upyr.

Lorsque la nuit tomba, ce qu'avait redouté Mathilde se produisit. Une rumeur faisait déjà des ravages dans le village. Selon elle, des forces démoniaques possédaient le cimetière. Un début de panique se répandait de chaumière en chaumière, et des hommes curieux ou apeurés, accompagnés de leurs fils aînés et équipés de fourches, de bâtons, de vieilles épées ou de flambeaux, rejoignaient les quatre villageois veillant sur l'entrée du caveau Harper.

Les femmes et les enfants de quelques familles se regroupaient devant chez elles la peur au ventre, et beaucoup n'avaient que des mots déraisonnables à la bouche. En raison de son statut d'ermite, certains accusaient le vieux Wilfrid de s'adonner à des rites contre nature en pleine forêt. D'autres prétendaient que les infidélités de vilaines épouses avaient attiré le mauvais sort. Trop de gens laissaient l'angoisse prendre le pas sur leur raison, et évidemment le sheriff Wickle ne se montrait pas pour apaiser les esprits.

Mathilde avait déjà assisté à l'embrasement d'un hameau au nord du pays. Elle savait comment les tragédies commençaient, et ce qui se passait ce soir à Tewkesbury n'augurait rien de bon. Sous peu la superstition amènerait ces gens effrayés à chercher un bouc émissaire. Les villageois seraient bientôt capables de brûler, noyer, percer d'acier ou écarteler quiconque menait une vie dissolue. Même de belles gens, d'ordinaire inoffensives, pouvaient agir avec cruauté quand une fièvre de groupe les possédait. Deux ans plus tôt, la Conteuse avait sauvé in extremis une jeune femme attardée que tout son village considérait comme une sorcière suite à de mauvaises récoltes et quelques naissances de veaux mort-nés. Il suffisait parfois de peu de coïncidences pour être accusé de pactiser avec le Diable.

À l'auberge, alors que le grand Robert consentait seulement à se calmer, quelqu'un frappa à la porte. La salle de repas étant déserte et silencieuse, l'écho d'une main de fer tapant sur le bois résonna de longues secondes avant que Roland, suivi de son père et de Mathilde, n'ouvrît la porte.

Un homme immense et maigre, au visage blême et sévère et aux magnifiques yeux clairs, les dévisagea. Malgré son âge, le vieillard dégageait une force et une assurance hors du commun. Ses longs cheveux gris et sa barbe blanche lui donnaient l'air d'un sage, mais c'était son vêtement qui faisait véritablement de lui un seigneur. L'étranger portait la cape pourpre.

— Maître William le Ténébreux ! se présenta-t-il d'une voix de roi. Me laisseras-tu entrer, jeune homme, ou faut-il que mes vieux os tombent de ma carcasse pour que tu cesses de me dévisager ?

— Oui... Entrez, messire.

— William ! s'exclama la Conteuse. Vous arrivez à point nommé !

— Je suis venu avec Ruppert l'Archiviste, dit le Ténébreux en touchant tendrement la joue de Mathilde, comme si elle avait été son arrière-petite-fille. Il attache nos chevaux dehors et il nous rejoint. Nous avons vu des gens bien excités en passant devant l'église. M'expliquerez-vous ce qui se passe ici ?

La Conteuse regarda Robert et les armes qu'il portait maintenant à la ceinture avant de reporter son attention vers Roland, le vieux maître William, et maître Ruppert, qui entrait à son tour dans l'auberge.

— Un upyr sévit dans les environs. Il se fait obéir d'une armée de goules et probablement d'un ou plusieurs villageois.

— Un upyr... Voilà qui me rappelle la veille de la bataille de Hastings ! Ça ne me rajeunit pas.

Roland n'avait jamais vu de rides si longues et si profondes sur un homme mais si sa mémoire était bonne, la bataille de Hastings avait eu lieu environ cent vingt ans plus tôt. Le vieillard à la cape pourpre ne pouvait avoir assisté à cette bataille capitale de l'histoire du royaume anglais. Et pourtant Roland fut persuadé qu'il ne mentait pas.

*
* *

Dans le cimetière, à l'entrée du caveau maudit (c'est ainsi que la plupart des gens du village l'appelaient maintenant), un frisson d'effroi traversa la vingtaine d'hommes qui veillaient sur le plus vieux sépulcre de Tewkesbury. Une respiration souffreteuse et des bruits de pas montaient des sombres profondeurs du souterrain.

Deux hommes, plus téméraires que leurs compagnons, jetèrent leurs torches plus bas pour voir ce qui venait vers eux, mais au lieu de révéler un monstre, les flammes ne montrèrent qu'une silhouette malingre, celle d'une fillette.

Avec difficulté, l'enfant escalada les marches une par une comme si elle gravissait une montagne, puis elle parvint au sommet de l'escalier. Essoufflée et blafarde, elle se tint quelques instants au centre du caveau et reprit des forces en respirant d'une façon atroce. Son corps minuscule se gonflait d'air, mais cela semblait lui demander un effort terrible. Sifflant à chaque inspiration et crachant à l'expiration, la petite fille avait les yeux vitreux et le teint si blanc qu'il en devenait lumineux. Elle semblait dormir debout et pourtant souffrir horriblement.

La fillette ouvrit et referma la bouche plusieurs fois, comme pour parler, mais elle ne produisit aucun son. De rage, elle claqua des dents et essaya encore de parler, mais ses lèvres restaient muettes. Ses épaules s'affaissèrent, et elle s'écroula sur ses genoux. Elle leva la tête et tendit les bras vers ceux qui l'observaient. Un filet de sang coulait de son poignet droit. Elle ne paraissait pas gravement blessée, mais elle était choquée et avait besoin d'aide.

Plusieurs hommes approchèrent alors de l'entrée du caveau avec beaucoup de précautions. L'un d'entre eux, caché derrière un gourdin et un poignard, reconnut l'enfant.

— Vierge Marie ! s'étonna un habitué de la Broche Rutilante. C'est Éloïse, la petite de l'auberge !

*<br>* *

En seulement quelques minutes, une douzaine d'hommes suivis d'autant de femmes et de quelques enfants ayant échappé à la surveillance de leurs aînés traversèrent le village en direction de la Broche Rutilante. Ils ramenaient la fillette à ses parents, mais leurs intentions divisaient le cortège en deux groupes.

— Possédée par le démon !

— Le Mal est en elle ! Elle est blanche comme la mort !

— Ce n'est qu'une gamine ! répondaient les moins nombreux.

Attiré par le raffut à l'extérieur, le grand Robert traversa la salle principale de l'auberge et sortit en laissant sa hachette à portée de main, juste à côté de la porte.

Lorsqu'il vit sa fille cadette, aussi pâle qu'un éclat de lune, il crut qu'elle était morte et faillit hurler, mais les mains de l'enfant bougèrent. Accrochée à la chemise de l'homme qui la portait, Éloïse paraissait n'avoir plus aucune force. Sous le regard d'une foule aux limites de l'hystérie, Robert la prit dans ses bras.

— Robert, ta fille errait sous terre, avec les goules du cimetière ! hurla une femme en prenant grand soin de rester cachée.

— Le Malin a des desseins pour elle ! tempêta une autre.

— Taisez-vous ! gronda un vieillard.

— Toi, tais-toi, l'ancêtre ! répondit un jeune fermier. Cette gamine va attirer le mauvais œil sur nous ! Il faut faire quelque chose.

— Il suffit, braves gens ! tonna un homme imposant en

182

sortant de l'auberge avec majesté. Faire souffrir cette enfant n'apaisera aucun mal ! tança William le Ténébreux avec une voix de roi terriblement menaçante. Cette maison et ceux qu'elle abrite sont sous la protection des hommes pourpres.

— Mais il y a de la sorcellerie là-dessous ! caqueta la vieille Madleen sur son habituel ton de commère.

— Il n'y a rien de sorcier dans les apparences de la sorcellerie, madame ! répondit maître William en regardant froidement la vieille femme et en poussant Robert et sa fille à l'intérieur de la Broche Rutilante.

— Des goules ! hurla une voix venue de derrière la foule. Il y a des goules dans le champ d'Ivelin, cria un homme en rejoignant la foule à bout de souffle. Je crois avoir vu des goules !

— Il faut prévenir le sheriff ! grondèrent plusieurs voix.

— Vous avez vu des goules ou vous croyez en avoir vu ? demanda Mathilde en se postant face au nouveau venu.

— Je... Je crois... J'ai vu deux silhouettes traverser le champ.

— Des silhouettes, pas des goules ! cria la Conteuse pour être entendue de toute la foule. Calmez-vous tous à présent.

— De la sorcellerie ! vitupéra la vieille Madleen en prenant à témoin les gens à côté d'elle.

— De la sorcellerie ! reprirent d'autres bouches en proie à la peur. La gamine est une sorcière !

— Dispersez-vous, bonnes gens ! intervint Mathilde. N'avez-vous pas honte d'accuser une fillette ?

Les Conteurs employèrent tout leur talent afin de calmer et disperser la foule assemblée devant l'auberge. William le

Ténébreux hurla même sur la vieille Madleen avec une voix terrifiante. Il savait que ces gens possédés par la soudaine envie de sacrifier un ou deux principes chrétiens à leur angoisse ne pouvaient être raisonnés en douceur. Et puis il devait faire vite car leur nombre ne cesserait de grossir tant qu'un peu de sang n'aurait pas été versé.

Impressionnés par le Ténébreux, la plupart des curieux regagnèrent les rues de Tewkesbury en se dispersant, mais d'autres se regroupèrent à quelques pas de l'auberge. Implorant Dieu ou honnissant ceux qui avaient mené le Mal aux portes de leur village, ils murmuraient ensemble de vilaines paroles. Et le sheriff ne se montrait toujours pas.

Dans la Broche Rutilante, escorté par les Conteurs et sa famille, Robert transporta l'enfant dans la chambre qu'elle partageait avec sa sœur aînée. Il l'allongea sur un drap blanc qui se colora vite de sang, et tous remarquèrent que l'estafilade au poignet de la fillette continuait à saigner. Elle n'était guère profonde, mais le sang ne coagulait pas. Resté à la porte de la chambre, Roland regarda sa petite sœur avec horreur. Elle respirait mal, sa gorge produisait des bruits douloureux, et ses yeux entrouverts semblaient aveugles. Elle qui riait au moindre bon mot, qui souriait tout le temps et se comportait toujours avec légèreté, semblait avoir passé un pacte avec la mort. Son frère ne supportait pas de la voir ainsi. Il aurait voulu la prendre dans ses bras et la serrer de toutes ses forces, mais la colère emporta ses sentiments et il quitta la chambre. Il fit quelques pas nerveux dans le couloir, se demandant quelle responsabilité le sheriff avait dans le drame qui frappait sa famille. Il eut une furieuse envie d'obtenir la réponse dès maintenant et sortit discrètement de l'auberge.

— Donnez-moi un linge propre, madame ! Il faut faire pression sur cette plaie, je crains qu'elle ne mette du temps à se refermer, dit maître Ruppert en poussant Robert pour s'asseoir au bord du lit. Elle est froide et son cœur bat faiblement, mais elle n'est que choquée. Elle vivra, ajouta-t-il en touchant la gorge de l'enfant et en regardant sa blessure de plus près. En revanche, les veines ont été entaillées, l'upyr s'est nourri d'elle. Il va lui falloir...

— Nourri ? répéta la mère de l'enfant.

— Il a simplement pris un peu de son sang, dit Mathilde sur un ton destiné à rassurer la famille de Roland. Sa vie n'est pas en danger. Elle respire, elle va reprendre des forces.

— Nous pouvons la soigner en lui faisant manger du miel et des fruits, puis je purgerai son sang avec des sangsues.

— Qu'est-ce qu'un upyr ? demanda Robert.

— Un démon qui aurait assisté à la crucifixion, répondit l'Archiviste. Mais il n'a pas volé la vie de votre fille, je crains juste qu'il ne l'ait placée sous son...

— Maudit rats ! grogna la petite Éloïse en se redressant soudainement, comme sous l'emprise d'une convulsion.

— ... son influence, murmura maître Ruppert en dévisageant Mathilde et le vieux Conteur.

— Qui que vous soyez, écoutez ma voix, poursuivit la fillette en tremblant. Et portez mon message aux capes pourpres. Je veux la page du livre ancestral, apportez-la aux quatre tombeaux. Je veux aussi le garçon au cœur de lion. Qu'il vienne à moi, il aura la vie sauve. Exécutez-vous cette nuit ou je ferai de ce village un cimetière et je ramènerai la fillette vers moi pour en faire mon esclave et lui dévorer le cœur. Conteurs, vous m'avez vu sous deux de mes apparences dans les catacombes. Priez pour ne jamais me croiser sous ma troisième forme.

— Libère ma fille ! espèce de monstre, hurla Robert.

— Il ne vous voit pas et ne vous entend probablement

pas non plus, dit le Ténébreux. Il ne peut que s'exprimer par elle.

— Ne me décevez pas ! Vous y perdriez bien plus que la vie, murmura Éloïse en retombant inconsciente sur le dos.

— Ma petite Éloïse, gémit le grand Robert en soutenant sa femme et son autre fille, toutes deux effondrées. Est-ce que vous allez vraiment pouvoir la soigner ?

— Nous allons faire ce qu'il faut, affirma Ruppert en enroulant une bande de tissu autour du poignet ensanglanté de la fillette. J'ai déjà vu des dizaines de cas de personnes attaquées par des upyrs, et la plupart s'en sont remises.

— Et les autres ?

— Les autres… retournaient vers lui pour devenir ses serviteurs… ses goules afin qu'il boive leur sang jusqu'à la dernière goutte.

— Ma fille ne retournera pas dans les bras de ce monstre ! cria la mère de l'enfant.

— Ruppert, cesse donc d'effrayer ces gens, pesta le Ténébreux. Quant à vous, mes très chers hôtes, ne vous inquiétez pas. Nous allons donner ce qu'il veut à ce démon afin qu'il libère votre fillette, clama William de sa voix la plus rassurante. Ensuite nous le piégerons ! Mais pour l'instant, j'ai besoin d'un gobelet du meilleur vin de votre auberge ! Je suis désolé de me montrer aussi prosaïque en pareil moment, mais je viens de chevaucher quatre jours durant, à mon âge une aussi saine activité mérite récompense.

— Servez-vous aux cuisines, dit Robert en serrant contre lui sa femme. Faites comme chez vous.

— Grand merci, Robert. Ruppert, reste là et occupe-toi de l'enfant, puis rejoins-moi en bas, ordonna maître William. Mathilde, Roland, voudriez-vous bien m'accompagner ? Il est temps, jeune homme, que tu nous livres le message dont la Patiente m'a parlé dans son courrier. Roland ? Par le livre ! Où est ton protégé, Mathilde ?

— Roland ? rugit la Conteuse ! Il... il est parti !

*
**

Aussi discrètement que possible, l'adolescent progressait vers la maison du sheriff. Il longeait la grand-rue du village en ignorant les petits groupes qui discutaient çà et là du sort de sa petite sœur ou de la présence probable du Diable dans le cimetière. La nuit était maintenant totale. L'upyr pouvait se montrer à tout instant, mais Roland s'en moquait. Sans savoir que le démon venait de passer un marché avec les Conteurs, il filait vers le danger en serrant le poing sur la dague qui avait tué le Flamboyant.

Les Haut-Conteurs devaient reprendre l'avantage. Mathilde et le Ténébreux réfléchissaient certainement déjà à une stratégie d'une grande finesse, mais Roland, lui, voulait savoir à qui ils avaient affaire. Pour cela, il comptait bien faire parler Wickle. Quels que soient les mystérieux intérêts que servait le sheriff, il dirait tout dès ce soir. Et en fonction de ses réponses, Roland déciderait si, oui ou non, il s'occupait du chevalier de Waddington. Il avait toujours le crucifix du père Andrews et il pouvait remplir son outre au bénitier de l'église. Il serait prêt à se battre avec un démon et si c'était un homme qu'il devait affronter, sa colère et sa dague seraient ses armes.

Que l'ennemi soit un chevalier ou pas, Roland venait de comprendre qu'il était capable de commettre le pire. Dans ses yeux brûlait le regard que son père avait eu un peu plus tôt. Une rage froide avait pris possession de lui, et cette rage voulait du sang. Pour l'instant, il la contrôlait, mais bientôt il la laisserait exploser. Son père lui avait une fois dit que ce

187

qui rendait un homme plus fort qu'un autre dans un combat était d'accepter le fait de tuer. Se savoir capable d'enfreindre le sixième commandement, c'était cela qui donnait la victoire. Ce soir, Roland en était là.

Tout était sa faute. L'aventure avec un grand A qu'il avait tant désirée ne provoquait que des catastrophes. Il devait réparer cela, et les habituels précautions et subterfuges de Mathilde ne l'empêcheraient pas de faire son devoir de frère.

Parvenu devant le domaine du sheriff, il essuya la transpiration qui collait ses cheveux à son front, ajusta sa cape et essaya de paraître calme. Il coinça la dague entre son dos et sa ceinture, puis il franchit la clôture. Il traversa la cour d'un pas silencieux et trouva les lieux bien trop calmes. Une faible lumière dansait derrière les petits carreaux de la maison. Wickle ou Brendan devait se promener une bougie à la main.

En quelques secondes, Roland parvint à la maison, se plaqua contre son épaisse porte de bois, qui n'était pas barrée, et écouta. Aucun bruit, aucune parole. L'intérieur était aussi calme que l'extérieur. Il entra.

Pour la deuxième fois en peu de temps, il se trouvait chez le sheriff sans y être invité, mais cette fois il n'en éprouva aucun scrupule. Il traversa la grande pièce de vie, s'approcha de la cheminée dans laquelle dormaient les cendres d'un feu éteint, puis parvint au couloir. Il se dirigea vers les pièces où il avait aperçu de la lumière et vit au bout du corridor que la porte de la cave était ouverte. Le secret de Wickle était là, à quelques pas de lui. Roland n'attendit pas plus longtemps, il pressa le pas en direction de la cave, mais une silhouette surgit d'une pièce et lui coupa la route.

— She... She... ri... riff... bégaya Brendan en tenant devant lui une bougie collée à sa main droite par de la cire fondue. Mo... mort... re... re... revenu... di... dia... Diable dans... la maison...

Roland n'avait jamais vu une telle expression de terreur et de désespoir sur le visage d'un homme. L'esprit de Brendan semblait enfoui sous d'insondables couches de folie. Les yeux hagards, les lèvres tremblantes, le serviteur de Wickle n'était plus lui-même. Sa main brûlée par la cire tremblait elle aussi, mais l'homme ne faisait rien pour éteindre sa bougie ou enlever la cire chaude qui lui coulait dessus. La douleur ne l'atteignait pas. Il regardait Roland sans le voir.

— Le... le... Diable... de... dans... la cave...

— Qu'est-ce qui s'est passé ?

— Le Mal...

— Reprenez-vous.

— Faut... m'cacher, dit le serf en retournant dans la pièce d'où il était sorti.

Roland suivit Brendan et le regarda un instant tourner en rond entre quatre murs. Il comprit que le pauvre homme avait pour l'instant perdu la raison, et la cause de sa soudaine démence se trouvait au bout du couloir.

Sans plus attendre, l'apprenti Conteur courut jusqu'à la cave. La porte en était ouverte. Il descendit quelques marches, sentit le froid qui régnait plus bas se frotter à ses bottes, et une odeur piquante lui lécha les narines.

La cave était grande, vide et sombre malgré une bougie qui finissait de se consumer dans un coin. De grosses pierres enduites de chaux composaient les murs. L'endroit avait servi à entreposer des denrées pour l'hiver ou du vin, mais, hormis quelques meubles de bois, rien ne laissait présager de sa fonction première. Roland prit la bougie, fit le tour des lieux, remarqua des gousses d'ail suspendues çà et là

189

(leur odeur parfumait fortement l'endroit), puis ses pieds heurtèrent de grosses pierres tombées au sol.

Une des parois s'était écroulée, créant ainsi une faille suffisamment large pour laisser passer un homme. Derrière la brèche, un couloir souterrain semblable à celui qui remontait dans le cimetière filait vers le nord. Roland s'y aventura sur quelques pas, et sa bougie révéla quelques mètres de la galerie et ses ténèbres. Mathilde avait raison. Le village était une véritable fourmilière percée de galeries secrètes, et l'une d'entre elles servait au sheriff.

Était-ce cela le secret de la cave ? Roland en douta et retourna dans la pièce vide. Une litière de paille et un drap reposaient à moins de trois pas de la trouée. Quelqu'un avait dormi là. Quelqu'un ou quelque chose.

— Petit effronté ! tonna une voix puissante en emplissant les lieux de terreur.

Le garçon voulut brandir sa dague et lancer sa bougie en direction de la voix, mais une main aux doigts longs et maigres le saisit au col.

— Ne sais-tu pas qu'un Conteur n'agit jamais sans avoir mesuré le poids de ses actes ? tempêta le Ténébreux.

— Maître William...

— Range ce couteau, veux-tu, jeune homme, dit le vieux Conteur en relâchant le garçon. Ce n'est pas une arme digne de la cape pourpre ! Ta seule véritable arme est là, gronda le Ténébreux en posant son index sur le front de Roland. L'intelligence résout bien plus de choses que la force !

— Ne lui en veuillez pas, maître William, intervint Mathilde en arrivant dans la cave.

— Je ne lui en veux pas, j'enseigne ! Maintenant, mon garçon, le temps est aux paroles ! Ensuite nous agirons. Quelle idée a eu Corwyn de t'offrir sa cape ! Je n'ai pas mis les pieds dans ce village depuis dix minutes que j'ai déjà l'impression d'y avoir passé la semaine ! Entre les excités qui ont trouvé ta sœur, l'upyr qui la possède et ton fougueux et stupide tempérament, je me demande si je ne suis pas trop vieux pour l'aventure.

— L'upyr possède Éloïse ?

— Tu l'aurais su si tu étais resté avec nous au lieu d'obéir à tes pulsions de jeune homme en colère, pesta le vieillard. Mais ne t'inquiète pas pour elle. Maître Ruppert est avec elle et tes parents. Il veille sur eux.

— Alors, il faut trouver le sheriff. Il doit...

— Ton sheriff n'est pas là ! Et son serviteur là-haut a perdu l'esprit alors qu'ici un chemin mène visiblement tout droit dans les bras du Malin ! Veux-tu que je t'y pousse ou prenons-nous le temps d'unir la pensée à l'action ?

Roland baissa les yeux, et toute sa colère retomba. La voix de roi du vieux William tonnait avec une telle force qu'elle imposait respect et silence.

— Je crois qu'il a compris, maître William, intervint Mathilde. Remontons pour parler. Cette cave me fait froid dans le dos.

— Et tout cet ail m'insupporte, ragea le Ténébreux.


Une fois à l'étage où Brendan, hébété, continuait à passer de pièce en pièce en répétant les mots Diable, mort et sheriff, le Conteur William s'assit sur un tabouret du bureau de Wickle. Le vieillard souffla comme si la situation le fatiguait plus que de raison, puis il se massa le front avant de lever les yeux vers Mathilde et Roland restés debout devant lui.

— Bien, mon garçon. Maintenant que j'ai le fondement confortablement installé, veux-tu bien me répéter les mots exacts du Flamboyant ?

— Avant toute chose, il m'a dit de vous donner des nombres : quatre, sept, onze et vingt-neuf.

— Une série illogique. Parfait. Livre-moi son message à présent.

Roland fut surpris de la conclusion si rapide du vieillard et regarda Mathilde. Elle réfléchissait déjà aux portes que ces nombres pouvaient ouvrir et paraissait totalement d'accord avec maître William sur la prétendue incohérence de la suite. Roland, lui, qui tournait et retournait ces nombres dans sa tête depuis des jours, trouvait qu'ils se mariaient plutôt bien entre eux. La somme des deux premiers donnait le troisième, ce qui liait ainsi les trois quarts de la suite dans un seul calcul.

— Il a raison, Roland. Cette suite n'est pas piégée, dit Mathilde en devinant les pensées du garçon.

— Très bien, hésita Roland. Voilà donc le message de maître Corwyn, ajouta-t-il très solennellement en se libérant enfin des phrases qu'il ne cessait de se répéter pour ne pas les oublier. Il a dit : « Ils cherchent ce qui n'existe pas mais la page qui n'est pas là ne délivre son message que pas à pas. Le félon s'est allié à celui qui marche à l'envers et ne boit qu'à la première plaie d'Égypte. Mais qu'il soit d'air ou de chair, il craint maintenant du sacré, l'eau comme la croix. À son mal d'enfant lune, il n'y a de cure que la mort, la sienne ou la nôtre. S'il disparaît encore, il nous emportera dans la tombe car il connaît le nom d'un nouveau traître parmi les voix. »

— Bien... Voilà qui donne à réfléchir, murmura maître William comme s'il saisissait parfaitement les paroles de l'apprenti Conteur.

— Vous comprenez ce que cela veut dire et pourquoi le Flamboyant voulait que vous soyez ici pour l'entendre ?

192

— En partie... et je crains que cela ne nous oblige à affronter l'un de mes plus vieux ennemis.

— Votre ennemi ? répéta Mathilde.

— Celui qui marche à l'envers... L'upyr à qui vous avez eu affaire. Il a porté bien des noms, traversé maints royaumes, et... je l'ai déjà rencontré, il y a plus d'un siècle.

— Un siècle ! s'étonnèrent ensemble Roland et la Conteuse.

— Je ne fais pas mon âge, n'est-ce pas ?

— Ce n'est pas possible !

— Regarde-moi bien, chère Mathilde... Te souviens-tu de mon visage avec vingt ans de moins ? Non, tu ne le peux. Depuis que tu es devenue l'une des nôtres, tu ne m'as pas vu vieillir car le temps ne creuse plus mes rides. Ma vie s'étire et je dépéris depuis des années, mais la malédiction qui coule dans mes veines me garde en vie.

— Je ne comprends rien, s'emporta Roland.

— Rome ne s'est pas faite en un jour, jeune homme. Tout comme l'histoire que vous vivez aujourd'hui ! Ce qui arrive ici se construit depuis plus de cent vingt ans, depuis la bataille de Hastings. Et c'est pour cela que le Flamboyant voulait que je vienne à vous. J'étais là quand cette histoire a commencé, je dois être là quand elle se terminera.

Roland dévisagea Mathilde en la suppliant du regard de lui fournir une explication, mais pour la première fois depuis qu'il la connaissait elle portait sur le visage le même air ahuri que lui. Elle non plus ne comprenait pas les paroles du Ténébreux.

— Il est sans doute temps que je vous raconte une histoire, dit maître William en se relevant.

# 12
# Demi-sang

Après quelques vains essais, Mathilde et William abandonnèrent l'idée de faire parler le serf de la maison Wickle. L'esprit de Brendan avait déserté son corps. L'homme ne réagissait à rien. Ni la puissante voix de roi du Ténébreux ni la douceur de la Patiente ne l'atteignaient. Il errait dans la maison, une bougie partiellement fondue sur la main, la bouche tremblante et les yeux écarquillés.

— Je ne sais pas ce qui s'est passé entre ces murs, mais on ne peut laisser ce malheureux ici, décida maître William. On ne sait pas où mène le passage en bas ni qui l'emprunte. Soit votre sheriff et les mystères qu'il cachait dans la cave sont partis dans le souterrain de leur plein gré, soit quelque chose est venu les prendre. Ce qui signifie que n'importe quoi peut sortir de ce passage. Supposons donc le pire et conduisons ce pauvre homme à l'auberge sans attirer l'attention. Personne ne doit le voir, son état paniquerait davantage les bonnes gens du village. Mathilde, veux-tu bien t'occuper de cela et dire à Ruppert de veiller sur nos arrières. Qu'il trouve autant d'ail que possible. Il saura quoi en faire.

— De l'ail ? ! Je... je ne comprends pas. Et vous, qu'allez-vous faire ?

— T'attendre... Sois sans crainte. Nous ne bougerons

pas d'ici. Fais vite, conduis cet homme en sûreté et reviens-nous avec l'Archiviste.

À contrecœur Mathilde entraîna Brendan en éprouvant la désagréable sensation que maître William l'écartait sciemment de son protégé. Elle s'éloigna du domaine Wickle en tirant le serf par la manche, se répétant intérieurement le message posthume du Flamboyant. Elle n'avait pas encore trouvé à quoi servait la série de chiffres, mais elle croyait tout comprendre du reste, hormis une phrase. « À son mal d'enfant lune, il n'y a de cure que la mort, la sienne ou la nôtre. » Quel était ce mal ? Et pourquoi seule la mort y mettrait un terme ? Corwyn, qu'elle considérait comme un père, et maître William avaient partagé un secret dont Mathilde ne savait rien et cela la blessait profondément. Le Ténébreux lui devait quelques explications.

Dans la maison du sheriff, sans la bougie de Brendan, les ténèbres reprirent les lieux et le cœur de Roland. Le vieux William, lui, ne montrait aucune émotion. Il avait mesuré la situation et semblait paré à toute éventualité.

— La Patiente a tout juste eu le temps de me raconter ce qui vous était arrivé. Elle m'a dit comment tu avais repoussé la brume sous le cimetière. Tes précautions vous ont sauvé la vie.

— J'avais juste décrypté une partie de...

— Te reste-t-il de l'eau bénite dans ta gourde ? demanda le Ténébreux sans laisser Roland terminer sa phrase.

— Non, j'ai tout utilisé quand...

— Il va t'en falloir de nouveau ! râla maître William en tirant Roland dans le couloir de la maison Wickle comme s'il voulait surveiller l'entrée de la cave.

Roland toucha alors son outre toujours accrochée à sa

ceinture et, contrairement à ce qu'il pensait, elle n'était pas vide.

— Qu'y a-t-il, petit ?

— Mon outre, il y a quelque chose dedans, dit-il en l'ouvrant puis en la retournant au-dessus de sa main.

Deux doigts longs, fins et blancs tombèrent et roulèrent dans la paume de Roland.

— Que... Comment c'est arrivé là ? hoqueta l'apprenti Conteur en lâchant les deux horribles doigts tranchés.

— Il n'y a pas de sang. Tu as chassé la brume avec ton outre, n'est-ce pas ?

— Oui, bêla l'apprenti Conteur en regardant, dégoûté, le vieux Conteur ramasser les doigts.

— Combattre la forme vaporeuse de l'upyr avec un récipient vide... Quelle brillante idée ! Quand le démon a repris son apparence humaine, la brume que tu as capturée dans ton outre a fait de même.

— Je... Je crois que je ne boirai plus jamais à ce goulot. Ces doigts... C'est de la vraie sorcellerie.

— Il n'y a pas de fausse sorcellerie, mon garçon. Et ne prends pas cet air écœuré, grâce à ces deux cinquièmes de main, nous identifierons le démon plus facilement. On sait maintenant qu'il lui manque deux doigts ! Bien que l'upyr possède de nombreux pouvoirs, il ne peut faire repousser ses membres. Un pour toi et un pour moi, dit le Ténébreux en tendant une part du trophée à Roland pendant qu'il glissait l'autre dans une poche de sa chemise.

— Qu'est-ce que j'en fais ?

— Tu le manges, parbleu ! Et quand une partie de ton corps te grattera, il te suffira de prier ce doigt magique pour qu'il soulage tes démangeaisons.

— C'est vrai ?

— Pauvres de nous... Et dire que Mathilde veut faire de

toi un Conteur. Il va lui falloir bien de la patience. Tu ranges ce doigt quelque part, et s'il ne nous sert à rien avant la fin de cette histoire, tu le porteras à Londres. Il trouvera une place parmi nos collections d'étrangetés. Maintenant, tu vas m'écouter attentivement. Je ne sais pas ce qui a pris à Corwyn de faire de toi un Conteur, mais il va te falloir agir comme tel et tu dois comprendre que ce qui se trame ici est bien plus important que nos vies. Que la mienne en tout cas.

— Vous parlez comme...

— Ne m'interromps que pour me poser de bonnes questions, petit. Nous n'avons pas de temps pour le reste ! L'upyr qui rôde dans les parages cherche des pages du *Livre des Peurs* depuis plus de mille ans. Il est d'une intelligence redoutable, et le temps est son allié. Il fait partie des démons qui ont assisté à la crucifixion du Christ, et son pouvoir est immense. Il ne vieillit pas et peut partager sa puissance avec ses serviteurs, pour en faire des goules ou d'autres upyrs. Il se fait appeler Vlad depuis des siècles... je l'ai déjà rencontré sous ce nom-là, en tout cas.

— Comment savez-vous qu'il s'agit de l'upyr dont vous avez croisé la route ?

— Quatre, sept, onze et vingt-neuf. « S'il disparaît encore, il nous emportera dans la tombe car il connaît le nom d'un nouveau traître parmi les voix. » Le Flamboyant a glissé le nom de cet upyr dans son message. En partant de la fin de sa dernière phrase, numérote les lettres et un V, un L, un A et un D apparaissent en quatrième, septième, onzième et vingt-neuvième position. Nous usions souvent de cette façon de coder nos courriers.

— Vlad, murmura Roland. Avec Mathilde, nous avons supposé qu'il s'était déjà montré à nous sous la forme d'un chevalier des environs qui s'appelle Waddington.

— Il parle plusieurs langues, porte autant de noms et mutile parfois son visage pour le transformer. Il peut très bien être cet homme.

— Waddington porte une grosse cicatrice sur le visage.

— Et je présume que tu ne l'as jamais vu de jour.

— Jamais.

— Alors, vous avez peut-être vu juste. Vlad en chevalier... Quelle trouvaille ! Il n'y a pas meilleur moyen de se cacher que de passer pour un noble sire, insoupçonnable de diablerie. Il a dû tuer le vrai Waddington et prendre sa place.

— Comment l'arrêter ?

— Comment échapper au piège qu'il nous tend me paraît plus important en premier lieu. Il semble avoir toujours un tour d'avance sur vous, et maintenant je comprends pourquoi. Dans son message, celui que maître Corwyn nomme le félon est Lothar Mots-Dorés, chef des Noirs Parleurs, le groupe d'hommes qui cherche à rassembler le livre. D'après ce que je comprends, ce maudit upyr s'est allié à eux. Ce qui veut dire qu'il connaît à présent nos secrets et nos méthodes.

— Même si ce Lothar Mots-Dorés était l'un des vôtres avant de devenir l'ennemi de l'ordre, il sait qu'il perdra son âme à pactiser avec un démon... non ?

— Lothar se moque de telles considérations. Racheter ses péchés ou sauver sa triste âme lui importe moins que de percer les mystères du *Livre des Peurs*. Il en connaît plus que quiconque sur le sujet et est prêt à tout pour en apprendre davantage. Pour Vlad, il en est de même. Le livre l'obsède, il pense que dans ses pages se cache un moyen de braver la lumière du jour.

— Vous connaissez vraiment cet upyr ?

— Oh oui, je le connais... Il y a plus d'un siècle, j'ai

partagé son quotidien durant des semaines. Il a voulu faire de moi un allié avant de me tuer à moitié...

— Je ne comprends pas. Un siècle ? C'est...

— Il t'est difficile de me croire. Dans les situations difficiles, le doute est une posture raisonnable et saine pour l'esprit, mais rappelle-toi seulement qu'il y a une semaine tu ne pensais pas que les goules ou un loup capable de se transformer en brume existaient.

— Non...

— Bien. Poursuivons. Quand j'ai connu Vlad, je n'étais qu'un jeune Conteur. À l'époque, durant le triste automne de l'année 1066, je voyageais entre les armées de Guillaume le Conquérant et celles de Harold Godwinson. Je n'étais pas seulement en quête d'histoires, je suivais la piste d'une page du *Livre des Peurs*. Des indices que j'avais trouvés dans une église perdue au nord du Sussex m'avaient mené vers Bristelmestone* quelques jours avant que la bataille de Hastings ne fasse de Guillaume le roi d'Angleterre.

— Vous avez connu Guillaume le Conquérant ?

— Aperçu seulement, mais d'autres maîtres pourpres plus expérimentés que moi ont eu l'honneur de conter pour lui après les combats. Enfin, toujours est-il qu'une nuit, alors que j'errais dans un ancien lieu de culte picte**, je suis tombé nez à nez avec Vlad. Il m'est apparu comme un érudit cherchant le livre, et je n'ai pas tout de suite compris sa véritable nature. Nous nous sommes mutuellement aidés et nous avons partagé nos connaissances. Il n'était pas d'une grande habileté pour décrypter les codes ou les indices laissés par ceux qui ont caché les pages sacrées, mais il en

---

* Bristelmestone : ancien nom de la ville de Brighton.
** Picte : les Pictes étaient un peuple établi principalement dans le sud de l'Écosse.

savait autant que moi, si ce n'est plus, sur l'histoire du *Livre des Peurs*... Et il prétendit posséder plusieurs pages de l'ouvrage. Il les cachait en France. J'espérais alors le rallier à la cause des Conteurs. Durant plusieurs nuits, nous nous sommes ainsi retrouvés pour fouiller des édifices abandonnés dans les forêts qui entouraient Bristelmestone. Vlad m'assura qu'il souffrait d'une maladie rare qui l'obligeait à se cacher des rayons du soleil. Il espérait trouver dans le *Livre des Peurs* un remède à son mal. J'avais entendu parler de cette affliction. Normalement, elle ne touche que des enfants. L'ordre appelle ces malheureux des enfants lunes, et souvent ils ne vivent guère longtemps. Je pense que je pris Vlad en sympathie et en pitié, et je ne vis aucune malice en lui. J'étais jeune, sûr de moi et bien naïf... Je devais te ressembler, Roland.

— J'imagine que ce n'est pas un compliment...

— Détrompe-toi, l'innocence est une vertu bien qu'elle ne sied guère aux Conteurs. Et j'en ai fait l'amère leçon, la veille de la bataille de Hastings. Quand j'ai retrouvé Vlad aux abords de la colline de Santlache, nous sommes tombés sur des éclaireurs de Harold l'usurpateur et ils ont cru que Vlad était un espion au service de Guillaume le Conquérant. Les combats passés et à venir avaient échauffé les esprits, et, malgré ma cape pourpre et ma voix de roi, je ne parvins pas à convaincre ces soldats de considérer Vlad autrement que comme un prisonnier. Ils l'attachèrent à un arbre, le questionnèrent et le molestèrent durement sans que je puisse faire quoi que ce soit. Pourtant, Vlad garda son calme pendant plusieurs heures. Mais plus le jour approchait, plus il s'agitait. Lui comme moi eûmes beau expliquer aux drilles de Godwinson que le soleil lui serait fatal, les soldats ne voulurent rien entendre. Moins d'une heure avant que les rayons du soleil ne traversent le bosquet

201

où nous étions retenus, l'impensable se produisit. Nous étions gardés par quatre reîtres* que je suppliais de conduire Vlad sous une tente. L'un des soldats allait enfin céder à mes demandes, mais Vlad se libéra soudain de ses entraves comme si elles avaient été de papier. Il bondit sur un homme avec une rapidité surhumaine et lui brisa la nuque, puis il éventra un autre soldat avant que le moindre cri ne sorte de ma bouche. Il désarma les deux derniers lourdauds armés d'épées en leur arrachant les mains et leur déchira la gorge, puis il m'attrapa par le bras et m'entraîna derrière lui. Après avoir rejoint un cimetière que Vlad avait repéré la veille, nous entrâmes discrètement dans une crypte et il me supplia de rester avec lui. Je crus alors qu'il voulait se justifier de ses actes, m'expliquer ce qu'il était vraiment et préserver l'amitié que nous avions commencé à tisser... Je n'avais pas compris qu'il craignait de me voir revenir avec des hommes tandis que lui serait coincé dans cette crypte sous la lumière du jour.

— Il aurait pu vous tuer pour assurer sa survie.

— Il l'aurait fait si j'avais tenté de m'enfuir, mais il me fascinait tant que toute peur avait disparu de mon cœur. J'étais horrifié par ses actes et sa brutalité, mais sa nature de démon exerçait sur moi une véritable attraction. Il était la plus grande histoire que je pourrais jamais raconter. Et puis, lui aussi avait besoin de moi pour continuer à chercher la page du *Livre des Peurs*. Cette nuit-là, je n'avais pas compris combien il était mauvais. Mais aujourd'hui, s'il y a bien une chose dont je suis certain, c'est qu'aucun véritable sentiment n'habite l'esprit de Vlad. Comprends bien cela, Roland. Sous sa forme humaine, cet upyr peut tuer plusieurs hommes en une seule respiration. Sa force et sa rapidité en

---

* Reître : mot d'origine germanique signifiant « cavalier ».

font un assassin sans égal. Et il n'aurait aucun scrupule à prendre ta vie si cela servait ses intérêts. Mathilde et toi ne lui avez survécu que parce qu'il ne voulait pas se montrer. Mais maintenant que les choses ont été trop loin, il n'hésitera plus à faire couler le sang. Tout se passera comme en 1066... Quand la nuit est tombée sur le cimetière, nous sommes sortis de notre abri. Nous avons découvert que l'Angleterre avait un nouveau roi et que nous n'étions même pas recherchés pour le meurtre des quatre soldats. Guillaume le Conquérant avait affronté Godwinson, et des milliers de cadavres dormaient partout dans les environs. Quatre morts inexpliquées au milieu d'un champ de dépouilles ensanglantées n'inquiétèrent personne. Vlad me conduisit alors dans l'un de ses repaires, la demeure isolée d'un riche vieillard solitaire qui lui obéissait en espérant que le démon lui offrirait un peu de sa longévité. Car c'est ainsi que l'upyr se fait aider de gens du commun, il leur promet de partager son pouvoir. Pour cela, il lui suffit de boire tout le sang d'un homme et de le conduire à la mort en le vidant. Mais avant que la faucheuse n'accomplisse son œuvre, l'upyr partage à son tour un peu de son précieux liquide vital avec sa victime. En fonction de la quantité qu'il donne à boire à son esclave, il fait de lui une goule ou un demi-sang.

— Il peut engendrer d'autres démons comme lui ? s'étonna Roland.

— En partie comme lui... C'est ce qu'il m'a infligé. Il voulait me garder à ses côtés et se servir de moi. Il pensait qu'en me transformant en une créature surhumaine, en partageant ses faiblesses et sa force, il me rallierait à sa cause. Il m'a ouvert les veines au-dessus du poignet, a bu presque tout mon sang, puis il s'est taillé la paume de la main et m'a forcé à avaler quelques gouttes de son sang vicié. En seulement quelques jours, je me suis changé en un demi-sang... Mon cœur s'est mis à battre plus doucement, ma peau est devenue laiteuse et froide, mes yeux se sont éclaircis et sont devenus très sensibles à la clarté. Je n'avais plus aucun appétit, je me nourrissais à peine. Les aliments perdaient tout leur goût dans ma bouche, seule la chair crue et le sang me paraissaient savoureux. Et pourtant une force nouvelle coulait en moi dès le coucher du soleil. J'étais devenu un surhomme, une sorte de monstre ordinaire. Seule une douleur insoutenable qui déchirait mon âme dès que le jour se levait me rappelait ce que j'étais désormais. Ma force n'égalait pas celle de Vlad, mais heureusement je ne souffrais pas comme lui de la brûlure du jour. Les lumières du soleil me donnaient des migraines, des démangeaisons, et finissaient par m'être insupportables si j'y restais exposé trop longtemps, mais j'étais capable de sortir sous des cieux nuageux. C'est ce qui me sauva la vie. Ça et mes mensonges. Je fis progressivement croire à l'upyr que j'avais épousé sa cause et je continuais à l'aider toutes les nuits. Je menais nos recherches sur de fausses pistes, et, après trois semaines d'errances infructueuses, je réussis à lui faire penser que quelqu'un avait trouvé la page avant nous. Il ne se méfiait plus de moi et me considérait davantage comme un compagnon que comme un serviteur. J'étais sans doute ce qui s'approchait le plus d'un ami à ses yeux de démon. Un matin, alors qu'il venait de décider que nous partirions bientôt en France pour entamer des fouilles aux alentours de Paris, je le convainquis de ne pas m'enchaîner comme il en avait l'habitude. Et pour la première fois en trois semaines, sans aucune entrave, je pus m'approcher de la porte d'entrée de la demeure du vieil homme qui obéissait à Vlad. Je pris quelques heures afin de me reposer et guettai les réactions de l'upyr. Il me surveillait et jugeait mon attitude maintenant qu'il m'offrait une certaine liberté. Aux alentours de midi, quand un soleil béni prit possession du ciel, je bondis hors de la maison et pris la fuite comme un enfant voulant échapper aux mâchoires d'un ogre. Vlad hurla dans mon dos, mais il ne se risqua pas hors de la maison. Il me jura qu'un jour il me retrouverait, car les demi-sangs revenaient toujours vers l'upyr qui leur avait donné la vie. Plus de cent ans ont passé, et ces paroles résonnent toujours dans mes cauchemars. Ce soir, j'ai l'impression qu'elles ne datent que d'hier. Je me revois encore, en larmes, la peau roussie par la lumière, les os pétris de douleur, m'éloignant le plus loin possible de Vlad. Lorsque j'atteignis un camp de soldats en poste à environ trois heures des lieux que je fuyais, j'étais l'ombre de moi même, une ombre brûlée par le jour. Les hommes de Guillaume le Conquérant me prirent d'abord pour un lépreux. Il me fallut trop de temps pour en convaincre une poignée de m'accompagner jusqu'à la demeure du vieillard, et quand ils finirent par le faire, la nuit était tombée. La maison du vieil homme était déserte, et son propriétaire gisait égorgé sur le pas de la porte. Vlad l'avait vidé de son sang et laissé mourir. Quelques braves Normands* me suivirent jusqu'aux cimetières des environs, nous en visitâmes toutes les cryptes, mais l'upyr resta introuvable. Jour et nuit nous cherchâmes le monstre pendant une semaine, avant d'abandonner. Puis je repris la route de Londres en espérant que l'Ordre m'aiderait à mettre au point une cure à mon état. Entre-temps, j'avais trouvé la page du *Livre des Peurs* que Vlad et moi avions tant cherchée. C'était la page 21. En réalité, je l'avais découverte dix jours plus tôt, enroulée dans une flûte

---

* Braves Normands : l'armée de Guillaume le Conquérant se composait de Francs, de Flamands, de Bretons, et de Normands.

enterrée avec son propriétaire à l'ouest de Bristelmestone. Je l'avais alors laissée à sa place sans en parler à l'upyr. Quand je suis rentré à Londres, l'Ordre m'a caché et a fait venir les plus grands des nôtres à mon chevet, mais nul n'a su me guérir. Depuis des années, ma vie s'étire sans que je vieillisse réellement... Je ne quitte jamais Londres, je vis dans l'obscurité et je ne me nourris que d'animaux fraîchement tués.

— Alors, vous... vous êtes comme lui ? demanda Roland. Une moitié de vous appartient au Malin... C'est pour cela qu'on vous appelle le Ténébreux.

— Je dois surtout mon surnom au fait que j'apparais rarement en plein jour et ne raconte mes histoires qu'à la nuit tombée. Quant à ma moitié démoniaque, seule une poignée de Conteurs sait la vérité à ce sujet. Et Mathilde, contrairement à Corwyn, ignore tout de mon mal.

— Pourquoi vous confier à moi, alors ?

— Parce que je crois que la page 21 te concerne, et puis il fallait que quelqu'un sache avant que... avant... cela n'a pas d'importance. Tu devais connaître la vérité sur moi et sur la page 21 du *Livre des Peurs*.

— Et que raconte cette page ?

— Rien. Il n'y a qu'un dessin dessus. Un petit R dessiné dans un grand R.

— Et quel rapport cela peut-il avoir avec moi ?

— Nous le saurons peut-être bientôt.

— Pourquoi me dire tout cela sans me donner davantage d'explications ?

— Pour les mêmes raisons qui m'ont poussé à éloigner la Patiente afin de ne me confier qu'à toi. Le secret est une arme s'il n'est partagé que par quelques-uns. Garde tout ce que je t'ai dit pour toi, car les paroles de maître Corwyn me font craindre un danger que j'ai refusé de voir ces dernières années.

— Encore des énigmes, je ne comprends rien !

— Comme tu l'avais sûrement deviné, dans le message qu'il t'a transmis, ceux que Corwyn a appelés « les voix » sont les Haut-Conteurs. Et d'après lui, Vlad connaît le nom d'un traître dans nos rangs. Comme Lothar Mots-Dorés autrefois, ce nouveau félon pourrait être le meilleur d'entre nous. Et si ce judas est dévoué à la cause des Noirs Parleurs, autant abandonner tout de suite la quête du livre. Lothar Mots-Dorés et les siens finiront par nous ravir l'ultime secret du livre.

— Lothar Mots-Dorés a un homme infiltré dans l'ordre !

— Ou une femme. N'excluons pas cette possibilité. Je ne suis pas cet espion, et je me doute bien que ce n'est pas toi non plus, mais à part nous deux je préfère suspecter tous les autres maîtres pourpres. Même si je connais Mathilde, Ruppert ou la plupart des Conteurs du pays depuis leur plus jeune âge, je préfère me méfier de tous. Seul Corwyn avait mon entière confiance.

— Mais Mathilde...

— Mathilde est une femme exceptionnelle et une grande Conteuse, mais la quête du *Livre des Peurs* peut altérer les intentions des meilleures personnes. Je suis sûr que tu comprends cela et que la fièvre du livre brûle déjà en toi.

— Je ne crois pas que...

— Assez de paroles ! Mathilde ne devrait pas tarder à revenir. Va plutôt à l'église et remplis ton outre d'eau bénite sans te faire remarquer. Le pouvoir de Vlad décline et il craint dorénavant les apparences du sacré, mais le temps et la nuit continuent à jouer en sa faveur. Allez, va, mon garçon. Obéis. Je veille sur cette cave en t'attendant.

— Vous ne préférez pas que j'attende Mathilde à vos côtés ? Vous ne devriez pas rester seul.

— Jeune homme ! s'empourpra maître William de sa puissante voix de roi. Je redoute cette nuit depuis plus d'un siècle ! Ne crois-tu pas que j'y sois préparé ? Vas-tu essayer de me la gâcher ?

Le garçon ne répondit pas. Il exécuta les ordres du Ténébreux sans plus hésiter et quitta la maison Wickle au pas de course. Une voix de roi si forte ne laissait planer aucun doute sur les capacités du vieux William à se défendre.

La tête pleine de la confession du maître pourpre, Roland traversa l'obscurité du jardin sans prendre garde aux pièges des ténèbres, et son pied heurta la vicieuse racine d'un arbre. L'apprenti Conteur s'affala sur le sol. Son menton heurta violemment une pierre, du sang emplit sa bouche, coula sur sa gorge, et la douleur dans son épaule se réveilla. Il se releva péniblement, sentit un vertige l'envahir, puis il s'essuya le bas du visage et attendit quelques secondes que ses jambes veuillent bien repartir. Il venait de gagner une nouvelle cicatrice.

La chaleur du sang sur sa peau et dans ses mains lui rappela les derniers instants qu'il avait partagés avec le Flamboyant. Maître Corwyn, blessé et perdu, avait semé ses agresseurs dans une forêt qui lui était inconnue. Dans des circonstances bien moins dangereuses, Roland venait de se prouver qu'il n'était pas capable de courir dix mètres sans se répandre par terre.

Au fond d'un trou, le Flamboyant, lui, avait non seulement survécu plusieurs jours à de graves blessures mais aussi conçu un plan d'une incroyable intelligence. Comme prévu, les informations capitales qu'il détenait étaient parvenues codées aux oreilles de celui qui devait les comprendre, et ce faisant il avait réuni un Conteur et un démon afin d'écrire la fin d'une histoire vieille de plus de cent vingt ans.

Roland portait sur le dos la cape du plus grand Haut-Conteur de sa génération. Il se sentait, hélas, bien loin de posséder la moindre de ses qualités.

# 13
## Pas à pas

Après une course rapide jusqu'à l'arrière de l'église, Roland jeta un discret coup d'œil dans le cimetière. Autour du caveau des Harper, plusieurs hommes montaient la garde. Deux d'entre eux se disputaient. L'un prétendait qu'il fallait mettre le feu au souterrain, c'est ainsi que l'on chassait le Malin selon lui, et l'autre, qui avait pris le parti des Conteurs, assurait qu'il ne fallait rien faire sans en parler à la Patiente. Le curé Andrews, lui, tentait de ramener un peu de calme entre ses ouailles, mais la tâche s'annonçait difficile. Cette nuit promettait d'être agitée.

Un peu plus loin, entre le parvis de l'église et la fontaine du village, Simon, l'aide du sheriff, raisonnait un groupe d'adolescents dans lequel se trouvaient les frères Tiburd. Certains avaient des fourches, d'autres des couteaux, et tous paraissaient prêts à partir en chasse après le premier cochon dont le grui-grui ne serait pas exemplaire. Un vent de folie soufflait sur Tewkesbury.

Quand Roland entra dans l'église, il demanda pardon à Dieu. C'était la deuxième fois qu'il volait dans sa demeure, et il espérait que la confession suffirait à l'absoudre de ses péchés. Comme le disait parfois son père, respecter les dix commandements à la lettre n'était à la portée que des saints hommes. Et puis voler de l'eau bénite pour une bonne cause ne devait pas être si grave.

211

Une fois son outre remplie, l'apprenti Conteur chercha ce qui pourrait lui être utile, et son regard tomba sur une silhouette filiforme en train de ramper entre les bancs. Seules quelques bougies brûlaient çà et là, l'intérieur du temple était presque aussi sombre que la nuit. Le jeune homme ne voulut prendre aucun risque, il saisit son couteau et brandit son outre devant lui avant de faire un pas vers la silencieuse présence.

— Qui est là ? Montrez-vous ! Êtes-vous blessé ?

La silhouette se releva d'un bond et courut vers la porte de l'église. Roland se jeta en avant pour lui couper la route. Il reconnaissait la nature de l'inconnu, un croqueur de morts !

En trois pas l'apprenti Conteur fut sur le monstre, et en quatre il le plaqua au sol, lâchant son outre et son couteau. Les grognements et les coups de poing jaillirent de toutes parts, mais Roland prit le dessus. Il s'assit sur la créature squelettique et maintint fermement ses mains griffues par terre.

— Que fais-tu ici ?

Le cadavre desséché ne répondit pas. Il ouvrit la bouche, fit claquer ses mâchoires, se redressa dans un craquement sec et envoya son crâne taper violemment le menton blessé de Roland. La douleur fut telle que le garçon crut s'évanouir. Toute force quitta ses mains, ses yeux devinrent aveugles un instant et il glissa sur le côté, s'affalant contre des pavés glacés sans pouvoir résister au vertige qui le terrassait. La goule en profita pour se dégager et prendre la fuite sans poursuivre le combat.

Roland resta prostré quelques secondes. Il grognait, soufflait, râlait tout en essuyant son menton de nouveau en sang. Il prit une grande respiration et se jura qu'il arracherait la tête de la prochaine goule qui croiserait son chemin avant de lui poser des questions.

D'un pas chancelant, il marcha jusqu'à l'entrée de l'église, scruta l'extérieur et sortit sans être vu. Il contourna l'édifice, se réfugia entre deux maisons et s'appuya contre un mur pour rester debout. Un élancement douloureux traversa sa mâchoire et un vertige le reprit.

Une fois à la Broche Rutilante, Mathilde laissa Brendan et son hébétude aux mains du grand Robert qui lui donna une cruche de vin et une chambre pour dormir. Elle fit ensuite un compte rendu rapide de la situation à Ruppert.

Bruce le Goulot et son cousin Archibald arrivèrent alors à l'auberge après avoir entendu parler du grabuge qui y avait eu lieu un peu plus tôt. Robert était leur tavernier autant que leur ami, et ils voulaient s'assurer que sa famille allait bien. À la demande de Ruppert, les deux hommes, armés de bâtons, s'engagèrent à rester à la Broche toute la nuit pour veiller sur Éloïse. L'Archiviste leur demanda de ne laisser sortir l'enfant sous aucun prétexte, et il insista pour qu'ils portent une gousse d'ail autour du cou.

Si le Ténébreux avait demandé à Mathilde de trouver autant d'ail que possible, cela ne signifiait qu'une chose : l'upyr était encore plus proche d'eux qu'ils ne le croyaient. Et l'Archiviste ne voulait pas laisser passer sa chance de croiser son chemin. Lui qui passait plus de la moitié de son temps dans les bibliothèques de l'Ordre Pourpre avait pour une fois l'occasion de prendre part à une grande histoire. Il s'était mis une gousse d'ail autour du cou et avait insisté pour que la Patiente en porte une aussi. Selon lui, les upyrs ne détectaient l'odeur de l'ail que quand ils l'avaient sous le nez, et cette odeur leur était insupportable. Il n'existait pas de meilleur moyen de se protéger de la morsure du démon que de sentir la knoblauchsuppe*.

Quelques minutes plus tard, après avoir évité les curieux qui se rassemblaient aux quatre coins du village, la Patiente et l'Archiviste entrèrent discrètement chez le sheriff. Ils traversèrent la maison et descendirent jusqu'à la cave mais ne trouvèrent personne.

— William, Roland ! Où êtes-vous ? hurla Mathilde en remontant dans le couloir.

— Il n'y a personne, murmura Ruppert en jetant un regard dans le bureau du sheriff. Tu es sûre qu'ils t'attendaient ici ?

— Maître William m'a dit qu'ils ne bougeraient pas.

— Ne t'inquiète pas... Le Ténébreux sait ce qu'il fait. Depuis dix ans que je travaille avec lui à Londres, crois-moi, il n'agit jamais sans avoir mûrement réfléchi.

— C'est bien ce qui m'inquiète. Il m'a semblé tout à l'heure qu'il manigançait quelque chose et que je ne faisais pas partie de son plan. J'ai comme l'impression qu'il voulait m'éloigner de Roland.

— Il agit souvent ainsi à Londres. Il passe son temps à disparaître comme s'il voulait enquêter sur notre ordre.

— Que veux-tu dire ?

— J'ai l'impression qu'il ne fait plus confiance à personne. Je crois qu'il a peur que Lothar Mots-Dorés ait placé un espion parmi les nôtres. Même à moi qui lui sers de scribe depuis des années, il ne me dit pas tout.

— Corwyn agissait de la même manière quand j'étais avec lui à Paris, il y a deux ans.

---

* Knoblauchsuppe : traditionnelle soupe à l'ail autrichienne.

— Corwyn a tout appris du Ténébreux, rien d'étonnant à cela.

Je pense même qu'ils enquêtaient ensemble sur un sujet dont je n'ai jamais rien su.


Quand Roland entra dans la maison, il reconnut les voix de Mathilde et de Ruppert. Il comprit que le Ténébreux avait disparu et choisit de ne pas signaler sa présence. Selon maître William, un traître se cachait au sein de l'Ordre Pourpre et personne n'était au-dessus de tout soupçon. Le garçon ne pouvait croire Mathilde coupable du moindre crime, mais le Ténébreux avait embrouillé ses pensées. Pourquoi était-elle apparue dans les environs sitôt après l'annonce de la disparition de Corwyn ? Parce qu'elle l'aimait comme un père et voulait le retrouver plus que quiconque, ou parce qu'elle cherchait les mêmes pages du *Livre des Peurs* pour son propre compte ?

Roland écouta la conversation quelques instants, la femme pourpre paraissait réellement inquiète pour lui, et il se montra.

— C'est moi, c'est Roland, dit-il en arrivant dans le couloir. Il y a quelqu'un ?

— Roland ! s'exclama Mathilde avec un réel soulagement. Tu es seul ? Où est le Ténébreux ? Qu'est-ce que c'est que ce sang ? Tu es blessé ? On vous a attaqués ?

— Non... Ça va, rien de grave. Je suis tombé sur une goule qui m'a échappé. Il doit y en avoir plusieurs cachées dans le village ou dans les souterrains. Et le Ténébreux ? Il n'est pas ici ? s'étonna faussement le garçon. Il m'a envoyé à l'église chercher de l'eau bénite et il m'a dit qu'il m'attendait.

— Il voulait nous séparer. Il souhaite agir seul, supposa Ruppert.

— Agir seul contre un upyr ? À son âge ? gronda la Conteuse en approchant de Roland pour regarder son menton blessé.

— Il veut sans doute nous protéger. Et puis, il est un des Conteurs qui en connaissent le plus sur les upyrs.

— Je croyais que c'était toi, l'expert en démonologie de l'ordre.

— C'est bien moi, mais tout ce que je sais, c'est maître William qui me l'a enseigné.

— Qu'est-ce qu'on fait, maintenant ? s'emporta Mathilde. La situation commence à se compliquer dans des proportions homériques. La panique gronde dans le village, le sheriff et le Ténébreux ont disparu, on suppose que Waddington est l'upyr ou qu'il le sert et pourrait encore essayer de s'en prendre à la petite Éloïse ! Il a exigé qu'on lui apporte notre page du *Livre des Peurs* et, bien que je ne sache pas pourquoi, il veut aussi Roland.

Ruppert fixa l'entrée de la cave et réfléchit intensément tandis que Mathilde, elle, méditait sur le comportement étrange de maître William. Roland porta la main au-dessus de la poche intérieure de sa chemise. Malgré le tissu, il sentit le doigt glacé de l'upyr contre sa poitrine et il sut pour quelle raison le démon le voulait. Il désirait reprendre ce qui lui appartenait, ses doigts. Seulement, Roland n'en avait plus qu'un. Le Ténébreux gardait l'autre. Encore une belle manœuvre de sa part, pensa le garçon.

— Nous avons un avantage sur l'upyr. Si, comme vous le croyez, cet upyr a un allié parmi les villageois, il doit savoir que deux nouveaux Conteurs sont arrivés mais il ne peut se douter que l'un d'eux est le Ténébreux. Pour ce que je crois savoir de maître William, il a déjà rencontré un upyr par le passé. Son expérience pourrait faire la différence.

Roland réalisa qu'il en savait plus que l'Archiviste et il comprit que l'immédiate confiance que lui avait accordée le vieillard lui donnait plus de cartes à jouer qu'aux deux autres maîtres pourpres.

— Cela ne nous avance guère, on ne sait ni où est William ni ce qu'il prépare. Si on se rend dans la forêt, le démon ou ses goules nous tomberont dessus ! s'exclama Mathilde.

— L'upyr nous a lancé un ultimatum. Il me veut avec la page du livre cette nuit. Nous avons encore quelques heures devant nous. Si ce démon a bien pris l'apparence de Waddington...

— Nous supposons seulement qu'il l'est ! tança Mathilde. Nous n'en avons aucune preuve, Roland.

— Attendez ! rugit Ruppert. Vous parlez de la famille de Waddington, chevalier de père en fils ?

— Oui, répondirent en cœur Roland et Mathilde.

— Ça ne peut pas être une coïncidence...

— Quelle coïncidence ?

— Tewkesbury a été bâti par les Harper et les Waddington, il y a environ deux siècles. D'après ce que je sais, il est probable que les deux familles aient participé à cacher les pages du livre. C'est là-dessus qu'enquêtait Corwyn. Il m'avait demandé de faire des recherches sur l'histoire de ces deux familles.

— Ce n'est donc pas pour rien que l'upyr a choisi de s'installer chez Waddington, ou de se faire passer pour lui.

— Les derniers hommes portant le nom des Harper ont disparu lors de la première croisade, reprit l'Archiviste. Et leur ultime héritière s'est mariée à un Wickle au siècle passé. Le domaine Harper est ainsi devenu le domaine Wickle. Des descendants directs des fondateurs du village, je crois qu'il ne reste plus aujourd'hui que Thomas Waddington.

Même s'il ne sait pas ce qu'ont fait ses ancêtres, il est probable que l'une des galeries enterrées des environs traverse la forêt de Dean et mène jusqu'à son château.

— Ça se tient. Le passage par lequel on est sortis tout à l'heure donnait dans le caveau des Harper. Les deux familles avaient accès aux souterrains.

— Bien sûr que ça se tient. On ne m'appelle pas l'Archiviste pour rien, dit fièrement Ruppert. Si j'avais su ce que le Flamboyant préparait, je l'aurais accompagné ou j'aurais prévenu d'autres Conteurs.

— Corwyn aimait agir seul, ces dernières années, remarqua Mathilde. Il ne t'aurait pas laissé le suivre.

Roland connaissait maintenant les raisons de la solitude voulue du Flamboyant. Comme le Ténébreux, Corwyn savait qu'un traître se cachait parmi les siens, et sa confiance n'allait plus qu'à maître William. Les deux hommes devaient se sentir bien seuls, et cette nuit, sans réellement le vouloir, le garçon était entré dans leur jeu de méfiance. Il toucha de nouveau le doigt de l'upyr caché sous sa chemise et réalisa que c'était à son tour d'agir. À lui de prendre l'initiative !

— Je crois que... que j'ai un plan, dit-il sans conviction.

— Tu as un plan ? s'étonna Mathilde.

— Parle, dit Ruppert.

— L'upyr vous a dit qu'il me laisserait la vie sauve. Je n'ai qu'à me rendre à la crypte des quatre tombeaux et lui donner la page. Si je l'occupe suffisamment longtemps...

— Ne sois pas naïf, Roland ! Le démon mentait. Il t'égorgera quand il aura ce qu'il veut.

— Alors je ne lui donnerai pas ce qu'il veut et je me débrouillerai pour ne pas me faire tuer. Pendant que je l'occuperai, vous trouverez la galerie qui mène au château de Waddington et vous y mettrez le feu. Comme ça, quand le jour viendra, l'upyr n'aura plus d'abri. Il devra nous affronter ou se cacher précipitamment, ce qui nous donnera une journée entière pour le traquer.

— Ton plan me semble plutôt bien pour qui veut réussir un beau suicide.

— Et rien ne garantit que l'upyr se montrera. Il peut envoyer des hommes ou des goules, supposa Ruppert.

— Mais si on ne fait pas ce que l'upyr a ordonné, ma petite sœur...

— Ta sœur est sous bonne garde à l'auberge, intervint Ruppert. Je ne crois pas que l'upyr ait vraiment le pouvoir de la faire venir vers lui. L'emprise que ces démons exercent sur ceux dont ils boivent le sang disparaît en quelques jours, le temps que le sang se renouvelle. Tant que nous gardons Éloïse loin de lui, elle ne craint rien. Et puis la malédiction des upyrs ne fait pas autant d'effet à un enfant qu'à un adulte. Je pense que c'est lié à leur innocence. En utilisant ta sœur, l'upyr a voulu nous effrayer pour t'obliger à lui obéir.

— Mais il y a d'autres goules dans le village. Elles sont sans doute dans les souterrains et elles pourraient de nouveau enlever ma sœur.

— Ton père et deux hommes veillent sur elle. Il faudrait plus que quelques goules pour leur arracher la petite.

— Ruppert a raison, Roland. Cette histoire doit se terminer cette nuit. Nous ne pouvons pas nous jeter dans la gueule du loup sans un plan infaillible. D'autant plus que nous ne savons ni où est le sheriff ni ce qu'il prépare.

— Je suis d'accord avec toi, Mathilde, mais je trouve que le plan du gamin n'est pas si mal.

— Non ! tempêta la Patiente.

— Je dis juste que le plan n'est pas si mal, il suffit de l'améliorer. Suivez-moi à la cave, j'ai une idée.

Quelques marches plus bas dans la cave, Mathilde et Roland attendaient les explications de l'Archiviste. Ruppert alluma les deux torches qu'il avait emportées, en confia une au garçon et donna à Mathilde une craie blanche.

— Les souterrains ont été bâtis par les Waddington et les Harper. Pourquoi et dans quel but ? Ça, nous n'en savons rien. Pour cacher des pages du *Livre des Peurs* dans un obscur labyrinthe ? Je ne pense pas, c'est trop grossier, supposa Ruppert.

— Où veux-tu en venir ? s'impatienta la Patiente.

— D'après ce que tu m'as répété du message que Corwyn a transmis à Roland, le Flamboyant parlait d'une page qui n'existe pas... une page qui se dessine pas à pas. L'astuce est là, devant nous ! La page qui n'existe pas, ce sont ces galeries ! Elles forment un motif à déchiffrer.

— Le labyrinthe... C'est ça, la page ?

— Exactement ! Et c'est ce que Corwyn avait deviné. Il a dû visiter les souterrains, et c'est sans doute là qu'il est tombé sur l'upyr et ses goules.

— Donc, si l'on dessine le plan du labyrinthe, on verra apparaître quelque chose, sourit la Conteuse.

— Mais... c'est insensé, ces travaux ont dû prendre des années et coûter une fortune, dit Roland. Comment les Harper ou les Waddington de l'époque ont-ils pu garder leur entreprise secrète ?

— Les hommes qui ont autrefois possédé le véritable *Livre des Peurs* et en ont dissimulé les fragments ont passé leur vie entière à élaborer ces stratagèmes pour cacher leur ouvrage. Les années n'étaient rien pour eux. Et ça, l'upyr ne l'a pas compris. Il s'est trompé en envoyant son armée de goules fouiller ces galeries, car elles ne cachent rien.

Mathilde s'en voulut de ne pas avoir pensé elle-même qu'un code pouvait être révélé par les formes du dédale. La craie à la main, elle s'approcha d'un des murs de la cave, ferma les yeux et se concentra sur ses souvenirs du labyrinthe. Afin de ne pas se perdre sous terre, elle avait retenu chacun de leurs mouvements, estimant les distances en comptant leurs pas, et maintenant des centaines de lignes se dessinaient dans sa tête. Elle se concentra sur les plus évidentes, celles qui correspondaient aux couloirs les plus longs. Elle fit abstraction des légères courbures, des culs-de-sac trompeurs, et se concentra sur le motif global du labyrinthe. Elle laissa la craie retracer leur course, et très vite un motif lui apparut.

Sous les regards intrigués de Roland et de Ruppert, elle repassa plusieurs fois sa craie sur certaines lignes et effaça de petits traits qu'elle jugeait inutiles. Le secret des galeries apparut alors.

— 1177... Ces couloirs souterrains dessinent un nombre en chiffres arabes*, dit Mathilde en s'écartant de son dessin pour laisser Roland et Ruppert regarder les lignes blanches du plan.

— Fascinant ! sourit l'Archiviste. Un, un, sept, sept, ou 1177. Un nouveau code ? Une date ? Une série de chiffres ?

— Une énigme de plus, dit Mathilde. Et elle était bien cachée. J'ai ignoré le début du labyrinthe, qui à mon avis ne sert qu'à tromper ceux qui pourraient s'y glisser accidentellement. J'ai juste redessiné la portion centrale qui se trouve entre le village abandonné et ici. J'avais trouvé étrange que nous passions quatre galeries et deux culs-de-sac ainsi enchaînés alors qu'avant ou après le chemin n'était qu'un simple couloir en ligne droite.

— C'est brillant. Je ne sais pas encore ce que ce 1177

---

* Chiffres arabes : les chiffres romains étaient alors plus répandus en Occident (I, II, III, IV, V, VI, VII, VIII, IX...).

signifie, mais, de tous les dispositifs que j'ai étudiés, celui-ci est peut-être le plus ambitieux... Nous avons la page qui n'existe pas sous les yeux.

— Vous voulez dire qu'il y a une page du *Livre des Peurs* sur laquelle il est seulement écrit 1177 ?

— Sans doute. Nous avons déjà retrouvé des pages qui ne contenaient que quelques mots ou un seul dessin.

— Et en quoi ce nombre va nous aider ?

— C'est là qu'on en revient à ton plan ! s'enthousiasma l'Archiviste. Maintenant que nous connaissons le message de ces galeries, nous pouvons en sceller les entrées ici, dans le cimetière de l'église et dans le village abandonné de la forêt. Nous pourrions y mettre le feu afin de les rendre impraticables. Si nous empêchons l'upyr, ses goules, votre sheriff ou le chevalier Waddington d'emprunter les souterrains, ils n'auront plus que le château comme point de repli.

— Et si nous nous y prenons bien, nous pourrions leur préparer un piège là-bas !

— Mais nous ne sommes que trois ! protesta Roland.

— Tu plaisantes ? Est-ce que tu as vu ce qui se passe dehors ? Le village tout entier brûle d'en découdre avec le Malin. D'habitude, je réprouve ces foules enragées, mais cette nuit nous pourrions nous servir de la superstition qui leur fait craindre tout et n'importe quoi.

— Ces gens ont peur. Ils n'attaqueront pas le domaine de Waddington.

— C'est de la peur que naît le courage. Conduisons les plus braves chez le chevalier et prenons le château par surprise. Il ne doit pas y avoir plus de quelques serviteurs là-bas. Qui que soit notre ennemi, il ne pourra rien contre le nombre. Il faut juste nous assurer que nous trouverons bien l'upyr au château et que nous pourrons l'y piéger.

— La prise d'un château avec une foule en furie... Je ne te croyais pas si téméraire, ironisa la Patiente.

— C'est que je passe toute l'année dans les livres, alors si ce soir je peux participer à l'écriture de ce qui s'annonce comme une épopée, autant faire les choses en grand ! Mais la partie la plus difficile n'est pas pour moi. Elle est pour toi, Roland.

— Pour moi ?

— Tu dois te rendre au mausolée des quatre tombeaux, servir d'appât à l'upyr et le mener jusqu'à nous.

— Qu'en dis-tu, Roland ? demanda Mathilde.

— Que cette fois je veux une épée !

# 14
# Montrer du doigt

Une fois les détails de leur plan mis au point, Roland quitta le domaine Wickle sans passer par le village. Avec le cheval du sheriff en traîne et une épée à la ceinture (Wickle en gardait quelques-unes dans son bureau), il traversa le verger entourant la maison et atteignit l'un des bosquets de sapins dans lesquels il jouait autrefois avec les Tiburd. Le souvenir de ses jeux d'été lui donna l'impression d'avoir vieilli de plusieurs années en quelques semaines. Il en éprouva une sorte de douce mélancolie et le sentiment d'être devenu un homme.

Couvert par les arbres, Roland monta sur le sombre cheval du sheriff et pensa à Lanterne, son placide destrier qu'il avait laissé à proximité du village abandonné dans la forêt. Si cette aventure se terminait bien, il irait chercher la monture de son père dès le lendemain et lui offrirait les meilleurs soins et une botte de foin de qualité.

Pour l'heure, il devait se concentrer sur sa mission : se montrer à l'upyr, l'attirer au château de Waddington et lui survivre. Durant plusieurs minutes, il observa le village depuis le bosquet et se répéta les phases de leur plan. En ce moment même, Mathilde et Ruppert allumaient un feu dans la cave de Wickle. Le brasier finirait par enflammer toute la maison, condamnant ainsi une des entrées du labyrinthe et enfumant une partie des galeries. Ensuite les deux

225

Conteurs feraient de même avec le caveau des Harper. Il leur faudrait convaincre les petits groupes d'excités, de bavards et de curieux rassemblés çà et là de se rendre au château de Waddington en les persuadant que des serviteurs du Malin s'y cachaient. Vu l'état de nervosité de la plupart des hommes et les appels au bûcher de la vieille Madleen, les maîtres pourpres n'auraient probablement pas à insister beaucoup. Quelques paroles bien choisies prononcées avec des voix de rois suffiraient à rallier à leur cause une bonne partie du village. Mathilde enverrait également un groupe d'hommes au village abandonné que la carte du père Andrews appelait « Maisons en T ». Là-bas aussi, il faudrait mettre le feu à l'entrée du souterrain.

Roland, lui, devait attendre de voir partir la foule avant de se mettre en route vers son lieu de rendez-vous avec Vlad. Mathilde lui avait donné la page du *Livre des Peurs* avec la permission de la perdre si cela pouvait lui sauver la vie. Elle connaissait de toute façon par cœur son contenu.

Pour ce qui le concernait, le plan était d'une simplicité déconcertante. Se montrer au démon et galoper plus vite que lui pour l'attirer au château de Waddington, c'était tout ce qu'il avait à faire. L'efficacité de la manœuvre et sa propre survie lui avaient paru évidentes un peu plus tôt. Mais maintenant qu'il se retrouvait seul avec sa peur et la responsabilité de conduire l'upyr dans un piège, l'évidence perdait de sa force. Elle semblait même être une belle bêtise.

Roland sortit de sa besace le rouleau qui protégeait la page du *Livre des Peurs*. Il tira le parchemin de son sarcophage de cuir et le déroula avec précaution. Malgré l'obscurité, il distingua les poèmes et la petite couronne dessinée dans le coin droit de la page. Il se souvint de l'instant magique où, à l'aide de Mathilde, il avait décrypté le véritable sens des poèmes. Il se demanda comment quelques lignes rédigées des siècles avant leur époque pouvaient justifier la folie de cette nuit. Qu'il donne la recette d'un bon ragoût ou qu'il annonce l'avenir, le *Livre des Peurs* n'était fait que d'encre et de parchemin. Quel pouvoir possédait-il vraiment ?

Des torches s'allumèrent devant l'église et attirèrent l'attention de l'apprenti Conteur. Deux capes pourpres à cheval haranguaient les hommes rassemblés autour d'elles. Quelques cris traversèrent la nuit, mais les Conteurs maîtrisèrent la clameur et imposèrent leur voix. Roland entendait à peine leurs lointaines paroles mais il lisait leurs effets dans la réaction de la foule. Un groupe d'hommes se dispersa, quelques-uns revinrent avec des chevaux. D'autres levèrent bâtons, haches et épées vers le ciel. Mathilde dressa le poing et montra l'ouest en hurlant d'une voix de roi qui parvint jusqu'à Roland : « Waddington ! ! » Des hommes crièrent à leur tour, ceux qui avaient des chevaux en prirent d'autres derrière eux, des femmes tentèrent de retenir leur mari ou leurs aînés, et de nouveaux chevaux de trait tirant une longue charrette apparurent sur le parvis de l'église. Un nouveau tumulte secoua le furieux rassemblement, et une quinzaine de personnes montèrent dans la carriole improvisée. Le cocher donna du fouet, et ses chevaux s'ébrouèrent avant d'avancer vers l'ouest, suivis par les cavaliers et un petit contingent de villageois s'improvisant fantassins. Ruppert prit la tête de la troupe. Mathilde le rattrapa après avoir parlé à ceux qui restaient au village. La mission de ceux-là était de brûler le caveau des Harper. Dans de grands gestes désespérés, des femmes s'effondrèrent et la Patiente rejoignit le convoi de fiers-à-bras. Le château de Waddington serait bientôt entre les mains des Conteurs.

Roland pouvait maintenant se diriger vers la crypte des

quatre tombeaux. Il lui faudrait trois heures pour y aller et environ une de plus pour rejoindre le château. Ce qui laissait quatre heures à Mathilde, Ruppert et leur armée improvisée pour investir les lieux, trouver un éventuel souterrain et le condamner.

*<br>* *

Perdue dans le ciel, seule la lune, blanche et pleine, réconfortait Roland. Depuis son départ, tout n'était plus que ténèbres autour de lui. Depuis bientôt trois heures, l'obscurité, les bruits de la forêt, les hurlements des loups et la sensation d'être observé, tout concourait à l'effrayer. Seule la pâle lumière des cieux brisait l'inquiétante solitude de sa course.

Il approchait du refuge de la culotte mais ne trouvait plus rien d'amusant dans le nom de l'endroit. Son cœur cognait de plus en plus fort dans sa poitrine, il semblait vouloir en sortir, et pourtant Roland gardait son calme. Sa vie et la réussite du plan dépendaient de son sang-froid. Il restait vigilant, ralentissant l'allure au moindre bruit et guettant entre les arbres d'improbables silhouettes. Mais quoi qu'il perçoive, il avançait vers l'upyr. Il ne pouvait pas reculer.

Aucune goule ni aucun démon ne le suivaient dans l'ombre, mais une présence invisible l'observait. Il en était persuadé. Quand les ténèbres perdirent de leur noirceur, Roland sut que la clairière où se dressait le mausolée ne se trouvait plus très loin. Il ressentait maintenant de désagréables picotements sur le torse. Il se gratta nerveusement, sans faire de bruit. Malgré la fraîcheur de cette nuit il transpirait. Ses vêtements lui collaient à la peau. Il se força à respirer profondément, essaya de se calmer, mais les picotements devinrent des démangeaisons.

Ses doigts la, bourèrent de nouveau sa chemise, et Roland sentit une pointe de chaleur sous le tissu. Il sut alors ce qui le grattait. Glacé jusque-là, le doigt de l'upyr se réchauffait, il reprenait vie. Même tranché, cet infime fragment de chair de démon ne mourrait pas vraiment. L'apprenti Conteur le tira avec dégoût de sa poche intérieure et le tint au-dessus de lui, pour le regarder sous la lune. L'ignoble doigt bougeait mollement. Cela ne pouvait signifier qu'une chose. L'upyr ne se trouvait pas loin et le cinquième de main qui lui manquait réagissait.

Roland comprit soudain pourquoi le Ténébreux avait pris l'autre doigt de Vlad. Le vieux Conteur était décidément aussi rusé et manipulateur que l'upyr lui-même. Peut-être était-ce dû à sa nature de demi-sang. La perfidie du démon coulait en lui, après tout.

L'adolescent rangea le doigt, scruta une fois de plus les ténèbres sans rien y déceler, puis avança vers le refuge de la culotte. Ses yeux cherchaient une nappe de brume ou un loup, mais rien ne se montrait. Pourtant le démon était là. Le doigt bougeait de plus en plus sous la chemise. Ses gesticulations étaient horribles, mais Roland s'en réjouissait. Il savait maintenant que le monstre rôdait près de lui.

À l'entrée de la clairière, le garçon ordonna l'arrêt à sa monture et fixa le sinistre mausolée. Les contours de la chouette de pierre couverte de mousse luisaient sur le toit de l'édifice. Hier, au même endroit, l'excitation avait pris le pas sur la peur, cette nuit c'était l'inverse.

Roland n'irait pas vers le démon. Il ne bougeait plus, ne respirait plus, et contraignait son corps au silence pour écouter la nuit, prêt à fuir. Pour la première fois depuis qu'il avait retrouvé le corps de maître Corwyn, il avait l'occasion de prendre l'initiative.

— Vlad ! cria-t-il. Je sais que vous êtes là ! Je connais

votre nom et je sais ce que vous voulez ! J'ai la page que le Flamboyant a trouvée et j'ai aussi deux de vos doigts ! mentit le garçon. J'en ai assez de vos jeux. Je veux vous voir. Montrez-vous sinon je m'enfuis et je galope vers l'est jusqu'au lever du jour. On verra bien si, brume ou loup, vous courez plus vite qu'un cheval !

Seul le silence répondit.

— Montrez-vous !

— Veux-tu que je boive le sang innocent de ta sœur jusqu'à la dernière goutte ? gronda une voix étouffée et distante d'une centaine de pas.

— Ma sœur est sous bonne garde, et si je ne suis pas réapparu demain des hommes la conduiront à l'autre bout de l'Angleterre pour la soustraire à votre influence, mentit encore Roland. Je n'irai pas plus loin tant que je ne vous aurai pas vu. Restez caché et jamais vous ne reverrez vos doigts !

— Approche, Cœur de Lion, et regarde-moi ! rugit un homme grand et mince depuis le toit du mausolée. Regarde-moi si tel est ton désir. Contemple ma véritable apparence.

Roland plissa les yeux mais il ne distingua pas le visage du démon. Dans le rond de lune et sa lumière diaphane, l'upyr, sombre et menaçant, le toisait comme un roi face à l'un de ses sujets. L'apprenti Conteur fut certain qu'il n'avait pas le chevalier de Waddington sous les yeux. Mathilde et lui s'étaient-ils trompés ? Le chevalier n'avait-il finalement rien à voir avec le démon ? Peu importait maintenant. *Alea jacta est**. Il lui fallait suivre le plan et espérer trouver une porte ouverte et des alliés au château de Waddington.

L'allure et la voix de l'upyr paraissaient familières au

---

* Alea jacta est : célèbre citation latine – « Le sort en est jeté » –, phrase prononcée par César lorsqu'il a traversé le Rubicon pour prendre Rome.

garçon, et l'une comme l'autre n'avaient rien de terrifiant. C'était là sa grande force, le démon se cachait de siècle en siècle sous un vernis inoffensif.

— Tu sembles en savoir beaucoup plus sur moi que moi sur toi, petit Conteur. Tu connais mon nom. Est-ce le Flamboyant qui te l'a révélé ?

— Ce n'est pas par impolitesse que je ne vous répondrai pas, mais par sens des réalités... Je tiens à ma vie, et moins je vous en dirai, plus j'aurai de chances de m'en sortir si tout cela tourne mal.

— Ha, ha, ha ! Tu n'es pas comme ces Conteurs arrogants. Si nous avions le temps, je te convaincrais de devenir mon allié. Apprends que je ne tue que quand cela est indispensable à ma survie, et même si j'ai besoin de sang je sais m'en priver durant de longues périodes.

— Vous avez pourtant tué le maître Corwyn !

— Le Haut-Conteur n'est pas mort de ma main.

— Je le sais, mentit Roland. Nous avons arrêté votre allié, et il nous a tout révélé, ajouta-t-il en espérant que l'upyr dirait le nom de celui qui l'aidait dans l'ombre.

— N'as-tu donc rien appris auprès de la femme pourpre ? Le mensonge est un art dans lequel tu n'excelles pas encore, rétorqua le démon amusé. Espérais-tu que des passes aussi grossières abusent un être tel que moi ?

Roland se sentit quelque peu humilié, mais il sourit car la peur le quittait peu à peu. Maintenant que Vlad se tenait face à lui, il avait la sensation qu'il pourrait lui survivre. L'upyr avait répondu à ses menaces et s'était montré au lieu d'attaquer. Le monstre ne voulait prendre aucun risque afin de récupérer ses doigts et la page du livre. Cela rassurait Roland. Il serra les rênes de sa monture et donna doucement du talon sur ses flancs pour l'enjoindre d'avancer.

— Bien ! À présent que tu m'as vu, rends-moi ce qui

m'appartient. Descends de cheval, dépose la page du *Livre des Peurs* et mes doigts par terre. Je te promets que je ne te ferai aucun mal.

— J'aimerais vous croire... mais il se trouve que je vous préfère sans tous vos doigts ! hurla Roland en lançant son destrier en avant.

— Petit pourceau ! rugit le démon en sautant à terre.

L'apprenti Conteur ne put empêcher un petit cri aigu de sortir de sa gorge quand la silhouette de Vlad entra dans son champ de vision. À une vingtaine de pas sur sa droite, le démon roula au sol puis disparut. Était-il toujours un homme ? Se transformait-il en loup ou en brume ?

Roland fit claquer les rênes sur le cou de son puissant destrier et quitta la clairière en quelques secondes. Bien que le cheval ne fût pas nyctalope, il possédait une vision de nuit bien meilleure que celle des hommes. Le garçon confia donc sa vie aux sabots de l'animal en veillant seulement à la direction, le château de Waddington. Il se pencha en avant et laissa sa monture éviter les trous dans le sol et les branches traîtresses qui pendaient en travers de leur chemin. La course-poursuite était lancée.

Comme le lui avait dit Ruppert, il lui fallait, autant que possible, éviter de zigzaguer. La trajectoire la plus droite lui permettrait de conserver son avance sur le démon. Facile à dire, difficile à appliquer de nuit dans une forêt où un arbre vous coupait la route tous les dix pas.

Une légère pointe de douleur piqua soudain la poitrine de Roland. Le garçon glissa la main sous sa chemise et sentit le doigt de l'upyr se tortiller en tous sens. L'ongle du doigt griffait la peau du garçon à travers le tissu. Le doigt semblait complètement revenu à la vie et continuait à réagir à la présence de son maître. Cela signifiait que le démon lui courait après.

À gauche, à moins de quelques pas, la forme d'un loup apparut. Vlad avait choisi quatre pattes et des crocs pour le prendre en chasse. Sans paniquer, Roland força son cheval à allonger la foulée. La sombre bête disparut durant de longues secondes avant de se montrer à droite. Elle soutenait le rythme du cavalier mais elle n'attaquait pas. Le démon avait-il compris le plan du garçon ? Attendait-il le bon moment pour en finir une bonne fois pour toutes ?

L'apprenti Conteur se demanda si une prière lui serait utile en pareil moment, mais il ne se souvint d'aucune pieuse parole. Il décida alors que l'acier serait d'une aide plus efficace qu'un appel à Dieu. Il tira l'épée du sheriff de son fourreau et se tint prêt à s'en servir. Ce faisant, il faillit perdre l'équilibre et tomber, mais il se reprit en ralentissant. Il regarda derrière lui et sur les côtés, mais le monstre aux yeux dorés s'était de nouveau caché, comme pour davantage éprouver ses nerfs.

L'heure qui séparait Roland du château allait être longue. La plus longue de sa vie. Et peut-être la dernière si l'upyr parvenait à le surprendre.

L'adolescent reprit son galop, et le doigt prisonnier de sa poche recommença ses gesticulations.

# 15
# Juste un verre...

Lorsque la bruyante troupe de Tewkesbury arriva en vue du vieux château de Waddington, quelques questions coururent de bouche en bouche et parvinrent jusqu'aux oreilles des Conteurs. Quelles étaient les réelles forces du chevalier allié au démon ? Des hommes en colère armés de torches et de bâtons en viendraient-ils à bout ? Et si les Haut-Conteurs avaient tort ? Le mur d'enceinte du fort n'était pas très haut, ses douves semblaient sèches et peu profondes, et sa porte, guère impressionnante, serait aisément abattue à l'aide d'un bélier improvisé.

Mais les braves que les maîtres pourpres avaient conduits jusqu'ici voyaient le mauvais côté des choses (comment les en blâmer en pareille situation ?), et le doute s'insinuait en eux. Mathilde s'était attendue à cette réaction et ne s'en inquiétait pas. Chez la plupart des hommes, le courage se trouvait plus souvent dans les mots que dans les actions. Il suffirait qu'elle montre l'exemple, et tous la suivraient.

L'Archiviste avançait aux côtés de la Conteuse. Il pensait à Roland, priait intérieurement pour lui, et partageait totalement les craintes des villageois. Il n'avait pas les habitudes de Mathilde. Il n'était arrivé à Tewkesbury qu'un peu plus tôt, et voilà qu'il s'apprêtait déjà à prendre un château d'assaut. Les événements allaient un peu vite à son goût. Les sombres et tranquilles bibliothèques qu'il fréquentait ne lui offraient pas de vivre d'aussi trépidantes heures. Il tentait de ne pas laisser la peur le dominer, tout en espérant que la Patiente savait ce qu'elle faisait.

Son regard allait du petit fort de Waddington avec sa haute tour carrée aux villageois amassés derrière Mathilde et lui. Une poignée d'hommes montés sur leurs chevaux, une douzaine entassés sur une charrette et autant qui suivaient à pied.

— Le nombre joue en notre faveur, dit Mathilde en percevant l'inquiétude grandissante de Ruppert. Dans le meilleur des cas, Waddington n'a qu'une poignée de serviteurs pour l'aider à garder sa demeure. Et je suis sûre qu'aucun n'est prêt à se battre pour la défendre.

— Je te fais confiance, chuchota l'Archiviste afin de n'être entendu que par la femme pourpre. C'est juste qu'à Londres ce genre de nuit d'errance ne conduit qu'à visiter de nouvelles tavernes pour y raconter de bonnes histoires. Mener des armes après un démon ne fait guère partie de mes habitudes.

Mathilde sourit à son frère Conteur comme Corwyn le faisait quand elle était plus jeune et qu'elle craignait l'inconnu.

— Tout va bien se passer.

Quelques minutes plus tard, la porte fortifiée du château donna raison à Mathilde, elle était entrouverte, et, au-dessus d'elle, le chemin de ronde sur le rempart était désert. Personne ne veillait sur les lieux. La Conteuse descendit de sa monture, demanda de l'aide à des hommes pour pousser les lourds battants de bois barrant l'accès à la cour du château et entra sans hésitation. Ruppert suivit Mathilde, et ils se retrouvèrent seuls dans la cour. Aucune lumière, aucun bruit, aucune présence, ne troublait le calme funèbre du château.

Les plus téméraires entrèrent à leur tour, puis, la minute suivante, dans un silence attentif, les autres hommes suivirent en passant la porte par groupes de deux ou trois. La troupe se reforma derrière les Conteurs, et enfin quelques hommes retrouvèrent la parole. Des chuchotements, un éclat de rire nerveux, un raclement de gorge, et, sans violence aucune, les lieux étaient pris.

— Tu avais raison, tout se passe bien, dit l'Archiviste en rejoignant Mathilde qui traversait la cour en direction du logis principal.

— Et pourtant, quelque chose ne va pas ! Je peux comprendre que personne ne veille à l'extérieur, mais que la porte soit ouverte me paraît plutôt mauvais signe.

— Tu crois que Roland est arrivé ici avant nous ?

— Non, même à grand train, il ne pouvait aller plus vite que nous. Dis aux hommes d'allumer des torches et d'être vigilants. Que quelques-uns gardent la porte ouverte et que les autres nous suivent.

Aux ordres de Ruppert, plusieurs torches s'allumèrent, et la plupart des mains cessèrent de trembler. Les villageois s'étaient appropriés le château sans livrer bataille, et la confiance gonflait maintenant leur poitrine. Quoi qu'ils trouvent ici, des goules, un démon ou un chevalier furieux, ils se sentaient de taille. La Conteuse savait de toute évidence gérer ce genre de situation, et son assurance encourageait à la bravoure.

Après avoir divisé son intrépide compagnie en deux groupes, un pour fouiller le rez-de-chaussée et l'autre le premier étage, elle monta jusqu'au grenier avec l'Archiviste et seulement trois villageois. Personne ne décela la moindre trace de Waddington ou de ses gens. Aux cuisines, une table cassée, un lourd vaisselier couché au sol, toutes sortes de plats brisés et d'ustensiles jetés à terre témoignaient qu'une tempête avait traversé les lieux. Des hommes furent convaincus qu'une bagarre avait eu lieu, mais ils n'en trouvèrent pas les belligérants.

Mathilde inspecta rapidement le désordre, mais, ne découvrant rien de plus, elle retourna dans la cour. Elle envoya des hommes fouiller l'écurie et l'aile où devaient résider les domestiques et l'écuyer du chevalier, puis elle marcha jusqu'à une ancienne chapelle transformée en tour.

Le beffroi* faisait quatre étages de haut et ses fenêtres étaient bouchées par du mortier. Accompagnée de Ruppert et armée d'une torche, elle ouvrit une belle porte de chêne et entra dans la tour. Elle traversa un large vestibule vide de tout meuble, visita une pièce au fond de laquelle se trouvait une trappe, puis marcha jusqu'à un escalier menant à l'étage supérieur. Elle entendit enfin des bruits nouveaux, des bruits sourds venant du sommet, comme un poing frappant mollement sur une porte. Ils n'étaient plus seuls au château.

Mathilde se tourna vers l'Archiviste et les hommes qui percevaient, eux aussi, une présence. La peur se lisait dans leurs yeux. Elle leur enjoignit de rester silencieux et bondit sur l'escalier. Gravissant les marches quatre à quatre, il lui fallut presque une minute pour gagner le haut de la tour. Là, une porte de bois vibrait sous des coups donnés de l'autre côté.

— Cette porte ferme de l'extérieur. C'est une cellule.

---

\* Beffroi : ouvrage de charpente destinée à supporter et à permettre de faire balancer des cloches ; il désigne aussi les tours renfermant les cloches de la commune.

Votre diable y est peut-être enfermé... c'est lui qui tape sur le bois, murmura un homme dont la carrure aurait mis un ours en déroute. On ne devrait pas le libérer...

— Je doute qu'un peu de bois suffise à retenir un démon, messire, répondit Mathilde en soulevant le loquet en acier qui barrait la porte. Tenez-vous prêts... J'ouvre !

L'Archiviste, une plume d'acier dans chaque main, s'apprêta à lancer ses projectiles sur tout ce qui sortirait de la pièce, mais il n'en eut pas besoin.

— Waddington ! s'exclama Mathilde.

— Mpfff... Mpfffeuh ! Mpfffffffffff... ffffffff... mpfff !

Le chevalier de Waddington paraissait désorienté et souffrant mais en colère. Rien à voir avec le coupable idéal que les Conteurs s'étaient attendus à trouver. Un bel hématome sur la tempe gauche, le nez sanguinolent, pieds et poings liés, bâillonné, assis par terre devant quatre de ses gens aussi saucissonnés que lui, le chevalier regardait la Conteuse avec des yeux suppliants. Il semblait également avoir pris un mauvais coup de masse sur une main violacée et gonflée.

— Que s'est-il passé ? demanda Mathilde en ôtant le tissu qui empêchait le chevalier de s'exprimer.

— Wickle ! Ce satané sheriff est devenu fou ! Il est venu ici avec un homme que je ne connaissais pas. Je leur ai offert l'hospitalité sans me méfier d'eux, et ils nous ont attaqués un par un.

— Cet inconnu, de quoi avait-il l'air ? demanda Ruppert en libérant un des hommes de Waddington. C'est certainement lui notre upyr.

— Upyr ?! répéta le chevalier en massant l'hématome qui bleuissait son visage. Ça veut dire quoi ?

— C'est un vieux mot pour un vieux démon, répondit la Patiente en aidant le chevalier à se mettre debout. Depuis quand êtes-vous là ? Pourquoi le sheriff et son allié ne vous ont pas tués ?

— Je... je... ne sais pas vraiment. Ils s'en sont pris à mes gens aux cuisines il y a moins d'une heure, et ils m'ont ensuite attaqué dans ma chambre. Quant au fait qu'ils nous aient épargnés, je ne sais pas quoi vous répondre... Ils avaient peut-être besoin de nous... je crois qu'ils cherchaient quelque chose, ici au château.

— Ils doivent être loin à l'heure qu'il est, supposa l'Archiviste.

— Quelque chose ne me semble pas logique. Pourquoi le sheriff s'en prendrait à vous ? questionna Mathilde. Vous a-t-il parlé d'un souterrain ?

— Non, il n'a rien dit. Lui et son acolyte paraissaient exténués, et Wickle m'a juste demandé du pain, de l'eau et un bon feu de cheminée. Je suis homme d'honneur, je ne refuse pas cela à ceux qui me demandent l'hospitalité ! clama Waddington. Et ce soir, je le regrette amèrement. En plus d'avoir maltraité mes bonnes gens, ces chiens ont dû me voler des biens précieux...

Dans la cour de son château, lorsque Waddington découvrit tous les hommes équipés de bâtons, de fourches et de vieilles épées, il éclata d'un rire équivoque. Les habitudes du noble sire le poussaient à la fanfaronnade, mais constater qu'autant d'hommes en armes s'étaient introduits chez lui l'agaçait visiblement. Ruppert s'excusa au nom de tous pour avoir pensé que le chevalier s'était acoquiné avec le Malin. Mais il justifia leur venue en lui expliquant qu'une galerie oubliée reliait certainement le château à Tewkesbury. Ce souterrain devait servir l'upyr, ses goules et le sheriff. Et comme Roland allait rabattre le démon ici même, il leur fallait maintenant se préparer à les accueillir pour en finir avec celui qui marche à l'envers.

Un air sombre sur le visage, Waddington réfléchissait à la nouvelle menace qui pesait sur son château, puis, comme il l'avait fait lors de la nuit où il avait ramené sa goule au village, il se montra affable et d'humeur légère.

— Tant de braves venus livrer bataille, et pas un seul n'a encore levé le coude contre cette froide nuit ! s'exclama-t-il. Que ceux qui veulent à boire ou à manger suivent mes gens aux cuisines ! Un estomac bien rempli est toujours la récompense d'un cœur courageux. Mais ne videz pas tous mes tonneaux de bière si nous devons nous battre contre le Malin avant l'aube. Transformons cette triste nuit en un heureux souvenir !

— Sire Waddington, c'est trop d'honneur, dit un fermier en s'inclinant respectueusement.

— C'est bien normal, bonnes gens. Allez donc prendre des forces. Votre promenade nocturne et toute cette attente ont dû vous assécher la gorge.

— Ruppert, suis les hommes aux cuisines et veille à ce qu'ils ne se saoulent pas, chuchota Mathilde à l'oreille de l'Archiviste. Qu'ils prennent juste un verre, et assure-toi aussi que quelques-uns gardent la porte en permanence.

— Et toi, que vas-tu faire ?

— Je dois parler à Waddington. Quelque chose ne tourne pas rond, et j'aimerais savoir quoi avant que Roland ne traverse cette cour avec l'upyr aux trousses.

Tandis que Ruppert suivait les serviteurs du chevalier et les villageois vers les cuisines, Mathilde se faufila jusqu'à Waddington avant que celui-ci n'entre dans le grand logis du château. Elle tenait à lui parler dans le calme et en toute discrétion avant que les lieux ne ressemblent à une taverne un soir de Noël.

— Messire, accordez-moi un instant.

— Je suis à vous, dame Patiente.

— Pourriez-vous me décrire l'homme qui accompagnait le sheriff ?

— Grand et mince, mais fort... un visage quelconque avec de longs cheveux sombres et un regard mauvais. Vous pensez que cet homme est le démon que vous cherchez ?

— C'est possible.

— Je lis dans vos yeux que vous avez peur de lui.

— Il a déjà tué un Conteur.

— Ne vous inquiétez pas. Si votre garçon ramène ce démon, nous serons plus d'une quarantaine pour le passer par l'épée, et aucune diablerie ne lui permettra de s'échapper. Vous avez d'autres questions ? Vous permettez que nous nous joignions à vos compagnons pour partager un verre et parler stratégie avant la venue de votre upyr ?

— En fait, j'aimerais plutôt trouver l'entrée de l'hypothétique souterrain qui relie votre château au village. Je pense que vous n'en savez rien, mais vos ancêtres et les Harper, une vieille famille de Tewkesbury, ont creusé plusieurs galeries dans les environs. Et des goules les utilisent pour se cacher.

— Ma noble famille, investie dans une entreprise si obscure ? J'ai grand-peine à vous croire.

— C'est pourtant la vérité. Nous avons déjà condamné les galeries que nous connaissons, et, si nous ne nous sommes pas trompés, le dernier accès aux souterrains se trouve ici. Si nous y mettons le feu, nous empêcherons quiconque d'y entrer ou d'en sortir. Les goules qui se trouvent là-dessous seront condamnées, et l'upyr ne pourra s'y réfugier.

— Votre plan m'a l'air implacable, mais je vous assure que je connais mon château. À moins que... par Dieu, comment n'y ai-je pas pensé plus tôt ?

— Quoi donc ?

— La goule que j'ai poursuivie dans la forêt la nuit où je vous ai trouvés ! Je pensais qu'elle venait de l'extérieur et qu'elle était venue se repaître des os de mes ancêtres dans la crypte familiale.

— Elle venait en fait de l'intérieur ! L'entrée du souterrain doit être dans votre caveau. Où est-il ?

— Sous la tour carrée. C'était jadis une chapelle, mais mon grand-père l'a fait fortifier quand les soldats normands de Guillaume le Conquérant ont débarqué sur nos côtes au siècle dernier. Il a bouché l'escalier menant au caveau et renforcé les fondations pour surélever le toit de deux étages, mais on peut toujours descendre là-dessous par une trappe.

— L'accès aux galeries se trouve donc bien là ! dit Mathilde en se dirigeant vers la tour. Si une goule en est sortie, nous pourrons y entrer !

— Vous avez raison. Il va nous falloir de la lumière. Henry ! tempêta Waddington sur le ton autoritaire avec lequel il parlait habituellement à ses serviteurs.

— Messire Thomas ? répondit le bon Henry en offrant trois gobelets de bière aux hommes gardant la porte du château.

— Laissez les autres faire le service et rejoignez-nous à la crypte avec des torches.

— Tout de suite, messire ! clama docilement Henry en courant vers le logis.

Quand le chevalier rejoignit Mathilde dans la tour, il la trouva déjà agenouillée au-dessus de la trappe ouverte. Peu désireuse d'attendre Henry, elle venait de ramasser et

rallumer une torche et tentait de percer les secrets de l'obscurité.

— Vous permettez que je descende ?

— Faites. Je vous suis. Attention aux marches. Elles sont
hautes et traîtresses.

Sans plus d'encouragements, Mathilde se faufila dans les
restes de l'escalier, mais elle glissa et se retrouva sur son
séant quelques mètres plus bas.

— Tout va bien, dit-elle.

— Ces lieux sont humides et parfois inondés quand il
pleut trop longtemps.

— Je vois ça, remarqua Mathilde. Il y fait beaucoup plus
froid qu'à l'extérieur. Les fantômes de vos ancêtres doivent
claquer des dents en hiver.

— Grand bien leur fasse. La plupart des Waddington
n'étaient pas de grands hommes. Éclairez par ici, dit
Waddington en prenant le bras de la femme pour qu'elle
s'approche d'une alcôve creusée dans la roche. C'est le
tombeau de mon arrière-grand-oncle. Sir Archibald
Waddington. Il est connu pour avoir gagné le cheval du roi
Henry I$^{er}$ suite à un pari d'ivrogne.

La Patiente étudia rapidement le tombeau. Une frise
narrative courait sur son flanc, et le style de l'ouvrage
ressemblait aux motifs des cercueils de pierre du refuge de
la Hulotte. Cela confirmait la participation des Waddington
à la secrète entreprise qui avait caché des pages du *Livre des
Peurs* dans les environs des décennies plus tôt.

— Par là, c'est mon arrière-arrière-grand-père. Je ne sais
pas grand-chose de lui, si ce n'est qu'il est probablement
mort empoisonné par l'un de ses serfs. Et là, voici la troisième et dernière tombe, mais je ne sais pas qui y est enterré,
peut-être sa femme.

— Il doit y avoir une porte cachée. Une autre trappe ou

un passage dans un mur, dit la Conteuse en promenant sa torche de gauche à droite. Chez Wickle, un des murs de la cave était factice. Peut-être est-ce le cas ici aussi, et... Qu'est-ce que c'est que ça ? s'étonna Mathilde en heurtant une planche de bois. On dirait une échelle. Et plutôt longue, ajouta-t-elle en se penchant. Elle fait plusieurs mètres. Qu'est-ce qu'une échelle fait là ?

— Approchez votre lumière par ici ! rugit le chevalier alors qu'il passait ses mains sur le socle du troisième tombeau. Je sens de l'air, dit-il en repoussant la dalle de pierre pour découvrir un cercueil vide et anormalement profond. Par les saintes Reliques ! Vous aviez raison ! Votre démon et ses goules se servent de ma demeure comme d'une auberge, et en plus ils profanent le repos de mes ancêtres !

— C'est une fosse. Elle a l'air de faire quelques mètres. Voilà donc la dernière porte de ces souterrains ! sourit Mathilde en se penchant dangereusement au-dessus du vide. Voilà à quoi sert l'échelle ! Je suis certaine qu'il y a une galerie là-dessous !

— Eh bien, allez donc vérifier ! grogna Waddington en poussant Mathilde dans le tombeau factice.

La femme pourpre bascula dans le vide la tête la première. Elle eut à peine le temps de se mettre en boule et de protéger son visage avant de s'écraser lourdement quatre mètres plus bas, contre les pavés humides et froids d'une grande salle souterraine. Le souffle coupé, elle ne parvint pas à se relever immédiatement, et lorsqu'elle s'appuya sur sa main gauche elle hurla de douleur. Son poignet était cassé, et une souffrance nouvelle irradiait du bout de ses doigts jusque dans sa gorge. Elle ramassa sa torche, se redressa en s'adossant à une paroi de pierre et leva les yeux. Henry venait de rejoindre son maître. Les deux hommes remettaient déjà la chape de pierre à son emplacement. Dans un rectangle de lumière fanée, la femme pourpre ne les vit qu'un instant, mais cela lui suffit pour lire le plus diabolique des sourires sur le visage de Waddington.

*<br>* *

Ruppert sut que Waddington s'était joué d'eux dès qu'un premier vertige l'obligea à s'appuyer contre une cheminée. Sa vision devint floue et ses jambes faibles. Il posa son gobelet de bonne bière du château et regarda les hommes du village également en train de boire. Tous avaient déjà bien étanché leur soif.

Sept solides gaillards venaient de tomber sur le dos, et au moins autant réalisaient que la bière était empoisonnée. Un homme, au teint rougeaud et aux cheveux rares, hurla un avertissement incompréhensible, puis il s'assit par terre et s'assoupit paisiblement. Son « aaa... ten... tionnnnnnn... pouah... sonn ! » eut le mérite de faire lâcher son verre à toute la troupe de Tewkesbury, mais il était trop tard.

Deux hommes se levèrent et tirèrent l'épée pour attraper l'un des serviteurs de Waddington, mais ils titubèrent et s'effondrèrent l'un sur l'autre. Un homme essaya de se faire vomir mais il s'endormit, un doigt dans la bouche. Quelques autres tentèrent de fuir les cuisines mais ils tombèrent tous dans le couloir menant à la cour.

Sous le regard attentif des hommes qui leur avaient servi cette bière empoisonnée, Ruppert sortit des cuisines en rampant et parvint jusque dans la cour. Là, il perdit tout espoir. Même les hommes gardant la porte du château avaient été servis. Ils gisaient sur le dos comme des aventuriers dormant à la belle étoile un soir d'été.

Mathilde était leur dernier espoir. Ruppert se demanda

si elle aussi avait bu, puis il vit Waddington et Henry sortir de la tour. Il sut alors que tout était fini. Le chevalier s'était débarrassé d'elle. Ruppert crut que rien ne pourrait être pire. Il se trompait.

Par la porte ouverte du château, une quinzaine de goules au pas traînant investirent les lieux comme si elles étaient chez elles. Le chevalier leur fit signe de ramasser les corps des hommes endormis et de les cacher. Elles s'exécutèrent aussitôt.

Les yeux de l'Archiviste se firent de plus en plus lourds, et son esprit embué par le poison forma une dernière pensée cohérente : pauvre Roland... il était seul à présent pour écrire la fin d'une histoire qui finissait mal.

La rage au cœur, la Patiente se demandait pourquoi ses pairs ne l'avaient pas surnommée la Sotte, la Naïve ou la Crédule... Comment avait-elle pu se faire avoir de la sorte ? Waddington jouait au fanfaron et à l'aimable sire, mais il était bien plus intelligent et manipulateur qu'il n'y paraissait. Mathilde s'était pourtant méfiée de lui dès sa première apparition à la Broche Rutilante, mais elle avait mis ces soupçons sur le compte de son habituel mépris pour les gens de la noblesse. Elle avait commis une erreur. Corwyn avait sans doute fait la même, et maintenant, comme lui, elle allait en payer le prix. Son propre piège se refermait sur elle.

Avec un poignet cassé, elle ne parviendrait ni à se hisser jusqu'au tombeau ni à en soulever le couvercle. Il ne lui restait plus qu'à espérer que Ruppert soit plus lucide qu'elle et qu'il vienne la tirer de là, mais elle se souvint de ce que disait le Flamboyant au sujet de l'espoir. Ce sentiment était à ses yeux la plus belle création de l'humanité, mais il ne nourrissait pas les bouches affamées, il n'ouvrait pas les portes verrouillées, il ne soignait pas les blessures et ne ramenait pas les disparus. L'espoir ne servait à rien. Agir plutôt qu'espérer, voilà ce que lui avait enseigné Corwyn.

La dernière chance de la Patiente résidait peut-être dans les souterrains. Devait-elle s'y cacher et attendre des secours, peut-être pendant plusieurs jours ? Devait-elle tenter une nouvelle fois de rallier le village en espérant que les feux allumés sur son ordre ne la tuent pas ? Elle en doutait. Elle sentait déjà l'odeur de la fumée ici, alors autant dire que plus loin l'atmosphère des galeries serait irrespirable.

La lueur d'une torche la tira de ses réflexions. Un homme au pas lourd venait vers elle avec précaution. De la main droite, Mathilde dénoua sa ceinture et la posa à ses pieds. Sans un bruit, elle s'agenouilla devant son arsenal et prit trois plumes d'acier entre ses doigts. L'homme continuait à avancer. Il ne la voyait toujours pas alors qu'il faisait une cible parfaite pour elle.

L'inconnu s'arrêta soudain, sembla regarder derrière lui et tendre la main à un autre homme. Ils étaient au moins deux. Embusquée à une quarantaine de mètres, Mathilde respirait doucement et essayait d'ignorer la douleur qui rendait son bras gauche inutile. Le rôdeur reprit sa marche, approcha, et son visage apparut dans l'éclat de son flambeau.

— Wickle ! Ne bougez plus ou je vous promets une mort certaine ! gronda la femme pourpre de sa voix de roi la plus menaçante.

— Dame Mathilde ! s'exclama le sheriff en regardant autour de lui. Dame Mathilde ! Ne craignez rien de moi. Je suis ici avec...

— Taisez-vous, Wickle ! Waddington m'a eue, mais vous êtes bien moins malin que lui.

— Allons, douce Mathilde. Est-ce ainsi que l'on s'adresse à un allié ? dit le deuxième homme en entrant dans la lumière.

— Cor... Corwyn ! Tu es... vivant ! s'étonna la femme pourpre en contemplant sans y croire le visage amaigri et blafard du Flamboyant. Je t'ai vu mort... et enterré...

— Je puis t'assurer que ma tombe est vide grâce au sheriff. Et même si j'ai l'air d'un mort, tu vois bien qu'il reste encore un peu de vie dans mon corps. C'est moi, ma petite Mathilde. Je ne flamboie guère, mais j'ai toujours trouvé mon surnom un peu surfait.

# 16
# Duel en fumée

Roland attendait une attaque qui ne venait pas. Il restait concentré sur sa course mais il n'en pouvait plus. Depuis combien de temps galopait-il vers l'ouest et le château de Waddington ? Trente minutes ? Deux heures ?

Jouer sa vie contre une créature de l'Enfer rendait le temps capricieux et transformait les minutes en heures. L'apprenti Conteur en faisait la difficile expérience. Il avait l'impression d'avoir quitté la crypte aux quatre tombeaux depuis une éternité, pourtant il galopait toujours dans les bois. Il devait rester maître de lui-même et de sa monture, car le fait que Vlad prenne son temps signifiait qu'ils avaient encore un bout de chemin à faire ensemble.

Les mains et les jambes de l'apprenti Conteur avaient épousé le cheval, mais ses yeux allaient en tous sens, comme ses pensées. Des dizaines de questions l'assaillaient. Mathilde était-elle une traîtresse ? Avait-elle réussi à prendre le château de Waddington avec Ruppert et les villageois ? Où avait disparu le Ténébreux ? Et que préparait-il ? L'upyr comprenait-il la manœuvre de Roland ?

La réponse à sa dernière interrogation ne pouvait être que positive. Roland était intimement persuadé que l'upyr avait compris son plan. Le démon vivait depuis plus de mille ans, il avait survécu à bien des périls. Les astuces d'un jeune fils de tavernier ne pouvaient le duper. Alors pourquoi le monstre le poursuivait-il sans se jeter sur lui ? N'était-ce pas plutôt lui qui tendait un piège et Roland qui galopait vers sa propre mort ?

Désireux de participer au débat intérieur du jeune homme, le doigt rangé sous sa chemise bougeait de plus en plus énergiquement. « Oui, oui, tu vas bon train vers une mort certaine, et je retrouverai bientôt la main de mon maléfique maître », semblait-il dire.

Comme pour narguer Roland, le loup réapparut à droite. Il bondissait au-dessus des racines des arbres et se faufilait entre les fougères avec une agilité diabolique. Ses yeux d'or fixaient le garçon et le défiaient de ralentir ou de mettre pied à terre. Le démon attendait que l'apprenti Conteur commette une erreur. Sans doute se méfiait-il de l'eau bénite de son outre.

Roland priait pour traverser quelque clairière, mais des milliers d'arbres lui barraient encore le passage. À découvert, son destrier prendrait le loup de vitesse, mais entre les troncs, aussi rapide et agile soit-il, le cheval ne parviendrait pas à distancer le démon sous sa forme animale.

Tels des duellistes dont le premier mouvement serait décisif, l'adolescent et la bête se provoquaient sans prendre d'initiative. Et Roland n'en pouvait plus. Le loup noir ne le lâchait pas mais il ne s'approchait pas non plus. Qui manœuvrait qui ?

L'apprenti Conteur décida alors de pousser son adversaire à agir, et il freina le galop de son cheval.

— Avez-vous donc si peur de moi que vous n'osez pas m'attaquer ? Vous craignez pour vos autres doigts !

Le loup sembla hésiter, lui aussi ralentit l'allure, puis il traversa un buisson et disparut. Roland le chercha derrière lui, à gauche et à droite, mais il ne le trouva pas. Et lorsqu'il regarda à nouveau devant lui, une épaisse nappe de brouillard le happa. L'upyr passait à l'attaque.

Le garçon lâcha les rênes et faillit tomber à la renverse. Il ne resta en selle que grâce à sa monture, qui s'arrêta en sentant son cavalier lui écraser les flancs. Il commit l'erreur de hurler. La brume s'engouffra dans sa gorge et devint presque solide. Le démon tentait de l'étouffer. Roland cracha, s'efforça de souffler tout ce qui obstruait sa bouche et porta sa main droite vers son outre. Il reçut alors une violente gifle sur la main. L'upyr parvenait à rendre certaines de ses parties vaporeuses plus denses pour frapper sa victime. Il n'avait guère envie de goûter à nouveau au baiser de l'eau bénite. Deux autres coups de fouet heurtèrent Roland au visage et à la poitrine. Le démon avait décidé d'en finir. Il s'attaquait même au cheval pour le contraindre à désarçonner l'apprenti Conteur. L'upyr tentait d'asphyxier l'animal en remplissant sa bouche et ses naseaux de sa maléfique fumée. Surpris, le cheval rua et s'ébroua nerveusement avant de devenir furieux, de se cabrer et de bondir en avant.

Cette fois, l'adolescent tomba. La brume se jeta sur lui et le plaqua au sol. Il paniqua, tenta encore d'attraper son outre, mais la fumée s'enroula autour de ses bras pour les immobiliser. Sous sa chemise, le doigt coupé gesticulait, tressautait et griffait la peau de Roland. Un nouveau coup, plus fort que les précédents, frappa le jeune homme au menton et la brume sembla prendre forme humaine et devenir encore plus lourde et épaisse. Elle tenait fermement ses chevilles, ses épaules et sa main droite. En revanche, elle ne s'enroulait pas autour de l'avant-bras gauche de Roland. Elle semblait éviter le contact de la gousse d'ail que le garçon portait au poignet.

De sa main libre, le garçon ouvrit sa besace dans l'espoir de trouver de quoi se défendre, et ses doigts touchèrent le

253

crucifix qu'il avait secrètement emprunté au père Andrews. Il le saisit et se souvint des paroles de maître Corwyn : « Il craint maintenant du sacré l'eau comme la croix. » Espérant que le crucifix ferait au démon aussi mal que l'eau bénite, il brandit son arme.

La brume le libéra immédiatement dans un sifflement aigu et désagréable. Le démon n'appréciait pas le fils du Seigneur, et Roland en profita. Tandis que les contours humains de l'upyr se dessinaient dans le brouillard, le garçon envoya son poing armé du Christ vers ce qui lui parut être un visage. La fumée siffla à nouveau, redevint évanescente, libéra le jeune homme et recula.

Roland leva la croix devant lui, en usant comme d'un bouclier de lumière permettant de se frayer un chemin dans les ténèbres. Il voulait rejoindre son cheval qui s'éloignait.

Il aurait aimé prendre la fuite sans tarder, mais la brume n'en resta pas là. Elle glissa au sol et projeta violemment sur Roland terre, cailloux, feuilles mortes et petites branches. Le garçon se baissa et protégea ses yeux. La fumée replia alors ses ailes diaphanes sur sa besace et, de tout son poids immatériel, elle tira dessus, entraînant ainsi son propriétaire au sol.

Le garçon se releva aussitôt, mais sa sacoche resta par terre, et avec elle la page du *Livre des Peurs*. La forme d'un loup se dessina soudain dans la fumée, et, avant que Roland ne réagisse, les crocs de la bête fourrageaient dans le sac pour y voler le rouleau de cuir.

— Lâche ça, maudit ! ragea le Conteur en tranchant ce qui restait de brume avec sa croix. Lâche ça ! répéta-t-il en se saisissant de son outre, sa meilleure arme.

Le loup de vapeur garda sa prise dans sa gueule et ses contours se précisèrent, au détriment de la brume qui s'évaporait autour de lui. L'upyr reprenait sa forme de bête et ne reculait pas devant la menace de Roland. Il fixait son outre et le défiait d'attaquer. Immobile, il attendait que le garçon commette une nouvelle erreur.

Hésitant entre fuir et tenter de reprendre la page, l'apprenti Conteur resta lui aussi sans bouger. À moins de quelques mètres du sombre animal au regard doré, il reprenait son souffle. Le doigt de l'upyr, toujours prisonnier de la poche de sa chemise, se calmait. Il continuait à bouger mais avec moins de frénésie que pendant leur combat.

Roland regarda les mâchoires du loup fermement serrées autour du rouleau de cuir et il sut qu'il ne parviendrait pas à les ouvrir sans y perdre les deux mains. La page était perdue. Il recula de quelques pas et courut jusqu'à sa monture. Le loup ne bougeait toujours pas. Le garçon sauta en selle et donna du talon. Échaudé par son expérience désagréable avec la brume, le cheval réagit aussitôt et se lança puissamment en avant. Roland se retourna. L'upyr avait disparu.

De longues minutes passèrent sans nouvelle apparition du loup ou de la brume, et, dans sa poche, Roland sentait le doigt, calme et froid. Cela signifiait que le démon avait abandonné la poursuite ou qu'il gardait ses distances. L'apprenti Conteur préféra ne plus se poser de questions, il était de toute façon trop tard pour y répondre.

Sans plus regarder autour de lui, le jeune homme galopa vers le château de Waddington. Il avançait dans les ténèbres, entre les arbres et les goules immobiles, cachées partout dans les bois. Toutes attendaient que la cape pourpre du garçon soit loin pour reprendre leur marche vers le château.

L'upyr les avait rappelées. Le dernier acte de leur histoire allait s'écrire là-bas, et leur seigneur maléfique avait besoin d'elles pour empêcher quiconque de fuir.

Mathilde ne pouvait s'empêchait de toucher Corwyn. Il vivait, se tenait devant elle, parlait et bougeait, lui souriait. Pourtant elle n'y croyait pas. Elle ne cessait de passer sa main sur son visage défiguré par la fatigue. Sa peau était dure et froide, comme morte, et ses yeux étaient devenus aveugles. Blanc et vitreux, le regard du Ténébreux ressemblait à celui d'une goule.

L'apparition du Flamboyant avait rendu la Patiente plus légère. Le voir vivant emportait le poids des douleurs des derniers jours. Elle en aurait pleuré de joie si la situation n'avait été aussi grave, mais une part d'elle-même en voulait au maître pourpre pour ses cachotteries. Comment avait-il pu lui cacher qu'il était un demi-sang ?

— Je croyais que les demi-sangs n'existaient pas. Qu'ils n'étaient que des légendes inventées par les upyrs pour se faire courtiser par les hommes puissants.

— Tu as une fois de plus la preuve que toute légende naît de la réalité.

— Cela veut dire que le sang de l'upyr coule en toi...

— Ce n'est pas tout à fait Ça, mais oui. Sans l'héritage maudit de ce démon, je ne serais pas en vie.

— J'ai pourtant vu ton cadavre !

— Les apparences de la mort ne sont pas aussi définitives que la mort elle-même. J'étais gravement blessé, mon cœur ne battait presque plus, mon corps était froid et brisé... j'approchais des frontières de l'au-delà. Mais je t'expliquerai tout quand nous serons sortis, dit le Flamboyant en comprenant le choc que causait sa résurrection. Pour l'heure, il faut...

— Pour l'heure, tu vas me dire comment tu as survécu et ce qui se trame ici ! l'interrompit furieusement Mathilde.

Je remercie Dieu que tu sois toujours de ce monde, mais apprendre qu'une moitié de toi est démoniaque me fait douter de bien des choses. Sur quoi d'autre m'as-tu menti ? Et Roland ? Est-il aussi ton allié dans le mensonge ? A-t-il joué la comédie pour préserver le secret de ta prétendue mort ?

— Non, il ne savait rien. Il pense que j'ai vraiment rendu mon dernier souffle dans ses bras... Ce qui est presque vrai. Ce que je lui ai infligé est affreux, mais ce petit a de l'estomac et de la suite dans les idées.

— Pourquoi ne pas m'avoir prévenue, si toute cette folie faisait partie de ton plan ?

— Je ne pouvais faire autrement, crois-moi. Depuis des années, avec le Ténébreux, nous enquêtons discrètement sur l'upyr qui s'est établi ici. Il s'appelle Vlad et vit depuis plus d'un millénaire. Il y a quelques mois, j'ai appris que l'un des nôtres l'aidait dans sa quête des pages du *Livre des Peurs*, et je crois même que ce démon s'est allié à Lothar Mots-Dorés. Ce monstre est aux abois car ses forces déclinent, et il est persuadé de trouver de quoi les restaurer dans les pages du livre. Une partie de son pouvoir vient de la peur qu'il inspire. Et depuis la fin de l'Empire romain, depuis que l'Europe s'est convertie au catholicisme, la foi protège les croyants des démons. La foi est devenue une arme contre l'upyr et ses semblables.

— L'eau bénite et la croix...

— C'est exactement Ça. Ce qui est sacré peut le blesser. C'est ce que m'ont appris mes dernières recherches.

— Sachant cela, pourquoi ne l'as-tu pas tué ?

— J'essayais de savoir où il cachait les pages en sa possession, et puis, plus que tout, j'essayais de percer l'identité du traître.

— Et tu comptais faire cela tout seul ?

— J'ai toujours agi ainsi. Je n'aurais pas gagné mon surnom sans panache. Seul le Ténébreux était informé de mes agissements, même si je ne lui disais pas tout dans nos courriers codés. Nous avions peur qu'ils ne soient interceptés.

— Et vous, sheriff ? Servez-vous l'ordre en toute discrétion ? demanda Mathilde en réalisant combien elle s'était trompée sur Wickle.

— Oh, non ! Le ciel m'en préserve. Croyez bien que j'aurais voulu ne jamais être mêlé à vos histoires !

— Notre ami Wickle n'est pour rien dans tout cela. Il n'a fait que m'aider quand je suis arrivé ici. Je savais qu'il était un homme de bien, je m'étais renseigné sur Tewkesbury avant de venir. Et je lui ai fait jurer sur l'honneur de sa famille de voler mon corps si jamais j'étais enterré. Je n'avais jamais fait l'expérience de la mort, mais j'avais espoir que, si l'upyr ou ses sbires me tuaient, ma partie démoniaque y survivrait. Notre bon sheriff m'a pris pour un dément, mais, une fois ma dépouille mise en terre, il a tenu parole. Et il a eu une sacrée frayeur quand il m'a vu revenir à la conscience dans sa cave... Depuis, il m'aide à recouvrer mes forces. Je ne suis pas encore très vaillant, je me demande si je retrouverai un jour la vue, mais je sens que peu à peu la mort perd de son emprise sur moi.

— C'était donc pour cela que vous me paraissiez si suspect, sheriff. Vous me cachiez la vérité sur Corwyn. J'ai cru que vous serviez le démon, avoua Mathilde.

— Moi ? M'acoquiner aux monstres qui rôdent dans ces souterrains ? Jamais !

— Des monstres ici-bas ? Des goules ?

— Par dizaines ! reprit Corwyn. Elles ont surgi dans la cave du sheriff dès la tombée de la nuit. Elles sont vides et ne possèdent aucune intelligence, mais elles obéissent à la volonté de l'upyr. Il peut unir ses pensées aux leurs et ainsi leur communiquer ses ordres sur de très grandes distances. Je pense que leur plan était de semer la panique au village pour laisser le champ libre au démon, mais quand elles m'ont trouvé dans la cave elles n'ont pas su réagir. Le temps que l'upyr leur donne de nouveaux ordres, elles ont paniqué et, ne voulant probablement pas laisser de preuves, nous ont entraîné dans les galeries. Le sheriff a fait de son mieux pour les mettre en déroute, mais il nous a fallu plus de deux heures pour les semer. Et si mes comptes sont bons, nous en avons tué onze. L'upyr a levé une véritable armée de croqueurs de morts.

— Il me semble plutôt que nous en avons tué douze. Ces monstres font une peur du Diable, mais ils ne sont guère vaillants, ajouta modestement Wickle en voyant l'expression étonnée de la Patiente. Ils ne sont dangereux que s'ils attaquent ensemble.

— Si je comprends bien, l'upyr les contrôle et voit à travers elles. Il sait donc maintenant que tu es en vie, et aussi que le Ténébreux et l'Archiviste sont arrivés au village ! s'emporta Mathilde.

— Oui, il sait probablement tout, et s'il a laissé des goules au village, elles continuent d'espionner ce qui s'y passe. Si tu avais un plan, il y a de fortes chances qu'il en soit informé.

— Et vous, que faites-vous là ?

— Nous sommes venus jusqu'ici pour neutraliser Waddington et priver le démon de son meilleur allié.

— Il semblerait que nous ayons eu la même idée...

— Et que nous ayons tous échoué, dit le Flamboyant. En passant par les souterrains, nous avons surpris les serviteurs du château. Le sheriff les a neutralisés facilement et enfermés au sommet de la tour carrée, mais avec Waddington ça s'est mal passé.

— Nous nous sommes battus dans ses cuisines, et, alors que je parvenais à le maîtriser, des goules ont surgi de tous côtés, grogna le sheriff. Elles m'ont immobilisé, ont capturé Corwyn, et ensuite Waddington nous a désarmés avant de nous jeter ici-bas.

— Il aurait dû vous tuer.

— Cela aurait été une erreur. Je sais trop de choses sur le livre, et Waddington a dû supposer que le sheriff était aussi initié à nos secrets. Il nous a gardés en vie pour l'upyr, et puis il n'a pas eu le temps de décider où nous enfermer. Quand lui et ses goules nous traînaient dans la cour, un des croqueurs de morts a donné l'alerte car il vous a vus sortir de la forêt.

— Et comme Waddington n'a pas eu le temps de libérer ses serviteurs, il s'est attaché avec eux pour que nous le pensions de notre côté, supposa Mathilde.

— Il vous a peut-être abusés, mais, là-haut, ceux qui vous ont accompagnés vont se rendre compte que vous avez disparu. Ils vont vous chercher.

— Waddington les manipulera et les en dissuadera. Ou, pire, il tuera quelques hommes et mettra les autres en fuite avec de nouveaux mensonges. L'upyr se sera bien joué de nous et il ne s'est même pas montré.

— Moi, je l'ai vu, dit Corwyn. Mais il me serait bien difficile de le reconnaître, maintenant que je suis aveugle.

— Décris-le-moi !

— Il est capable d'ensorceler n'importe qui, mais son visage est quelconque. Il est très discret et change d'apparence régulièrement pour n'être jamais reconnu. D'un mois sur l'autre, il porte la barbe ou les joues rasées et il fait de même avec ses cheveux, qui poussent très vite. Il est possible que tu l'aies déjà eu face à toi et que tu ne l'aies pas su.

— Alors Waddington est peut-être ce démon.

— Non, il aurait senti l'ail que tu portes sous ton vêtement et cela l'aurait fortement incommodé.

— Tu... tu sens l'ail que j'ai autour du cou ?

— Son odeur m'est très désagréable. Pour une raison que j'ignore, les upyrs détestent l'ail, et, comme eux, je t'avoue que j'y suis devenu plutôt allergique. Cette infime délicatesse est un présent qui vient avec leur sang.

— Si nous cessions les palabres ! intervint soudain le sheriff. Mathilde, vous savez tout à présent, et je crois qu'il nous faut agir. On ne peut rester là ! Si nous repartions vers le village ?

— C'est impossible, grommela la Patiente. J'ai fait incendier les entrées des souterrains pour interdire toute retraite sous terre à l'upyr. La fumée nous tuera aussi sûrement qu'une volée de flèches.

— Alors nous sommes piégés. Et même si nous nous cachons, les goules finiront par nous trouver. Votre démon nous tombera dessus tôt ou tard ! tempêta Wickle.

— Nous n'avons peut-être plus de cartes en mains, mais comptons sur nos alliés pour abattre les leurs, dit Corwyn en souriant à Mathilde. Le Ténébreux et le jeune Roland peuvent encore retourner la situation.

Mathilde et le sheriff se regardèrent mais restèrent silencieux. Comment répondre à l'improbable optimisme d'un homme que la mort n'avait pas réussi à garder sous terre ? La femme pourpre dévisageait le fantôme qu'était devenu le Flamboyant. Il n'avait plus que la peau sur les os et ses yeux désespérément blancs lui donnaient l'air d'un fou perdu en Enfer. Pourtant une incroyable force intérieure animait la moindre de ses paroles. Son corps, ou ce qui restait de lui, était brisé, mais son âme brûlait de vie, tel un feu de joie. Le Flamboyant n'était pas encore éteint. Mathilde prit les deux mains amaigries de l'homme qu'elle considérait comme son père et les serra tendrement pour les réchauffer.

Le sheriff recula et laissa un peu d'intimité aux deux Conteurs. Il n'était pas mécontent de n'être plus le seul à connaître le secret de Corwyn, mais, avec son pragmatisme habituel, il commençait à trouver le temps long. Les précieuses minutes que tous les trois passaient là à ne rien faire ne les aidaient pas à quitter ces souterrains.

D'un pas nerveux, Wickle effectua le tour de la vaste pièce avant de faire quelques mètres dans la seule galerie permettant de la quitter (celle par laquelle Corwyn et lui étaient arrivés plus tôt) et il éclaira le plafond. Quatre mètres au-dessus de leur tête, le tombeau factice était leur unique porte de sortie, mais il restait inatteignable sans l'échelle de bois. Même s'ils montaient les uns sur les autres, les trois prisonniers n'arriveraient à rien. Corwyn était si faible qu'il marchait comme un vieillard, et Mathilde, avec son poignet cassé, ne pourrait guère se montrer plus utile.

C'est alors que, plus haut, la chape bougea. Quelqu'un descellait la porte de leur cachot. Qu'allait-on leur jeter cette fois ? Encore un Conteur ? Un homme ? Ou Waddington et le démon avaient-ils décidé de rendre visite à leurs captifs ?

Le sheriff appela silencieusement Mathilde d'un geste impatient et lui montra le plafond. La dalle de pierre était maintenant complètement sortie de son emplacement. La fausse sépulture était ouverte. Toujours inaccessible, mais ouverte.

La femme pourpre lâcha les mains du Flamboyant et saisit deux plumes d'acier. Elle se posta sous le passage creusé entre la crypte de Waddington et le souterrain, prête à lancer ses projectiles sur le premier inconnu qui oserait regarder plus bas.

Mais personne ne se montra. L'échelle de bois apparut au bord du cercueil et glissa jusqu'au sol. Le visage souriant d'un vieillard surgit alors au-dessus de l'escalier de fortune. Un doigt sur les lèvres, le plus vieux des Conteurs de l'Ordre Pourpre invitait Mathilde et le sheriff à le rejoindre dans le silence. Malgré son âge, le Ténébreux semblait encore capable de quelques prouesses.

# 17
# Vampire

En latin, en anglais et en grec, Roland remercia Dieu car enfin il sortait de l'obscurité des bois. Et il était en un seul morceau ! L'upyr ne s'était plus montré depuis leur combat.

L'apprenti Conteur se tourna vers la forêt, tentant une nouvelle fois d'apercevoir la brume ou le loup noir, mais il ne vit rien et reporta son attention devant lui. Au nord-est de sa position, à un bon kilomètre, se dressait le château de Waddington. Sous la lune, dans un ciel sans nuages, la place forte se découpait au-dessus sur l'horizon et paraissait, paradoxalement, être l'endroit le plus accueillant de tout le comté.

Roland flatta le col de sa monture et la félicita intérieurement de posséder un sabot si sûr. Mais quand il sentit le doigt sous sa chemise reprendre vie, il oublia vite les remerciements et, d'un coup de bottes, lui ordonna de forcer le galop, direction le château.

Un calme étonnant régnait, et la blancheur de la lune rendait cette nuit presque lumineuse en comparaison de la noirceur des dernières heures. Et puis, le jour se lèverait bientôt. Le soleil effacerait leur folie. Le garçon retrouvait à présent sa confiance en lui et en leur plan. Plus il approchait de la place forte, plus il se sentait en sécurité. Il apercevait des torches qui brûlaient sur le rempart, et, devant la porte, un flambeau signalait que les lieux lui étaient grands ouverts.

Quelques hommes se tenaient sur le chemin de ronde. L'un d'entre eux aperçut le garçon et lui adressa un signe énergique de la main avant de prévenir les autres villageois. Au grand galop, sourire aux lèvres, Roland accourait. Ruppert, Mathilde et leurs braves avaient donc bien pris la place. Pourvu qu'ils se cachent, car, en les voyant, l'upyr comprendrait que le château n'appartenait plus à Waddington.

Comme s'ils avaient entendu les pensées de l'apprenti Conteur, la plupart des hommes sur le chemin de ronde se baissèrent derrière les merlons*. Le plan fonctionnait. Pourtant, alors que Roland cavalait, il réalisa que si leur ennemi pouvait se changer en nappe de brume, aucun mur, aucune barrière et aucune herse ne le retiendraient. Rien n'empêchait de la fumée d'entrer dans un endroit ou d'en sortir. Mais, après tout, leur piège ne consistait pas à garder le démon enfermé... Le retenir suffisamment longtemps pour pouvoir le tuer, c'était tout ce que demandaient les Conteurs.

Quand Roland pénétra dans la cour du château, le doigt coupé s'agita contre sa poitrine. Il descendit de cheval immédiatement, se retourna vers la porte toujours ouverte et chercha une cape pourpre du regard. Quelque chose n'allait pas. Plusieurs hommes squelettiques s'approchèrent de lui. Leur démarche était étrange. Ils se déplaçaient lentement et leurs yeux... leurs grands yeux blancs étaient des yeux de goules. Les croqueurs de morts possédaient le

---

* Merlons : terme d'architecture qui désigne les parties pleines des créneaux d'un château fort.

château et portaient les vêtements des gens du village pour tromper l'adolescent.

Le piège de l'upyr se refermait, et tout l'espoir que la vision du fort avait suscité en Roland disparut. L'adolescent se saisit de l'épée du sheriff qu'il portait à la ceinture. Contre des mangeurs de cadavres, l'acier restait la plus efficace de ses armes.

— Allons, jeune homme ! s'exclama le chevalier Waddington en se faufilant entre les goules qui encerclaient Roland. Il n'est pas nécessaire d'user de violence. Personne n'a encore été tué cette nuit, mais si tu gardes cette épée levée, tu pourrais bien être le premier. Abandonne, tu ne peux plus t'enfuir.

Le doigt coupé bougeait maintenant avec une énergie retrouvée. Il sentait la présence de son maître.

— Alors c'est vous, l'upyr !

— Moi ! Non. Après cette nuit, je gagnerai sans doute le droit de devenir un demi-sang, mais je ne suis pas le prince des goules.

Roland baissa les yeux sur les mains de Thomas Cent-Blessures. Toutes deux portaient cinq doigts. Le chevalier ne mentait pas.

— Tu n'avais aucune chance, reprit Waddington. Regarde ! dit-il en montrant la porte du château par laquelle de nouvelles goules investissaient les lieux. Notre seigneur immortel contrôle ces pauvres âmes. Elles vous espionnent depuis des jours, au village et dans les alentours, et communiquent avec leur maître par la pensée. Votre plan était voué à l'échec. À présent, rends-toi. Donne-moi ce que tu as volé et je te jure que...

— C'est vous qui allez faire ce que je dis ! hurla Roland d'une puissante voix de roi. Ceci est important pour votre démon ! s'emporta-t-il en sortant le doigt coupé de sa

267

poche de chemise. Eh bien, il ne le retrouvera que si tous les hommes qui sont venus ici en repartent en vie, sinon, tempêta Roland en portant le doigt coupé au-dessus de sa bouche, votre puissant prince passera le prochain millénaire sans ses dix doigts !

Waddington parut désarçonné par la bravade de l'apprenti Conteur. Il garda un sourire de façade, mais ses yeux cherchaient un appui. Le chevalier avait besoin de l'avis de l'upyr.

L'ignoble doigt se mit à gesticuler à quelques centimètres des lèvres de Roland. Le jeune homme, écœuré, ne devait pas faillir. Seul contre des dizaines de goules, un chevalier, ses serviteurs et un upyr, Roland pouvait bien avaler un doigt mort-vivant avant de se faire éventrer, écarteler, écharper, dévorer, ou de subir bien d'autres morts originales... Emporter un bout de son adversaire dans la tombe était la moindre des choses. Si Vlad prenait sa vie, Roland lui prendrait un doigt. Encore lui faudrait-il trouver le courage de le croquer et de l'avaler.

Tandis que les goules l'approchaient encore, l'encerclant telle une meute de loups amaigris chassant un jeune cerf, de nouveaux croqueurs de morts continuaient à entrer dans la place forte. Ils étaient maintenant plus d'une soixantaine et formaient une véritable armée. Le garçon se sentit seul et désespérément perdu. Il devait trouver quelque chose, négocier avec l'upyr directement. Après tout il n'avait qu'un seul des deux doigts manquant au démon.

— Allons, Vlad ! Apparaissez ! Parlez avec moi. Je n'ai que treize ans, et j'ai passé ma vie à servir des tables ! Vous n'allez quand même pas avoir peur de moi !

— Seigneur, ce n'est pas nécessaire. Ne vous montrez pas, protesta Waddington à haute voix.

— Cœur de Lion. Tu as le courage d'un roi, murmura

un homme grand et mince en quittant les rangs des goules pour se poster face à Roland. Mais ta bravoure me cause grand-peine, dit-il en cachant son visage derrière une main amputée de l'index et du majeur.

L'upyr, enfin, apparaissait, et lorsqu'il baissa sa main à trois doigts, Roland sut qu'il avait déjà vu le démon sous son apparence humaine. L'upyr portait alors des cheveux plus longs et une barbe plus épaisse et bien taillée, mais Roland le reconnut. Il était venu à la taverne entendre Mathilde conter en se faisant passer pour l'écuyer du chevalier. Il n'avait parlé à personne, n'avait rien bu, rien mangé, et s'était montré aussi discret qu'une ombre, s'effaçant totalement derrière Waddington. Personne ne devait se souvenir de lui, et si Roland le reconnaissait, c'était seulement parce qu'il s'était assis durant un petit moment à la table du chevalier.

Mais ce soir, le démon reprenait son rôle de seigneur. Nul ne pouvait douter qu'il était le maître, et toutes les autres créatures du château des esclaves soumis à son bon vouloir.

Sa présence dégageait une autorité sans pareille et ses yeux bleus teintés d'or brûlaient d'une incroyable force vive. De sa personne émanait une puissance invisible capturant le regard et forçant la crainte autant que l'admiration. Une partie du pouvoir de l'upyr se trouvait dans son apparence versatile. Capable de passer inaperçu quand il le désirait, il pouvait aussi provoquer l'éblouissement quand cela se révélait nécessaire.

Roland oubliait son devoir, sa colère, sa petite sœur, le doigt qu'il tenait et les autres Conteurs. Plus rien ne s'accrochait à lui. Son esprit se vidait de tout et il ne parvenait plus à détourner son attention de l'upyr. Les serres invisibles du démon l'emprisonnaient. Tout disparaissait autour de lui. Waddington et les goules devenaient des fantômes. Seuls les yeux de Vlad existaient. Ils buvaient l'âme, l'attiraient, l'absorbaient. Sans s'en rendre compte, Roland relâchait sa prise sur son épée et l'idée d'avaler le doigt de l'upyr lui paraissait maintenant totalement absurde. Le démon l'envoûtait, et il ne parvenait pas à se détacher de lui.

— Viens... approche, ne résiste plus. Oublie ta peur, ta colère... tout se termine ce soir, tu ne connaîtras plus la peine. Viens, enfant au cœur de lion.

— Ne le regarde pas ! hurla un homme depuis le bas de la tour carrée. Détourne les yeux, Roland ! s'époumona le Ténébreux sur un ton fracassant.

Le cri du vieillard brisa le charme de l'upyr. Son éclat de voix, tel un coup de tonnerre, résonnait entre les murailles du château. Plusieurs goules s'en trouvèrent comme paralysées, Waddington lui-même prit une seconde avant de sortir la tête de ses épaules. Au pied de la tour carrée, le vieux Conteur leva sa main droite et montra à l'upyr que lui aussi détenait un doigt.

Quelques goules, obéissant à un ordre intérieur du démon, approchèrent du vieillard tandis que d'autres fermèrent la porte du château. Roland regarda partout autour de lui. Malgré l'apparition du Ténébreux, ils étaient piégés. Trop de croqueurs de morts grouillaient dans la cour. Si l'upyr avait un plan, il se déroulait à la perfection.

— Vlad ! Retiens tes pauvres esclaves ou j'imite le jeune Conteur, prévint le Ténébreux en approchant de sa bouche le doigt coupé. Si tu veux reprendre ton bien, il va falloir que tu te montres conciliant.

— William... Je me demandais quand tu apparaîtrais ! s'exclama l'upyr en un sourire satisfait. Et maintenant que te voilà, il me semble que nous pouvons en finir. Waddington, fais venir la viande pourpre !

Accompagné de deux serviteurs et de plusieurs goules, le chevalier courut à l'intérieur du logis du château et en ressortit quelques secondes après avec Ruppert, inconscient et les mains attachées dans le dos. Les croqueurs de morts traînèrent le corps de l'Archiviste jusqu'aux pieds de l'upyr.

— Bien, ce pauvre homme est des vôtres, il me semble. Ne me forcez pas à lui arracher les yeux et rendez-moi mes doigts.

— Ne fais pas ça, Vlad ! Viens plutôt te battre avec moi, dit le Ténébreux en entrant dans la tour carrée sans céder au chantage du démon.

Pour la première fois cette nuit, l'upyr sembla réellement surpris. La réaction de maître William le clouait sur place. D'un geste de la main, il envoya des goules vers la tour, puis il ordonna à Waddington de se saisir de Roland. Une silhouette enroulée dans une cape pourpre se montra alors sur le chemin de ronde, et, au-dessus de l'agitation qui saisissait la cour, elle lança deux projectiles étincelants vers l'upyr.

Les éclairs d'acier firent mouche et se plantèrent dans le dos du démon. Vlad s'agenouilla et hurla de douleur, ce qui provoqua une vague de panique parmi les croqueurs de morts.

— Des plumes de Conteur trempées dans l'eau bénite ! cria le tireur depuis le rempart avant de rallier la cour et de disparaître entre les goules désorientées.

Roland reconnut la voix de Mathilde. Tout n'était pas perdu ! Il garda le doigt dans sa main gauche et approcha de l'upyr en ouvrant son outre. Mais Waddington s'interposa, protégeant son maître qui se redressait en feulant comme un animal déchiré par une souffrance insoutenable.

Un nouveau projectile traversa la cour et toucha le démon à l'épaule. Le chevalier leva son épée et la tint devant Roland, mais toute son attention était tournée vers l'upyr. Il ne l'avait jamais vu si affaibli. Sans doute n'avait-il même jamais imaginé que son seigneur immortel puisse souffrir ainsi. La plupart des goules faisaient n'importe quoi à présent. Certaines grattaient le sol comme si elles voulaient s'y enterrer, quelques-unes prenaient leurs visages émaciés dans leurs mains et d'autres tournaient en rond en claquant des dents.

— Assez ! hurla Vlad. Assez !

Toutes les goules s'immobilisèrent. Le démon reprenait le contrôle. Vlad lança un regard carnassier à Roland et chercha Mathilde parmi les corps desséchés qui les entouraient. Trois croqueurs de morts s'approchèrent de leur maître et le débarrassèrent des lames fichées dans son dos, puis ils se collèrent à lui pour le protéger des prochains tirs de la Patiente. L'upyr leva les yeux au ciel, le jour ne serait pas là avant de longues minutes, et il avança vers la tour carrée.

— Waddington, je croyais que tu avais claquemuré la Conteuse sous terre !

— Pardon, mais...

— Ne t'excuse pas ! Agis ! Tue cet enfant ! Et vous autres, engeance putride ! hurla l'upyr à ses pantins. Trouvez cette maudite femme pourpre et dévorez ses mains !

L'épée levée, le chevalier fit un pas vers Roland, mais une goule désorientée lui coupa la route et s'accrocha à ses épaules. Roland en profita pour lever son arme lui aussi, et il eut tout juste le temps de parer une attaque fulgurante de Waddington. Sous la violence du coup, il trébucha, tomba en arrière et perdit son épée.

Pressé d'en finir mais toujours gêné par l'encombrant croqueur de morts qui se tenait entre lui et Roland, le chevalier frappa le gêneur au visage, et, contre toute attente, le cadavre desséché lui retourna la politesse. D'un coup de poing rapide et précis, la goule toucha violemment Thomas Cent-Blessures sous le menton et lui brisa plusieurs dents. Le chevalier en tomba à la renverse. Sonné et surpris, Waddington ne comprit pas immédiatement ce qui venait de se produire. Un croqueur de morts l'avait frappé.

Plus loin, devant la tour carrée, l'upyr abattit d'un simple coup de pied la porte que le Ténébreux avait refermée derrière lui. Sans même se retourner, comme si sa bataille était gagnée d'avance, le démon entra dans le bâtiment, suivi des goules qui l'escortaient.

Le sheriff apparut alors au milieu des morts-vivants qui traversaient la cour à la recherche de Mathilde. Tenant deux torches allumées dans chaque main, il cria pour attirer leur attention. Il paraissait plus furieux et pressé que jamais. Il lança ses flambeaux dans la cour, sans voir où ils tombaient, et entra dans le grand logis. L'une de ses torches roula entre deux goules, qui se bousculèrent maladroitement pour l'éviter. L'une d'entre elles s'enflamma aussi rapidement que si sa chair avait été tissée de paille. Le feu détruisait les goules aussi efficacement que l'acier tuait les hommes.

Wickle se montra à la fenêtre du premier étage. Il cria encore et lança des récipients de terre cuite qui se brisèrent sur des goules et sur le sol. Emplis d'un liquide sombre et luisant, de la poix, les lourds projectiles du sheriff n'eurent aucun effet jusqu'à ce qu'il jette d'autres torches sur les cadavres aux yeux blancs. Plusieurs d'entre eux, touchés par le liquide, prirent feu des pieds à la tête. Et la panique s'empara de nouveau de tous les croqueurs de morts. Ceux qui brûlaient s'accrochaient à ceux qui fuyaient les flammes, et le feu se propagea de goule en goule. En quelques instants la cour du château devint le théâtre d'un spectacle ridicule et pathétique. Bondissant entre les esclaves du démon, les flammes rendirent les lieux aussi lumineux qu'en plein jour.

Encore chancelant, Waddington réalisait que la situation lui échappait. Il appela Henry et ses autres serviteurs, mais l'un d'entre eux gisait inconscient un peu plus loin (sans doute grâce au sheriff ou à Mathilde), un autre tentait de se défaire d'une goule enflammée, et un troisième fuyait la cour pour se cacher dans la grange.

Roland, qui rampait jusqu'à son épée, se demandait ce qu'il devait faire. Il n'y avait plus de plan. Cette soudaine tempête de feu, les cris et les gesticulations des goules lui faisaient perdre la tête. Mathilde apparut dans son dos. Elle lui tapa sur l'épaule pour qu'il se relève plus vite et elle attrapa le monstre qui avait frappé Waddington. Elle l'attira contre elle comme si la vie de cette goule lui était précieuse et l'éloigna du chevalier.

— Viens, Corwyn ! dit-elle en entraînant le croqueur vers la tour carrée.

— Corwyn ! répéta Roland en suivant la Conteuse.

— Oui, petit, dit le Flamboyant en se tournant. Je ne suis pas si mort que cela... Je flamboie toujours, même si mon allure laisse à désirer.

— Je vous ai pris pour une de ces goules ! Je... Je...

— Et moi, je t'ai pris pour un Conteur. Qu'attends-tu pour aller aider maître William ? Cours !

— Va, Roland ! ordonna Mathilde en repoussant une goule amorphe qui lui barrait la route. Va, nous te rejoignons !

— Chiens de Bonimenteurs ! grogna Waddington en titubant derrière les trois Conteurs, la bouche en sang. Vous allez payer !

274

— Ça suffit, Waddington ! ragea le sheriff en surgissant devant le chevalier. Je vous demande de me rendre vos armes. Refusez et je prendrai grand plaisir à vous infliger une vilaine correction ! dit-il en levant ses armes, une épée et un bras de goule en feu.

Ravi de constater que Wickle était finalement un homme de bien et toujours estomaqué de savoir le Flamboyant vivant, Roland jugea que, malgré leur infériorité numérique, la cour se trouvait sous leur contrôle. Le sheriff maîtrisait Waddington, une bonne partie des goules brûlaient et les autres tentaient d'échapper aux flammes dans un désordre total.

Roland devait aider le Ténébreux. Il n'attendit ni Mathilde ni le Flamboyant et courut vers la tour carrée. Malgré les questions qui se bousculaient en lui, l'urgence de la situation ne se prêtait pas aux paroles. L'adolescent aurait voulu rendre sa cape, dire sa honte et combien il n'était pas digne du pourpre, mais en ce moment précis son cœur ne battait plus que pour une chose : aider un frère Conteur en péril.

Lorsqu'il entra dans la tour, un croqueur de morts recroquevillé par terre mais toujours batailleur l'attrapa par la cape et essaya de le faire tomber. Roland pivota sur une jambe et, avec une force et une rapidité étonnantes, il écrasa le plus grand coup de poing qu'il eût jamais donné contre les mâchoires du monstre. Un grand bruit résonna sous ses doigts crispés, et plusieurs dents se décrochèrent de la bouche putréfiée. Certaines volèrent jusqu'à Ruppert, toujours inconscient et allongé par terre. Une dent atterrit même sur son front et rebondit sur son nez avant de rouler sur une de ses joues. L'Archiviste cligna des yeux, se gratta le visage, comme un rêveur paisible agacé par une mouche, puis il se recroquevilla, mit une main sous sa tête et tira une couverture imaginaire de l'autre. Au milieu d'un enfer de goules en feu, Ruppert dormait. Lui qui rêvait d'aventure était en train de passer à côté d'un grand moment.

Avant de s'enfoncer dans la tour, l'apprenti Conteur sentit le doigt sous sa chemise redonner signe de vie. Il eut alors une idée perfide, digne de Mathilde. Il se pencha au-dessus de la goule qu'il venait d'édenter pour lui prélever un petit souvenir, un doigt raide et froid. Il regarda ensuite le ciel. La nuit s'éclaircissait, le jour venait.

Au premier étage, Roland trouva un croqueur de morts à l'agonie, son cou plié selon un angle étrange. Morte ou pas, la chose ne bougeait plus. Au deuxième, le garçon ne vit que quelques meubles brisés, puis il entendit des grognements venant du niveau supérieur. La bataille avait lieu au troisième. Roland regretta de ne pas avoir emporté de torche, car les lieux étaient terriblement sombres. Comme toutes les ouvertures de la tour, la seule fenêtre de l'étage avait été murée, sans doute parce que l'upyr résidait dans le beffroi.

Le jeune Conteur prit une longue inspiration, sentit la peur se frayer un chemin jusqu'à son cœur, mais il l'ignora. Il se battrait. Il n'avait pas le choix, et aucune envie de laisser le Ténébreux seul avec Vlad.

Il posa sa besace à terre après en avoir sorti le crucifix et son outre. Il remit son épée au fourreau, serra le poing autour de la croix qui l'avait sauvé dans la forêt, prit une gorgée d'eau bénite qu'il n'avala pas et grimpa au troisième.

Devant une cheminée vide, deux goules presque mortes gisaient l'une contre l'autre, et, au centre de la pièce, l'upyr se tenait agenouillé au-dessus de maître William. Le démon tenait la gorge du vieillard de sa main gauche, et de la droite il tentait de lui arracher le bras. Le Conteur, à l'aide d'un lacet, s'était attaché un crucifix au poing.

William hurlait de douleur et son épaule semblait déjà déboîtée, mais il résistait. Le démon avait repris un de ses doigts puisque sa main droite en comptait maintenant quatre, mais il ne paraissait plus aussi puissant et implacable que dans la cour. Des zébrures violettes striaient son visage, un sang sombre et épais coulait de sa bouche. La croix du Ténébreux l'avait durement blessé.

Roland devait aider le vieillard à achever la bête. Dès qu'il avança, Vlad le transperça de son regard envoûtant. La volonté du garçon perdit de sa force, mais cette fois il s'était préparé. Il avança de deux pas vers le démon et cracha toute l'eau bénite qu'il avait gardée en bouche.

L'effet sur Vlad fut spectaculaire. Aussitôt que les gouttes du saint crachat touchèrent le démon, sa peau fuma et un spasme violent le traversa. William en profita pour se dégager, mais avant qu'il ne se remette debout l'upyr bondit sur l'apprenti Conteur et le plaqua contre un mur en le tenant d'une seule main. Le souffle coupé et surpris par une attaque si fulgurante, Roland lâcha son outre et rentra sa tête entre ses épaules. Il craignait que Vlad ne le morde ou ne lui arrache les yeux. Le visage du démon, brûlé par l'eau bénite, défiguré par la douleur, n'était plus qu'un horrible masque embrasé par la rage.

— J'aurais dû te tuer bien avant ! grogna l'upyr en cassant d'un coup de poing le bras droit de Roland pour qu'il lâche son crucifix.

L'apprenti Conteur hurla. Un tison de feu traversa son bras et des larmes remplirent ses yeux, mais il continua à soutenir le regard de Vlad. Ce qui sembla amuser le démon, car leur combat était fini avant même d'avoir commencé. Bien que le Ténébreux l'eût prévenu, Roland n'avait pas pensé que l'upyr pût être si fort sous sa forme humaine. D'une main, il venait de lui briser des os que treize années de bêtises avec les frères Tiburd avaient laissés intacts. Même s'il était un vieillard, seul William, par sa nature de demi-sang, pouvait lutter avec la bête.

— Tu as l'air déçu, s'étonna l'upyr. Que croyais-tu en te présentant devant moi ? Un affrontement d'égal à égal ? Ton pauvre corps n'est qu'une enveloppe de chair sans force. Tes os sont du bois sec entre mes doigts et ta peau de la cire fondue. Je peux te déchirer comme une vulgaire feuille de parchemin.

— Alors, vas-y, sale upyr ! Tu ne sortiras pas d'ici de toute façon, le jour va se lever ! Envoie-moi aux portes du Ciel et je t'y attendrai pour te regarder aller en Enfer tandis que les saints anglais m'inviteront au Paradis !

Le démon éclata de rire et jeta Roland à l'autre bout de la pièce comme s'il ne pesait rien. Le garçon s'écrasa contre la cheminée et retomba lourdement sur son bras blessé. Les os brisés grincèrent si fort qu'il crut s'évanouir.

— Apprends, petit lion, que le nom upyr est un fort vilain mot pour l'une des plus belles créations du Diable. Aucun des miens n'aime ce nom, et il est temps qu'il disparaisse. Je vais te dire comment il convient d'appeler ton meurtrier, si tu veux parler de moi à tous les saints anglais que tu croiseras bientôt, dit Vlad en marchant vers Roland. Dis-leur qu'un seigneur vampire t'a tué ! Dis-leur que le plus grand des vampires rôde toujours ici-bas !

— Laisse-le ! supplia William en rampant devant le démon.

— La paix, vieillard ! Je veux ce qu'il m'a volé, rugit Vlad en levant devant son visage brûlé par l'eau bénite sa main à quatre doigts.

— Et moi, je voudrais voir la tête du démon qui ornera bientôt les bibliothèques de l'Ordre Pourpre ! clama Mathilde en bondissant dans la pièce.

— Vous, Conteurs, êtes pires que des tiques sur un chien galeux !

La femme pourpre répondit au démon en lançant deux de ses plumes d'acier à l'eau bénite. L'upyr, affaibli par son affrontement avec le Ténébreux et le crachat de Roland, réagissait avec moins de célérité et d'assurance. Il grogna, esquiva le projectile de justesse et saisit maître William au col. Les bras pendants, l'ancien se débattit à peine. Avec l'épaule déboîtée, le crucifix accroché à sa main droite ne lui servait plus à rien. Roland s'agrippa à la cape du Ténébreux, mais le vampire les souleva tous deux et les jeta entre lui et la Haut-Conteuse.

Le vieil homme s'effondra aux pieds de la Patiente tandis que Roland atterrissait au bas de l'escalier menant au quatrième étage. Mathilde lança sa dernière plume, mais l'upyr l'évita et fondit sur elle. Il la gifla d'un puissant revers de la main. Avant qu'il ne lui porte un deuxième coup, le sheriff apparut dans la pièce en hurlant, une épée et une torche au poing. Derrière lui, le Flamboyant grimpait les escaliers d'un pas hésitant. Pire que des tiques sur un chien galeux.

Vlad comprit que les Conteurs n'abandonneraient pas, qu'ils préféreraient brûler vifs dans cette tour plutôt que de perdre ce combat, dussent-ils tous en mourir. Il décida que cette nuit avait assez duré. Il jeta la femme pourpre contre Wickle, et un mince filet de brume apparut autour de lui. Grognant comme un prédateur frustré de n'avoir pas dévoré sa proie, le seigneur vampire s'apprêtait à s'enfuir dans un nuage de fumée.

Le temps parut s'arrêter pour Roland. Ses yeux balayèrent la pièce et capturèrent en un unique tableau le dernier instant d'un affrontement incroyable entre l'Ordre Pourpre et l'un des plus vieux démons de la création. Le sheriff semblait capable d'abattre des arbres d'une seule main. Le cadavre vivant qu'était devenu le Flamboyant se traînait, mais dans ses yeux blancs se lisait le sens du sacrifice d'un homme capable de tout pour faire barrage au démon. Mathilde, elle, se redressait déjà. Le visage en sang, blessée au bras mais toujours combative, elle n'en avait pas encore eu assez, et tant qu'elle tiendrait sur ses jambes elle lutterait. William, lui aussi, essayait de se remettre debout, mais toute force l'avait quitté. Sans aide, il ne se relèverait pas.

Roland estima ses chances de porter une nouvelle attaque. Malheureusement le démon l'avait privé de son outre et de sa croix. Il pourrait atteindre ses meilleures armes tombées à terre à quelques pas de lui, mais il ne serait pas assez rapide pour surprendre le vampire une deuxième fois. Il lui restait toutefois une dernière chose à tenter avant que Vlad ne s'évapore.

Le garçon sortit les doigts coupés de sa poche, celui de l'upyr était chaud et agité, celui de la goule raide et froid, et il bondit sur les premières marches filant au dernier niveau de la tour.

— Viens, démon ! Tu ne vas quand même pas partir sans ton dernier doigt !

Le vampire hésita, et le voile de brume qui l'entourait se figea.

— Alors ?! Qu'attends-tu, seigneur vampire aux neuf doigts ? hurla Roland en atteignant le quatrième étage.

L'upyr glissa majestueusement sur le sol, comme si la brume le portait. Mais sous cette forme il était moins rapide. Wickle, prêt à en découdre avec n'importe qui ou n'importe quoi cette nuit, le rattrapa, lui planta vigoureusement son épée dans le dos avant de tomber par terre, emporté par son élan. Le vampire tressaillit mais ne prêta aucune attention au sheriff. Il garda la lame plantée entre les omoplates et survola les marches de l'escalier, créature mi-brume mi-homme. Quand il arriva au sommet de la tour, il ne trouva pas Roland. L'apprenti Conteur était entré dans l'unique cellule de l'étage et avait laissé la porte entrouverte derrière lui.

Craignant un piège, Vlad se tint immobile devant le battant de bois, et la brume prit le pas sur son apparence humaine. L'épée fichée dans son corps glissa jusqu'au sol, et, tel un spectre, l'upyr entra dans la pièce en passant sous la porte.

Roland ne regarda pas la brume se faufiler dans la geôle et enfler jusqu'à devenir une silhouette humaine. Il sentait la présence de l'upyr et n'avait pas besoin de se retourner pour le savoir dans son dos. Le doigt qu'il tenait fermement dans son poing se débattait de plus en plus vigoureusement. Mais Roland ne le lâchait pas et continuait à frapper sur le mortier calfeutrant la fenêtre de la cellule.

Enfin l'enduit se craquela, et de fines lances de lumière traversèrent la pièce. Un frémissement et un feulement horrible traversèrent le corps de brume. Le jour se levait à l'extérieur et, grâce au garçon, était invité à l'intérieur de la tour. La créature de fumée perdit soudain toute assurance et se ramassa sur elle-même. Après des nuits de terreur, la lumière, le pire ennemi du seigneur vampire, le contraignait à l'immobilité et à l'impuissance. Et enfin, l'implacable démon semblait avoir peur. Il ne bougeait plus, hésitait, entre son dixième doigt et l'impérieux désir de fuir la morsure du soleil.

Protégé par les timides pétales de clarté se déposant sur ses épaules, Roland, lui, poursuivait son œuvre et amenait toujours plus de jour dans la pièce, contraignant ainsi l'upyr à faire un pas en arrière.

Mathilde et Wickle apparurent alors sur le pas de la

porte. Tous deux portaient un crucifix en main, ceux de Roland et du Ténébreux. Ils se postèrent derrière la brume toujours paralysée au centre de la pièce et brandirent les croix.

— Les goules ! hurla le Flamboyant depuis le troisième étage. Elles envahissent la tour !

Vlad abattait lui aussi sa dernière carte. Il ne pouvait faire face aux Conteurs, mais il appelait à lui ses derniers croqueurs de morts pour les affronter dans la tour et lui donner du temps. Wickle se tourna vers les marches, lança un regard à Roland à travers la brume et abandonna son crucifix. Il ramassa son épée et descendit prêter main forte à maître Corwyn et maître William.

— Laissez ce monstre ici ! Le soleil le tuera ! gronda-t-il en disparaissant dans l'escalier.

— Je... ne... peux mourir, murmura la voix souffreteuse du fantôme de brume. Laissez-moi... quitter... ce château... et...

— Tu n'iras nulle part, maudit démon ! hurla la Patiente d'une voix de roi qui souleva presque chaque pavé de la pièce.

— Oh, si ! dit Roland. Si tu veux toujours ça, tu iras le chercher en Enfer, rugit-il en lançant un doigt coupé par la fenêtre.

L'upyr réagit aussitôt. Il se jeta dans la nasse de lumière protégeant Roland, écrasa le garçon au sol et se hissa sur le rebord de la fenêtre. La clarté lui arracha des lambeaux de fumée et un cri de douleur, mais le seigneur vampire ne recula pas. Alors que son corps se désagrégeait, il se jeta dans le vide.

À l'est, face à la tour, le soleil se hissait doucement au-dessus d'un rougeoyant horizon d'arbres. Dans sa lumière, le corps vaporeux de Vlad tomba de l'autre côté du rempart et redevint de chair et de sang. Vomissant d'immondes hurlements, identiques à ceux que poussent les malheureux condamnés à brûler vifs sur le bûcher, le démon rampa jusqu'à son doigt. Tandis que sa peau fondait, que ses cheveux tombaient, que ses muscles et ses os se soudaient sous l'effet de la lumière, le seigneur vampire, dont la vie se comptait en plusieurs centaines d'années, comprit qu'un enfant de treize ans s'était joué de lui.

Lorsqu'il ramassa le doigt froid et raide entre les restes de ses mains ravagées par la lumière, il se retourna vers la tour carrée. Il se promit que si cette aube ne le tuait pas, il retrouverait son jeune bourreau et en ferait son esclave pour le saigner un millénaire durant.

Depuis le sommet de la tour, Roland, le regard rivé sur la créature à l'agonie qui le dévisageait, ne put s'empêcher de trembler d'effroi. Le doigt de l'upyr toujours dans sa main redevenait plus calme alors que les yeux du démon le transperçaient de rage.

Avait-il gagné leur combat ? Était-ce ainsi que finissaient les grandes histoires ? Dans le doute et la peur ?

Mathilde se pencha au-dessus de l'épaule de son protégé et sourit de soulagement en voyant leur ennemi tituber. Le vampire marcha sur plusieurs mètres, il espérait sans doute rejoindre la forêt et s'abriter derrière un arbre. Mais ses jambes ne pouvaient plus porter son corps détruit, et il finit par s'agenouiller pour attendre que le soleil l'achève. Le grand seigneur vampire ressemblait à ses goules. La peau de son visage devenu hideux se déchirait, et ses vêtements maintenant trop grands glissaient sur son corps squelettique. Un sang noir et visqueux coulait de sa bouche, de ses yeux et ses ongles.

Dévasté par la lumière, Vlad était en train de mourir. Pourtant il ne hurlait plus. Que la mort le prenne ou que le

Diable le sauve, il attendait en seigneur. Son existence d'immortel prenait fin, et il ne voulait pas offrir à ses adversaires et au soleil le spectacle d'une créature immonde grognant après sa mort comme un porc qu'on égorge. Peut-être que le seigneur de l'Enfer lui offrirait une deuxième vie d'immortel. Peut-être pas...

Et, ainsi qu'il est souvent écrit dans la bible des hommes, un miracle se produisit. Le dernier allié du vampire apparut à la lisière de la forêt. Sur un haut cheval de trait, le pantin le plus inutile du démon galopait vers lui. Vlad se releva difficilement et fit quelques pas vers lui. Ses lèvres desséchées et racornies se fendirent de part en part quand il sourit, mais il ne put s'empêcher d'aimer cette soudaine douleur qui traversa son visage tout entier. S'il avait mal, il vivait encore, s'il souriait, il vivrait encore longtemps.

La femme de Tewkesbury s'arrêta devant lui, descendit de sa monture et la plaça entre son seigneur et le soleil. Elle recouvrit son corps hideusement brûlé de deux épaisses couvertures et l'aida à monter en selle avant de se hisser à son tour sur le cheval.

Médusés, impuissants et bouleversés, Roland et Mathilde regardèrent s'enfuir le seigneur vampire. Après une interminable nuit et tant de risques, un simple cavalier emportait leur ennemi vers les ombres protectrices de la forêt.

Lorsque le soleil embrasa les environs du château, le démon fuyait aussi loin que possible pendant que les Conteurs continuaient à se battre dans la tour. Le maître des croqueurs de morts avait donné un dernier ordre à ses soldats putréfiés : « Empêchez les Conteurs de me pourchasser, retenez-les dans la place forte et ne touchez pas à un seul cheveu de l'enfant au cœur de lion, il est à moi. »

# 18
# Cœur de Lion

Lorsque Ruppert ouvrit les yeux, il se crut à Londres, dans le confort de sa chambre. Mais, ne trouvant pas la cruche qu'il gardait habituellement près de son lit, il réalisa qu'il dormait par terre. Il se rappela soudain où il était et surtout pourquoi il y était.

— À l'aide ! hurla-t-il. Du poison ! Waddington nous a empoisonnés !

— C'est fini, Ruppert, lui répondit Mathilde en s'asseyant face à lui. Nous sommes tous en vie, fatigués et blessés, mais en vie. Le jour s'est levé depuis trois heures, les gens de Tewkesbury sont vivants, Waddington est neutralisé, le sheriff est finalement notre allié et le château est en notre possession.

— Et l'upyr ? demanda l'Archiviste en regardant les restes carbonisés des goules entassés dans un coin de la cour.

— Il a pris la fuite, mais nous ne le reverrons pas de sitôt, je crois. Il lui faudra des semaines pour retrouver ses forces... Il a failli mourir, et si je te décrivais la dernière image que je garde de lui je pourrais vomir mes repas des derniers jours.

— Vous avez livré une grande bataille ?

— Homérique !

287

— Et moi ? Qu'ai-je fait ? Je ne me rappelle rien... Me suis-je bien battu ?

— Tu as dormi comme un bienheureux.

— Je n'ai même pas donné un coup ?

— Pas un seul, répondit Mathilde en haussant les épaules d'un air désolé.

— Rien ? Je n'ai rien fait du tout ?

— Si, je crois qu'à un moment une goule a trébuché sur ton corps et Wickle a ainsi pu lui briser le crâne.

— Je dois être maudit... Jamais je ne pourrai raconter une grande histoire à laquelle j'ai participé.

— Tu as quand même œuvré à notre succès ici.

— Avec un croc-en-jambe involontaire... Quel héroïsme !

— Les grands héros accomplissent parfois de petites choses qui font la différence ! s'exclama Corwyn en apparaissant dans le dos de Ruppert avec le Ténébreux et Roland.

— Que... Corwyn... tu... vivant, gémit l'Archiviste avant de s'évanouir.


Tandis que Mathilde et le Ténébreux réveillaient l'Archiviste, le Flamboyant entraîna Roland à l'écart. Le Conteur, maigre, sale, le visage creusé par la fatigue, souriait. Une bourrasque de vent aurait suffi à décoller ses pieds du sol, pourtant, bien qu'accroché au bras de l'adolescent, il dominait la situation.

— Maître Corwyn, je dois vous dire...

— Tss... Tss... Vu mon état, je parle le premier, mon garçon.

— Je suis désolé.

— Ne t'excuse pas. Et puis pour l'instant, je suis le seul à savoir ce que tu as fait.

— Je vais vous rendre votre cape.

— J'ai bien peur qu'elle ne soit devenue trop lourde. Je n'ai plus la force de la porter sur les épaules. Garde-la-moi encore un peu. En fait, je voulais juste savoir quand nous pourrions fêter ton prochain anniversaire.

— Mon anniversaire ?

*
**

Alors que les Conteurs s'étaient réunis pour deviser, le sheriff finissait de réveiller les derniers villageois que Waddington avait ligotés dans la grange. Depuis la cour, Wickle s'occupait de tout. Il donnait des ordres et gardait son seul œil sur le chevalier et ses serviteurs, attachés les uns aux autres dans un coin. Tandis qu'ils se plaignaient de leur sort et des liens trop serrés, les premiers hommes de Tewkesbury revenus à eux pillaient les cuisines afin que tous les héros somnolents prennent un déjeuner décent.

Roland, sombre et en retrait malgré son courage de la nuit, et Ruppert, réjoui et définitivement conscient, eurent droit à quelques détails concernant la survie du Flamboyant. Car après tout, cette histoire avait commencé avec lui, et si l'apprenti Conteur voulait la narrer un jour prochain, il lui fallait tout savoir.

Corwyn pria Roland de lui pardonner d'être apparemment mort dans ses bras. Sa nature de demi-sang l'avait sauvé du repos de la tombe, et il devait cela à maître William.

Bien des années plus tôt, quand il avait décidé d'aider le Ténébreux à enquêter sur l'immortel Vlad, Corwyn avait partagé son sang avec le vieux William selon le rituel sacré des upyrs. Ainsi, dans le secret le plus total, le Ténébreux avait offert son héritage maudit au Flamboyant, faisant de lui son égal et un champion capable d'approcher le démon, de l'espionner et au besoin de se battre à armes presque égales avec lui.

Mais ces dernières semaines, maître Corwyn avait poussé sa chance et ses capacités trop loin. Après avoir trouvé la page du *Livre des Peurs* cachée dans la crypte de celui qui dort sur le dos, il avait passé plusieurs jours sans boire et sans manger. Grâce aux souterrains qui sillonnent les environs, il s'était approché du démon, avait écouté ses conversations avec Waddington et appris que le vampire se faisait obéir d'un Haut-Conteur. Mais il s'était fait repérer.

Et seul contre un upyr et tous ses serviteurs, même le plus grand des maîtres pourpres ne pouvait agir autrement qu'en prenant une fuite avisée. De ruses habiles en âpres mêlées, Corwyn parvint à sortir des catacombes formant l'énigme du nombre 1177, mais il laissa bien des forces dans l'entreprise. Perdu dans la forêt, il erra longuement en quête du village, affronta Waddington (qui lui laissa un couteau dans le dos en souvenir) et, après des heures de marche difficile, fit une chute sévère dans la fosse où Roland le retrouva.

À bout de forces, Corwyn crut mourir deux fois quand des goules passèrent sans le voir à quelques pas de son terrier, puis, une nuit, lorsqu'il entendit le raffut de Roland, il sut que sa bonne étoile veillait toujours sur lui. Il attira le garçon en usant d'un chant de sirène, lui délivra son message et cessa de lutter contre les douleurs qui le gardaient en vie. Il laissa alors son corps mourir. Il n'en pouvait plus.

Il pensait qu'il se réveillerait après quelques heures de repos, mais ce ne fut pas le cas. Heureusement qu'il avait convenu d'un petit arrangement avec le sheriff. Sans Wickle, le Flamboyant serait resté en terre et aurait fini par vraiment engraisser les vers du comté. Le sheriff l'avait gardé et soigné dans sa cave, posant des attelles sur les os brisés (qui guérissaient remarquablement vite chez les demi-sangs) et le nourrissant du sang d'animaux fraîchement tués.

Tout aurait pu se passer différemment. Mais avant que Corwyn ne décide de se montrer à Mathilde, les goules rôdant dans les souterrains avaient surgi dans la cave du sheriff et les événements entraîné tous les Conteurs au château de Waddington.

— Vous connaissez la suite, elle s'est écrite cette nuit. J'espère que bientôt l'un d'entre vous contera ce récit et qu'il finira par : « C'est ainsi que le Flamboyant sauva le comté de Gloucestershire d'un terrible mal. » Cela me paraît un bon final, sourit maître Corwyn.

— Quelle honte que ma part dans de si grands événements se résume à quelques ronflements, plaisanta Ruppert sur un ton badin.

— Il ne faut pas oublier notre jeune Conteur ! Il s'est montré plus que digne de ta cape, Corwyn ! ajouta Mathilde.

— Plus que digne, en effet, approuva solennellement le vieux William.

— Justement, intervint timidement le garçon d'une voix tremblante. Je voulais vous avouer quelque chose...

— Ne dis rien, mon garçon. J'aimerais d'abord tous vous conduire au plus vieux cimetière de la forêt de Dean, et ensuite, Roland, tu nous feras ta confession.

— Mais...

— Plus tard ! dit gentiment mais fermement maître Corwyn. Pour l'instant, il nous reste une énigme à éclaircir. Lequel d'entre vous a la page du *Livre des Peurs* que j'ai trouvée dans la crypte aux quatre tombeaux ?

Le jeune homme rougit de honte et s'apprêta à reprendre la parole pour annoncer qu'il l'avait abandonnée au vampire dans sa chevauchée nocturne, mais Mathilde tira un rouleau de cuir de sa besace et le tendit au Flamboyant.

— Voilà !

— Mais... Je croyais que c'était moi qui l'avais... et que je l'avais... perdue...

— Tu ne pensais tout de même pas que j'allais te laisser seul avec un tel trésor ! dit Mathilde. La page que je t'ai laissée était une copie que j'ai réalisée durant les nuits que nous avons passées dans la même chambre.

— Mais...

— Oui, Roland l'Hébété ! Tu as peut-être cru que je dormais avec toi pour ta rassurante présence.

— Je... j'avais un faux ?

— C'est ainsi qu'agissent les Conteurs, jeune homme, dit le Ténébreux. Dès qu'ils trouvent une page du livre sacré, ils font une copie la plus ressemblante possible tout en la remplissant d'erreurs, et ils sacrifient toujours la copie si le danger les rattrape.

— Bien ! Il est temps de partir, reprit Corwyn. Laissons ce brave sheriff s'occuper des hommes et des lois de son comté, et rendons-nous au cimetière. Nous parlerons en selle, dit-il en demandant la main de Mathilde pour qu'elle le mène jusqu'aux chevaux.

Roland suivait Corwyn, Mathilde, Ruppert et William en baissant les yeux. Il répondit à peine aux saluts chaleureux du sheriff et des hommes qui les félicitaient. Alors que les Conteurs étaient heureux et soulagés d'être en vie, lui sentait un nœud de plus en plus serré tordre ses entrailles. Son bras cassé pris en bandoulière improvisée lui faisait mal, mais la douleur qui étreignait son cœur rendait sa fracture presque insignifiante. Depuis le début de cette histoire, il cachait une faute qu'il espérait ne jamais avoir à révéler, mais ce matin il n'avait plus le choix. Il devrait parler.

— Ne fais pas cette tête, Roland le Sanguinaire ! railla la Patiente en aidant le garçon à monter en selle. L'upyr est toujours en vie, mais il ne représente plus un danger immédiat. Crois-moi, nous ne le reverrons pas avant quelque temps.

— Il reviendra, murmura William en montant devant Ruppert. Ce que nous lui avons fait ici appelle la vengeance. Nous devrons bientôt le traquer et le tuer avant que lui ne décide de s'en prendre à nous.

— Nous parlerons d'avenir plus tard ! Traînons nos blessures jusqu'à ce vieux cimetière puis rentrons au village ! Je veux du vin et trois jours de sommeil ! Et peut-être que l'un d'entre vous me racontera une histoire pour m'endormir.

Tous les Conteurs sourirent aux paroles de Mathilde. Tous, sauf Roland.

Deux heures plus tard, dans les bois, les maîtres pourpres arrêtèrent leurs chevaux à la demande de Roland. Le garçon n'en pouvait plus de se taire et il venait d'exiger quelques minutes de pause de ses compagnons de route. Sous quelques sapins couronnés de lumière, il inspira profondément et s'adressa à eux en baissant les yeux.

— Je dois vous avouer quelque chose qui me fait honte. Je... J'ai mal agi, et aujourd'hui je le regrette, car vous allez me...

— Allons, Roland, tu ne peux...

— Je vous en conjure, maître Corwyn, laissez-moi finir et tout dire maintenant. Ma honte est si grande !

— Mais à quoi jouez-vous tous les deux ? s'emporta Mathilde.

— Je... Je suis un imposteur ! Je ne suis pas un Conteur !

— Tu manques de pratique, d'esprit, d'humour et de bien d'autres choses, mais tu es des nôtres, Roland. Tu l'as largement montré ces derniers jours.

— Non ! Je suis... un menteur. Quand tout a commencé, quand je suis revenu au village avec le cadavre de maître Corwyn, je... je...

— Eh bien, Roland le Bègue ? plaisanta Mathilde en espérant aider le garçon à s'exprimer. Tu... tu... tu as... as... as du mal... à pa... pa... parler...

Des larmes emplirent les yeux de Roland. Il serra les mâchoires, se détesta pour ce qu'il avait fait, et quand le silence devint trop dur à garder, il redressa le menton, regarda Mathilde et s'exprima en Haut-Conteur.

— Quand je t'ai dit que maître Corwyn avait fait de moi un Conteur, c'était faux... J'ai tout inventé.

— Tu as menti... Mais pourquoi ? hoqueta la Patiente.

— J'ai toujours rêvé d'une vie comme la vôtre, je ne voulais pas grandir et passer mon existence à l'auberge. Quand j'ai eu la cape pourpre de maître Corwyn dans les mains, je l'ai passée sur mes épaules et je n'ai plus réussi à la retirer. J'ai voulu devenir comme vous... J'ai cru qu'en forçant le destin je pourrais être un Conteur. Je ne mentais jamais avant... Je suis tellement désolé.

— Voler la cape d'un Conteur... et usurper le titre. Voilà bien une première à inscrire dans nos archives, dit Ruppert d'une voix abattue.

Mathilde regarda fixement Roland. Elle bouillait intérieurement, mais ses traits n'affichaient aucune émotion. Elle, qui parvenait toujours à lire en lui, avait été dupée.

— Je... te demande pardon, Mathilde. Je vous demande pardon à tous. Je vais vous rendre votre cape, Corwyn.

— Garde-la pour l'instant ! ordonna durement le Flamboyant. Maintenant, si le *mea culpa* est fini, allons-y ! rugit-il en donnant du talon sur la monture qu'il partageait avec la Patiente.

— Corwyn, que fais-tu ? gronda Mathilde.

— L'enfant a dit ce qu'il avait à dire ! Continuons ! tempêta-t-il d'un air sévère et intransigeant.

Dans un silence lourd de reproches et de regrets, les Conteurs et le garçon qui avait voulu être des leurs se remirent en marche.

Caché dans le tronc évidé d'un immense arbre mort, à des heures du château de Waddington, l'upyr grelottait de froid. Son corps n'était plus qu'une infâme plaie purulente. Le démon en éprouvait des sensations inédites. Depuis qu'il avait vécu à Rome et assisté à la fin des Césars, jamais il n'avait eu aussi mal. Ces Conteurs en quête du *Livre des Peurs* avaient failli le tuer. Ce qu'il éprouvait en ce jour n'avait d'autre nom que mort. Il n'était passé qu'à quelques instants de la connaître enfin. Sans l'intervention de cette vieille folle de Tewkesbury qu'il avait envoûtée et à qui il avait promis maintes merveilles, le soleil l'aurait tué.

Son corps ne brûlait plus de l'intérieur, sa peau ne se craquelait plus et il ne perdait plus son précieux sang noir, mais il restait mourant. Il lui faudrait des semaines et des litres de sang avant de retrouver ses pouvoirs, avant de redevenir le grand seigneur vampire qu'il était. Il devait maintenant trouver un moyen de rentrer en France. Il pourrait se cacher à Paris et quand il irait mieux... Quand il irait mieux, il ferait couler tant de sang qu'il noierait l'Ordre Pourpre avec.

La vieille femme approcha de l'arbre en regardant partout

autour d'elle. Elle s'agenouilla devant les fougères qu'elle avait rassemblées contre le tronc pour empêcher la légère lumière des sous-bois de pénétrer le refuge de l'upyr. Elle n'avait pu s'engouffrer dans l'arbre mort mais son seigneur était devenu si maigre qu'il s'y était faufilé sans difficulté. Elle avait fait ce qu'il lui avait commandé et, avec fierté et excitation, elle revenait veiller sur lui pendant les longues heures de jour qu'il lui restait à endurer. Quand la nuit se lèverait, tout irait mieux.

— J'ai mené le cheval jusqu'à une autre piste et je lui ai taillé dans le cuir pour qu'il file à grand galop, chuchota la vieille femme. J'ai fait comme vous m'avez dit. Même si les conteurs suivent notre piste, ils ne trouveront qu'un cheval sans cavalier et la nuit sera tombée.

— Et nous serons loin, ma fidèle compagne. Nous serons loin et je te récompenserai comme il se doit.

— Vous servir est ma récompense, monseigneur. Tenez, buvez un peu de mon sang maintenant, dit la vieille en glissant son avant-bras dans le tronc d'arbre. Buvez, mais laissez-m'en suffisamment pour vous aider à fuir.

— Merci, murmura le vampire en mordant le poignet offert. Merci, ma brave Madleen.

Parvenu au plus ancien cimetière de la forêt de Dean, la quatrième croix sur la carte du père Andrews, Corwyn descendit de cheval, et ses compagnons l'imitèrent. Le cimetière se résumait à deux mausolées dressés au centre d'une petite clairière d'herbes hautes entourée de chênes. Mathilde et Roland avaient prévu de visiter l'endroit deux nuits plus tôt, mais ils avaient trouvé l'entrée des catacombes avant et l'aventure en avait décidé autrement.

Aucun des deux étranges monuments de pierre n'avait de porte. Ces maisons miniatures vides semblaient n'abriter aucun tombeau, quelle était donc leur utilité ?

Corwyn prit le bras de Ruppert, lui demanda de le mener face aux vieux édifices et lui donna la page 7 du *Livre des Peurs*. Il attendit que Roland, Mathilde et William les aient rejoints, puis il invita l'Archiviste à lire les poèmes de la page en ignorant une ligne sur deux.

— « Sur le sombre chemin qui mène aux limites de l'Enfer, tu trouveras la voix d'un prophète, la mort et les ténèbres. Par lui, ses visions et ses mots, viendront les sombres jours et l'âge des derniers prodiges. Par lui naîtra la fin des temps. »

— Vous conviendrez tous que ce poème-là parle d'un homme, dit Corwyn.

— Où veux-tu en venir ? demanda Mathilde.

— Poursuivons. Ruppert, veux-tu bien lire le second poème maintenant ?

— « Au-delà des arbres où, la nuit, chante le fantôme de l'amoureux, se dressent les plus vieilles tombes sur lesquelles se montrent la vérité et le jour tant attendu du parleur au cœur de lion. »

— Les gens des environs colportent une légende qui prétend que le fantôme d'un amoureux maudit hante cette partie de la forêt, affirma le Flamboyant. Je pense donc que ces lignes font référence à cet endroit. Quand au parleur au cœur de lion, je suis certain qu'il s'agit de l'homme du premier poème. Reste à savoir ce qui se passe lors de ce jour tant attendu. La page 7 nous donne un indice que nous devons trouver ici, et cet indice est une date.

— Corwyn, puisque tu as l'air d'être déjà venu ici, tu sais qu'il y a deux dates inscrites sur ces mausolées. Et elles sont incomplètes. Sur celui de gauche est seulement gravé

« 15 août » et sur celui de droite on ne voit qu'une année,
« 778 » ! s'emporta la Patiente (dont la fort mauvaise
humeur ne passait pas depuis que Roland avait avoué son
mensonge).

— Ces dates n'en forment qu'une, mais tout cela ne
prend sens qu'avec la page qui n'existe pas, la page 14.

— Tu veux dire que les poèmes de la page 7 nous
donnent une date à trouver ici, et que le 1177 que dessinent
les souterrains est en fait une année et pas une série de
chiffres à décoder ? demanda la Patiente.

— J'en suis convaincu.

— Les pages multiples de 7 sont les plus sacrées du livre,
chuchota Ruppert en regardant Roland, dont les yeux plein
d'incompréhension se plissaient de plus en plus. Il faut les
lier et les lire entre elles pour connaître le sens exact de ce
qu'elles révèlent.

— Donc, si nous mélangeons nos indices, une date
unique et importante apparaîtra, dit le Ténébreux.

— Une date plus qu'importante ! s'enthousiasma
Corwyn. Une date cachée dans le *Livre des Peurs*.

— La date d'une prédiction ? pensa Ruppert à haute
voix.

— Une prédiction qui annonce un événement qui s'est
produit en 1177. On arrive trop tard ! grommela Mathilde.

— Il n'est jamais trop tard, reprit Corwyn. Unissez ces
dates entre elles pour n'en garder qu'une.

— Si l'on ignore l'année 778, on obtient le 15 août
1177. Qu'aurait-il bien pu se passer ce jour-là ? demanda
Ruppert en fouillant dans sa mémoire des grands événements historiques.

— Euh... le 15 août 1177, hésita Roland, c'est le jour de
ma naissance...

Le Flamboyant sourit à pleines dents tandis que Ruppert et Mathilde, yeux écarquillés et bouche bée, dévisageaient le jeune homme. Seul le Ténébreux gardait une certaine réserve, mais son visage exprimait la stupeur la plus totale. Gêné, Roland leva les yeux vers les deux dates gravées dans la pierre, et il se souvint du 1177 que Mathilde avait dessiné à la craie dans la cave du sheriff. Comment se pouvait-il qu'un code cache sa date de naissance dans un livre écrit des siècles plus tôt ?

— L'homme dont parlent les poèmes, c'est toi, Roland ! déclara solennellement le Flamboyant.

— C'est impossible... Le livre aurait prédit la naissance de Roland comme un fait majeur de notre temps ! s'étonna Ruppert.

— Et il est probable que Vlad a en sa possession une ou des pages sacrées qui lui ont permis de savoir que notre Roland est le parleur au cœur de lion cité par les poèmes de la page 7.

— Tu veux dire que l'upyr sait que le *Livre des Peurs* parle de Roland ?

— Sans doute l'a-t-il compris avant de fuir. Il doit posséder, à Paris, des pages qui ont un rapport avec ce que nous venons de vivre et il a pu comprendre que le Cœur de Lion du livre était notre Roland. Il me semble qu'il l'a appelé ainsi plusieurs fois, et je ne crois pas aux coïncidences, confessa Corwyn.

— Non, il n'y a pas de coïncidences dans le *Livre des Peurs*, dit le Ténébreux. Tu as très certainement raison. J'ai eu cette intuition quand Vlad a possédé la sœur du garçon et qu'il a appelé Roland Cœur de Lion. J'ai aussi pensé que la page 21 parlait de lui et que l'upyr le savait.

— Cette page que nous gardons à Londres est un simple dessin représentant un cœur et un lion dessinés dans un petit R lui même pris dans un grand R, dit Mathilde en parlant enfin à Roland (elle ne lui avait plus adressé la parole depuis l'aveu de son mensonge).

— Certains d'entre nous pensent que ces deux R symbolisent le roi Richard Cœur de Lion, précisa Ruppert.

— Aujourd'hui, je pense pouvoir dire que le roi Richard n'a rien à voir avec cette page 21. Ces deux R parlent de Roland, notre fils d'aubergiste, déclara le Flamboyant.

— Je ne comprends pas, dit le garçon.

— Moi non plus ! pesta Mathilde.

— Moi, je crois que je viens de saisir, et, oui, ça se tient, je suis d'accord avec toi, Corwyn ! Ce petit R au cœur de lion, c'est Roland... Roland, le fils du grand Robert, le petit R dans le grand R ! Je n'en reviens pas que notre jeune ami ait droit à tant d'honneur ! s'enthousiasma Ruppert, avec une pointe de jalousie dans la voix.

— Attendez ! Vous pouvez vous tromper ! Des Roland, fils de Robert, il y en a des dizaines à travers le pays. Et puis vous oubliez les Ryan, Ron, Rowan, Richard et tous les autres prénoms en R...

— Non, non, Roland... C'est bien de toi que parle le livre.

— Ce n'est pas possible... Je veux bien croire que le *Livre des Peurs* renferme des secrets sur l'avenir, mais je ne fais pas partie de ces mystères. Je ne suis qu'un fils d'aubergiste.

— Tu as ma cape sur les épaules, tu es un Conteur. Tu as menti pour le devenir, mais tes actes ont fait de toi notre égal. Tu as plié le destin à tes désirs comme peu de braves en auraient été capables. Tu t'es élevé au-dessus des événements, et cela, seuls les grands hommes y parviennent.

Comme il avait pris l'habitude de le faire ces derniers

jours, Roland chercha un appui dans le regard de Mathilde en craignant de ne pas le trouver, mais elle lui sourit. Elle s'approcha de lui et prit sa main valide dans la sienne.

— Tu es des nôtres. Te voilà Haut-Conteur, Roland Cœur de Lion.

# 19
# À bon public,
# bon Conteur

Sept jours étaient passés depuis la terrible nuit du château, et le calme revenait peu à peu dans les environs.

Roland avait été fêté en héros par sa famille et bien des villageois. En l'honneur du jeune Conteur, son père avait même gracieusement offert plusieurs tonnelets de bière lors d'une soirée mémorable. Éloïse, elle, ne gardait aucune séquelle de sa rencontre avec l'upyr. Sa blessure au poignet ne saignait plus et sa peau avait retrouvé une couleur normale.

Le sheriff avait retrouvé les ruines brûlées de sa maison, mais il n'en voulut pas à la Patiente. Au contraire, il trouva là un bon prétexte pour s'installer au château de Waddington alors que celui-ci serait bientôt conduit à Londres pour y être jugé et certainement emprisonné à vie. Les maîtres pourpres ne tenaient pas à le voir exécuté, ils avaient encore des questions à lui poser sur sa relation avec Vlad.

Les Conteurs se remettaient bien de leurs blessures, excepté le Flamboyant. Corwyn s'était aventuré très près des rivages de la mort, et son corps reprenait vie avec difficulté. Sa peau restait froide et ses yeux aveugles. Mais le Flamboyant n'en faisait pas grand cas. Il ingurgitait toutes sortes de mixtures revigorantes, veillait la nuit pour parler avec le Ténébreux, l'Archiviste ou la Patiente, dormait le matin et consacrait ses après-midi à Roland.

Tous deux s'asseyaient sous un arbre, à l'abri du soleil (la lumière incommodait le Flamboyant), et Corwyn lui enseignait quelques-unes de ses astuces. Comment trouver des rimes rapidement ? Comment faire de très longues phrases sans altérer leur sens ? Comment rendre amusants les noms et les prénoms ? Comment cacher deux idées en un seul mot ? Comment utiliser le silence ? Comment jouer avec le public ? Comment s'adresser à une seule personne pour captiver l'intérêt d'une dizaine d'autres ?

Tous les jours Roland apprenait et se réjouissait de sa nouvelle vie. Pourtant aujourd'hui, tandis que le soleil se couchait, la frustration le mettait de mauvaise humeur. Demain, il prendrait la route de Londres avec ses compagnons, et cela le remplissait de joie, mais ce soir il devait passer la soirée dehors, loin de l'auberge.

Mathilde, l'Archiviste et le Ténébreux contaient en ce moment une histoire à trois voix, et, comme l'exigeait la tradition des maîtres pourpres, Roland ne pouvait les écouter tant que lui-même n'aurait pas trouvé sa voix. Des centaines de personnes s'étaient regroupées autour de l'auberge (l'histoire allait être narrée en plein air car la Broche Rutilante ne pouvait accueillir tous les curieux attirés par l'occasion) et une clameur grandissante ne cessait d'agacer les oreilles de Roland au fur et à mesure qu'il s'éloignait.

Le jeune Conteur marchait dans les rues désertes du village, laissant le hasard le guider, et lorsqu'il passa devant la maison fermée de la vieille Madleen (disparue depuis une semaine), il se demanda où se trouvait la pauvre femme. Peut-être auprès du vampire, à lui servir de repas ou de gardien quand le soleil se hissait dans le ciel anglais. C'est en tout cas ce que pensèrent le Ténébreux et le Flamboyant quand ils apprirent sa disparition. Le garçon ne croyait pas que la bavarde la plus irritante du village pût se dévouer au démon. Mais les demi-sangs lui assurèrent que, par la contrainte ou des promesses, les upyrs savaient parfois se faire obéir de personnes au-dessus de tout soupçon.

Au gré de sa promenade à contre-courant, Roland tomba sur Cathleen et Susan, qui se rendaient à l'auberge d'un pas impatient. Les deux jeunes filles s'arrêtèrent devant le Conteur, et, en dépit de ses habitudes d'apprentie harpie, ce fut Susan qui se montra aimable la première. Elle lui sourit, sans calcul, le complimenta pour tout ce qu'il avait fait ces derniers jours et partit seule vers la Broche en laissant là Cathleen, Roland et le silence gêné qui s'installait entre eux.

— Tes blessures te font-elles mal ? demanda Cathleen afin de rompre le charme qui scellait leurs lèvres.

— De moins en moins... Après tout ce que je viens de traverser, je crois que je m'en sors bien...

— C'est vrai que tu vas partir ?

— Oui...

— C'est bien, dit tristement Cathleen. Tu désirais tellement mener une autre vie que celle de ton père... et puis... de toute façon... nous... nous, c'était pas...

— Est-ce que je peux te poser une question, Cathleen ? demanda Roland sans plus laisser la jeune fille à ses hésitations.

— Oui.

— Ça va te paraître bête, mais... je ne sais pas trop ce qui s'est passé entre nous... Toutes ces semaines pendant lesquelles nous nous sommes vus en secret et notre baiser resteront un des meilleurs souvenirs de ma vie ici... J'ai bien conscience que c'est facile pour moi de dire ça maintenant que je vais quitter Tewkesbury, mais...

— Ta question, Roland...

— Oui... ma question... Qu'est-ce que j'ai bien pu te dire qui mérite que tu ne m'adresses plus la parole depuis notre baiser ?

— Tu es resté tout ce temps sans trouver la réponse ?

— Je crois, oui... Je suis plus rapide pour courir devant un démon que pour comprendre certaines choses.

— Roland, je t'en ai voulu de n'avoir justement rien dit !

— Rien dit ? Tu vas me trouver vraiment idiot, mais je ne saisis toujours pas.

— Quand on s'est embrassés, c'était magnifique... et je peux t'assurer que j'espérais cela depuis longtemps, mais ensuite... ensuite... j'ai attendu que tu me parles d'amour, que tu me promettes de belles choses, mais tu n'as fait que parler de toi et de ton désir de quitter le village, de voir le monde. J'étais contre toi et tu tenais ma main... mais tes yeux regardaient l'horizon, ils voulaient partir loin d'ici. Nous venions tout juste de nous embrasser, et tu n'étais déjà plus avec moi.

— Je suis désolé, Cathleen... je n'avais pas pensé que mes paroles te feraient mal... je voulais partager avec toi des choses que je n'ai même pas dites aux Tiburd. Je n'ai jamais voulu te blesser, s'excusa platement le garçon dans un haussement d'épaules impuissant. Au contraire, tu es la fille la plus...

— N'en dis pas plus, Roland, ma mère a raison, les colombes grandissent plus vite que les pigeons. Moi, je suis en âge de penser au mariage... Certaines autres filles de treize ans ont déjà un époux ou sont promises à de beaux partis. Derrière l'église, j'attendais de toi que tu te déclares, j'ai espéré...

— Mais, Cathleen... le mariage... je n'y ai encore jamais pensé.

— Le mariage est une chose trop sérieuse pour toi, Roland, et j'ai bien compris que tu n'éprouvais pas pour moi des sentiments aussi forts que ceux que tu ressens pour l'aventure. Tu es différent des autres garçons, c'est peut-être cela qui me plaît tant chez toi. C'est sans doute cela qui fait que tes sœurs, les Tiburd, Susan et moi, on passera nos vies ici, tandis que toi, tu seras loin...

— Je suis sincèrement désolé, Cathleen.

— Ne le sois plus, dit la jeune fille en prenant la main de Roland dans la sienne. Ne le sois plus, pars réaliser tes rêves et emporte un peu de moi loin de ce village, dit-elle en posant tristement ses lèvres sur celles du garçon.

Roland serra Cathleen contre lui. Il lui rendit son baiser, et un souffle de magie passa entre eux. Ce moment fut plus doux que celui partagé derrière l'église. Même les lèvres de Cathleen avaient un goût différent, plus salées, moins passionnées. C'était là une saveur nouvelle, presque triste, celle d'un baiser d'adieu.

Longtemps après que Cathleen l'eut laissé sur le chemin pour rejoindre Susan à l'auberge, Roland trouva l'endroit où il désirait finir sa soirée. Seul, puisque tout le monde était à la fête...

À la sortie de Tewkesbury, il s'assit sur un muret et leva les yeux au ciel. Il pensa au dernier regard que le vampire lui avait jeté et toucha l'index coupé qu'il gardait toujours dans sa chemise. Le doigt était glacé et immobile depuis une semaine. Si un jour prochain il se ranimait, le garçon aurait intérêt à chercher un abri, un crucifix et de l'eau bénite rapidement. Mathilde l'appelait de temps en temps le « chasseur de vampires » ou le « bourreau des upyrs », mais le jeune Conteur se serait bien passé de ces surnoms. Le démon qu'il avait estropié et presque tué pour les mériter se vengerait un jour.

— Voilà notre héros encore la main sur le cœur ! hurla Allan Tiburd en surgissant dans le dos de Roland.

— Et c'est qu'il ne sursaute même plus quand on le surprend ! s'exclama Martin Tiburd en apparaissant à son tour.

Roland sourit en se retournant vers les frères avec qui il avait fait ses plus belles bêtises depuis treize ans.

— Vous n'écoutez pas le conte à l'auberge ?

— Ben non ! On s'est dit que, comme tu partais demain, ce serait plus charitable de passer la soirée avec toi si on veut qu'un jour tu te souviennes de nous et de Tewkesbury !

— Vous êtes en train de rater une histoire à trois voix !

— Ben oui, gémirent en cœur les frères Tiburd. On ne porte peut-être pas des capes pourpres sur le dos mais on a du savoir-vivre, messire Haut-Conteur ! clama Martin avec une révérence exagérée.

— Et puis, on s'est dit que c'est toi qui allais nous raconter une histoire ! ajouta Allan.

— Mais je...

— Pas de mais ! dit Corwyn en se montrant, appuyé sur un long bâton de bois. Un public si attentif se doit d'être récompensé. Aidez-moi à m'asseoir avec vous, les enfants, dit le maître pourpre sans cape quand sa canne d'aveugle toucha le muret. Et écoutons le jeune Haut-Conteur au Cœur de Lion ! Il doit bien avoir quelque chose à raconter !

Roland sourit en entendant le Flamboyant l'appeler ainsi. Il respira profondément, toucha encore le doigt coupé, regarda les rues abandonnées du village et se leva pour faire face à Corwyn et aux Tiburd.

Allan et Martin souriaient, Corwyn attendait avec un air confiant sur le visage.

Roland se demanda ce qu'il pourrait partager avec son maigre auditoire. Comment il avait marché une journée entière sous terre avec Mathilde ? Comment il avait fui dans la forêt avec le démon aux trousses ? Comment s'était déroulée la bataille du château ?

Non, Roland ne pouvait conter tant de choses à ses trois spectateurs. Une nuit n'y aurait pas suffi, et il ne s'en sentait pas encore capable. Une phrase de Mathilde lui revint en mémoire : « Ulysse n'a raconté son voyage que quand il fut terminé. » Comme celles du héros de l'Odyssée, les aventures de Roland avaient besoin d'une fin pour être contées. Et cette fin ne viendrait pas avant longtemps. Alors autant parler de ce qui était déjà écrit depuis l'aube des temps.

— Je vais vous parler d'un sujet qui ne peut être abordé qu'entre initiés, chuchota Roland d'une voix mystérieuse. Il existe un livre vieux comme le monde dont les hommes ignorent l'existence, un ouvrage sombre et entouré de secrets que l'Ordre Pourpre nomme le *Livre des Peurs*. Ce trésor d'encre et de parchemin délivre des messages obscurs sur notre avenir. Certaines de ses pages prophétisent de grands événements, parlent de démons et de batailles, d'autres donnent des noms de guerriers et de héros. L'un de ces noms est le mien... Roland Cœur de Lion !

Fin du tome I

# Petit glossaire
# de l'univers des Haut-Conteurs

*Banshee*

Les banshees sont des créatures fantomatiques, qui s'incarnent sous la forme de femmes blanches. Elles hantent le bord des routes la nuit et hurlent aux promeneurs qu'ils vont bientôt mourir. Leurs terribles cris peuvent paralyser de peur les plus braves des hommes.

*Basilic*

Un basilic est une créature légendaire. Petit serpent au venin et au regard mortel durant l'Antiquité, il est ensuite décrit comme un mélange de coq et de serpent au Moyen Âge. Il fait l'objet d'importantes superstitions et le pouvoir meurtrier de son regard hante aujourd'hui encore bien des histoires.

*Croqueur de morts*

Autre terme pour désigner les goules.

*Demi-sang*

Un demi-sang est une créature surhumaine créée par un upyr, qui voit ses forces décupler dès le coucher du soleil. Lorsque l'une de ses victimes est sur le point de succomber à sa morsure, l'upyr partage son sang avec elle : en fonction de la quantité de liquide vital qu'il lui offre, il fait d'elle une goule ou un demi-sang.

Ses caractéristiques physiques se rapprochent de celles du vampire : sa peau est laiteuse et froide, ses yeux sont clairs, très sensibles à la clarté. Hormis la chair crue et le sang, tous les aliments perdent leur goût dans sa bouche.

Sa longévité, sa force et ses capacités de guérison n'égalent pas celle de l'upyr, mais il ne souffre pas autant que lui de la brûlure du jour, ce qui lui permet de sortir à l'air libre sous des ciels nuageux.

Certains demi-sangs peuvent aussi partager leur sang avec d'autres hommes et leur offrir une part de leurs capacités, faisant d'eux pour ainsi dire des quart de sang.

*Goule*

Les goules sont des êtres malfaisants, suppôts de l'Upyr, qui se nourrissent de chair humaine qu'elles prélèvent sur les cadavres. On les croise le plus souvent au détour des cimetières, fourrageant les tombes à la recherche de morts fraîchement enterrés. Elles s'alimentent rarement de chair fraîche, aussi, à moins d'être nombreuses ou affamées, ne sont-elles guère dangereuses. Il semblerait que les goules ne soient pas très vives une fois rassasiées. Leur corps est décharné, sec, sans vie, sans force, et il s'embrase très facilement.

De nombreux témoignages rapportent leur présence en Grèce, en Égypte, en Macédoine et dans beaucoup de provinces de la Rome antique, et autour des vieux cimetières méditerranéens. Pourtant, durant les périodes de disette, il semblerait qu'elles apparaissent aussi dans le nord de l'Europe. On pense qu'elles se cachent dans des villes comme Paris, Orléans ou Londres, et, sans doute poussées par la faim, elles pourraient hanter les campagnes. D'ailleurs, quand la chair vient à manquer, elles en sont réduites à rogner des ossements pour se sustenter.

## Griffon

Un griffon est une créature légendaire présente dans plusieurs cultures anciennes. Il possède les attributs de divers animaux, une tête, des ailes et des serres d'aigle, un corps de lion et des oreilles de cheval.

## Haut-Conteur

Les Haut-Conteurs forment une caste avec un pouvoir particulier, celui de raconter des histoires toujours envoûtantes et fascinantes. Originaires de tous horizons, ils sont facilement reconnaissables à leur cape pourpre, symbole d'appartenance à leur ordre.
Leur existence est vouée à raconter des histoires auxquelles, grâce à la Voix des rois, ils donnent une consonance presque magique. Les sagas chevaleresques, les légendes des rois du passé, les histoires d'amour ou d'horreur n'ont aucun secret pour eux ; ils puisent dans toutes les légendes, folklores, et autres mystères oubliés pour créer des récits inoubliables.

Depuis la fin de la Rome antique, les Haut-Conteurs parcourent l'Europe et narrent leurs histoires de ville en ville. On raconte d'ailleurs que les seigneurs à la cape pourpre ne se nourrissent que de mots, et ce serait la raison pour laquelle ils parcourent les terres à la recherche des histoires méconnues et de contes oubliés.

On retrouve souvent les maîtres pourpres au cœur d'étranges événements. Ils sont toujours là pour démêler les mystères, trouver le vrai dans le faux et le faux dans le vrai.


## Livre des Peurs

Il s'agit d'un livre mystique, aujourd'hui disparu, qui est au cœur de la quête des Haut-Conteurs : pour en trouver toutes les pages, ils ne cessent de battre les routes d'Europe. Comme d'autres ont cherché le saint Graal, eux poursuivent ce livre...

Cet ouvrage est probablement le plus grand mystère de l'humanité et renferme des textes codés qui se lisent de plusieurs manières. Incompréhensibles à la première lecture, la plupart révèlent un deuxième sens pour qui sait les déchiffrer.

Il comporterait 666 pages, au sein desquelles se cacheraient de redoutables prédictions, toutes sortes de plans et de formules pour fabriquer des élixirs étranges. Les opinions divergent à propos des secrets qu'il renferme : certains pensent que si le *Livre des Peurs* est entièrement déchiffré, l'origine du monde sera alors dévoilée ; d'autres sont persuadés que le Diable en personne écrivit l'ouvrage pour prophétiser son futur règne sur la Terre ; de nombreux lettrés croient en revanche que les pages rassemblées du livre forment une carte, même si nul ne sait où elle pourrait bien conduire...

La recherche du *Livre des Peurs* est motivée par de multiples raisons : voir l'avenir, gagner la vie éternelle ou posséder des pouvoirs défiant l'imagination... Selon Mathilde la Patiente, l'ouvrage sacré raconte la plus secrète et la plus vieille histoire du monde, et il lui semble capital que cette histoire soit découverte par les Haut-Conteurs, pour être un jour racontée de par le monde.

En dehors des Haut-Conteurs, quelques illuminés isolés recherchent aussi le *Livre des Peurs*. Mais les maîtres pourpres finissent souvent par rallier à leur cause ces individus inoffensifs. Il en va tout autrement avec la caste des « Noirs Parleurs », adversaires acharnés des Conteurs dans la quête du livre. Ce dernier peut s'avérer très dangereux pour les non-initiés :

certaines pages peuvent rendre fou, ou se révéler fatales pour qui maîtrise mal leurs secrets.

On ne sait pas quand il a été écrit ni par qui. On suppose qu'il est antérieur à la naissance du Christ. La légende veut qu'il ait été rédigé lorsque les dix plaies d'Égypte se sont abattues sur le peuple des pharaons.

Une seule copie du *Livre des Peurs* a jamais été réalisée, au VIIᵉ siècle, par des moines qui se sont ensuite attachés à faire disparaître leur œuvre et le livre original.

Plus tard, des pages de la copie du livre ont été retrouvées dans les Alpes et sur le rocher de Gibraltar. Depuis, les Hauts-Conteurs veulent toutes les rassembler.


*Monstre du Loch Ness*


Le monstre du Loch Ness, contrairement aux croyances populaires, n'est pas un serpent géant qui vit dans un lac en Écosse, mais un dragon qui vit sur les rives de ce même lac.

Son existence est sujette à l'incertitude, car il ne se montre qu'à ceux qui ne croient pas en lui et les dévore.

## Noir Parleur

Les Noirs Parleurs forment une confrérie fermée très secrète. Un ancien Haut-Conteur, Lothar Mots-Dorés, est à leur tête, et de puissants seigneurs font partie de leurs rangs. Leur unique objectif est de s'approprier toutes les pages du *Livre des Peurs* ; pour cela, ils sont prêts à aller jusqu'au meurtre.

Avant de créer la caste des Noirs Parleur, Lothar Mots-Dorés fut le disciple d'un Haut-Conteur légendaire : William le Ténébreux. À l'époque, la voix de Mots-Dorés envoûtait les grands hommes siégeant à la table des rois. C'est ainsi qu'il tissa de sombres relations avec les puissants de ce monde. Mais, obsédé par la quête du *Livre des Peurs*, il se retourna un jour contre l'Ordre Pourpre. Il vola plusieurs pages de l'ouvrage sacré et tua deux Conteurs chargés de le garder.

## Seigneur vampire / seigneur immortel

Autre nom pour désigner l'upyr.

## Upyr

Le mot « upyr » vient de la langue slave. C'est un terme difficile à traduire mais qui peut signifier « mort qui marche ». On ne sait combien ils sont à fouler la terre des hommes, mais ils ont la réputation d'être immortels.

Ces monstres ont une forme humaine, ce qui leur permet d'évoluer parmi les foules sans crainte et en toute discrétion. On sait très peu de chose sur eux : juste qu'ils fuient la lumière, que seul le sang peut réellement les nourrir. On suppose également que les plus puissants d'entre eux jouissent d'une force surhumaine et du pouvoir de se transformer en animaux.

Le terme « upyr » donnera naissance au mot « vampire » quelques siècles plus tard.


*Voix des rois*

La Voix des rois et un don rare et particulier, une aptitude presque magique qui permet aux Haut-Conteurs d'utiliser leur voix pour envoûter littéralement leur auditoire.

# Table des matières

Composition et mise en pages réalisées
par Text'oh ! - 39100 Dole

*Achevé d'imprimer par N.I.I.A.G.*
*en novembre 2012*
*pour le compte de France Loisirs, Paris*

N° d'éditeur : 70457
Dépôt légal : septembre 2012
*Imprimé en Italie*